KB267022

외인계

외인계 5

황기록 新무협 판타지 소설

초판 1쇄 찍은 날 § 2003년 4월 8일
초판 1쇄 펴낸 날 § 2003년 4월 16일

지은이 § 황기록
펴낸이 § 서경석

편집장 § 문혜영
편집 § 장상수 · 박영주 · 권민정 · 유경화
마케팅 § 정필 · 강양원 · 이선구 · 김규진 · 홍현경

펴낸곳 § 도서출판 청어람
등록번호 § 제1081-1-89호
등록일자 § 1999. 5. 31
어람번호 § 제2-0202호

주소 § 경기도 부천시 원미구 심곡1동 350-1 남성B/D 3F (우) 420-011
전화 § 032-656-4452 팩스 § 032-656-4453
E-mail § eoram99@chollian.net

ⓒ 황기록, 2003

값 7,500원

ISBN 89-5505-587-0 (SET)
ISBN 89-5505-657-5 04810

※ 파본은 본사나 구입하신 서점에서 교환하여 드립니다.
※ 저자와 협의하여 인지를 붙이지 않습니다.

외인계

황기록 新무협 판타지 소설 外人界

5

2부 사위지기자사(士爲知己者死)

도서출판 청어람

목 차

第二部 사위지기자사(士爲知己者死)

"넌 배반자다!"

"배반자……?"

"처음부터 너도 우리들 중 하나. 설마 부정하진 않겠지!"

"웃기지… 마라."

"못 믿는 건가? 그럼 묻겠다. 여덟 살 때의 너는 누구였지?"

"독고… 햐앙?"

"그럴 줄 알았다. 기억하지 못하는 것도 당연하겠지. 그땐 너도 우리와 같았으니깐!"

"아니, 아니야!"

"아니라고? 그럼 열세 살 때의 네 이름은? 열다섯 살 때는? 네 모친에 대한 기억은 있나? 있다면 얘기해 봐!"

"……."

"열일곱 살 때는? 호오, 이때부턴 기억이 있겠군. 그때가 바로 네가 우리를 배반하고 뛰쳐나갔을 때니까!"

"내… 아버지는……?"

"아버지라고? 후후후후, 너야말로 웃기지 마라. 네가 아버지라고 믿고 있는 그자 역시 우리와 동종(同種). 넌 그의 인질에 불과했다!"

"거, 거짓말……."

"거짓말이라고? 저 광경을 보고도 믿지 못하는가! 저게 바로 너의 여덟 살 때 모습이다. 피하지 말고 똑바로 봐! 저게 바로 너의 모습이었다니깐!"

"끄으으으……."

"그래, 받아들이는 게 좋을 거다. 그럼 슬슬 시작해 볼까! 단서철권은 어디 있나? 또, 환허삼절 중 제일절인 유심의 구결은?"

"……."

"좋아, 좋아. 나도 네놈이 쉽게 입을 열면 어쩌나 내심 걱정했었다. 그렇게 되면 아무래도 재미가 떨어지니까. 자, 그럼 약한 것부터 맛을 보라구. 그리 고통스럽진 않을 거야. 그냥 달군 쇠 젓가락이 몸속으로 살짝 파고들어 가는 건데 뭐!"

"……."

"안색조차 변하지 않는군. 하지만 벌써 감탄한다면 자네에 대한 모독이겠지. 천천히 즐겨보자구. 후후후후!"

그들의 말이 맞았다.

열일곱, 그 빌어먹을 나이 이전의 기억은 나에겐 전혀 없었고 그 후의 난 이미 독고향이었다.

그리고 그 아이들…….

각각의 연령대별로 인형처럼 텅 빈 눈동자를 갖고 쭉 도열해 있던 그들의 얼굴은 하나같이 똑같았다. 바로 나, 독고향의 얼굴이었다.

그들의 말처럼 나는 그들 중 하나였던 것이다.

그들 중 하나……!

제1장

열도(列島)

툭!

잘 다듬어진 목검 한 자루가 두터운 다다미[疊] 위로 떨어져 내렸다.

“주워라. 류우텐류[龍天流]의 이름으로 널 징계하겠다, 낭인(浪人)!”

“난 낭인이 아니오. 도일(都一)이라는 이름을 가진 엄연한 수업자(修業者)요.”

그는 당당했다. 마흔대여섯은 되어 보이는 나이, 그리 크지 않은 체구임에도 스스로의 이름을 밝히는 그의 음성은 오십 조짜리 다다미가 놓여진 널찍한 도장(道場)을 가득 채우고도 남을 듯했다.

도일의 말은 계속되었다.

“그리고 난 귀 당(貴堂)의 당주(堂主)인 요시가와 타로우[吉川太郎]님께 한 수 지도를 받고자 하오. 다른 분과 칼을 섞는 건 사양하겠소!”

“이, 이런 건방진!”

노기를 터뜨린 건 도일에게 목검을 던져 준 자만이 아니었다. 도장 벽을 따라 쭈욱 정좌해 있던 자들 역시 분연히 떨치고 일어섰다.

하지만 도일은 전혀 위축되지 않았다. 오히려 입가에 비릿한 조소까지 배어 물며,

"언제부터 류우텐류에선 목검을 사용했소? 내가 원하는 건 진검 승부, 목숨을 다한 궁극적인 승부를 원하오!"

"뭐, 뭐라고?"

갑자기 실내의 분위기가 얼어붙었다. 진검 승부란 도일의 말이 가져다 준 충격 탓이었다.

물론 지금도 간혹 진검으로 승부를 겨루곤 한다. 하지만 그건 과거에 비해 턱없이 적은 숫자에 불과했고, 또 이처럼 남의 도장에 찾아와서 청하는 경우란 거의 없다.

그런데 저 도일이란 낭인은 단신으로 찾아와 진검 승부를 원하고 있다.

우선 그 뱃심에 류우텐류 제자들은 질려 버렸다. 진검 승부란 게 어느 한쪽이 죽거나 치명상을 입어야 끝나는 것, 설사 도일이 누구 한 사람을 이긴다고 해서 무사히 빠져나간다는 보장은 없다. 동문(同門)을 잃고 관대하게 '한 수 잘 배웠오' 하는 건 옛이야기 속에서나 가능한 것이다.

그렇다고 거절할 수도 없는 노릇이다. 류우텐류는 이곳 오사카[大坂]에서 가장 큰 도장을 운영하고 있는 무술유파다. 걸어온 승부를 거절했다는 소문이라도 나면 그야말로 문을 닫아야 할 터였다.

"나는 류우텐류 사범(師範)인 다나카 요시오[田中芳夫], 당주를 대신해 그대의 도전을 받겠다!"

처음 도일에게 목검을 던져 줬던 자가 제 가슴을 가볍게 치며 앞으로 나섰다.

"사범님!"

"어찌 저런 망나니 낭인과 승부를 하시려 합니까? 제가 대신……."

"칼을 가져오너라!"

제자들이 분분히 나서서 말렸지만 타나카의 결심은 변하지 않았다. 오히려 그는 큰 목소리로 칼을 가져오라고 명을 내렸다.

타나카는 알고 있었다. 비록 낭인 취급을 했지만 상대는 만만한 자가 아닐 터였다. 자기 칼에 자신이 없다면 이렇게 당당하게 진검 승부를 요구하지는 못할 터였다.

반드시 이긴다는 자신도 타나카에겐 없었다. 대부분은 엉터리이지만 저처럼 혼자 떠돌아다니는 자들 중에 간혹 옛날의 부사도를 좌우명으로 삼고 있는 진짜들도 없지 않다.

도일이라는 자는 분명 그 진짜들 중 하나라고 타나카는 생각했다. 그래서 직접 이 승부를 맡고 나섰다.

누군가 칼을 들고 왔지만 선뜻 건네주지 못하고 망설이고 있었다.

"뭘 두려워하고 있는 건가? 우리 류우텐류는 천하제일, 이 자리에서 다시 한 번 증명해 보일 뿐이다!"

터무니없이 큰 소리로 칼을 들고 온 자를 나무라며 타나카는 뺏듯이 칼을 받아 들었다.

그 서슬에 놀란 제자는 비실거리며 서너 걸음 물러섰다.

"바보 같은 놈!"

그 모습을 보며 타나카는 나직한 소리로 한마디 내뱉었다. 기실 아까의 고함은 자기 자신에게 지른 것이었다. 은은히 가슴 밑바닥에 남아 있는 도일에 대한 두려움을 떨쳐 버리기 위한 기합의 일종이었다.

신경질적으로 칼을 허리띠에 찔러 넣어 단단히 차며 타나카는 몸을 돌렸다.

"준비됐나, 낭인?"

질문과 함께 타나카는 천천히 칼을 뽑았다.

"뭔가 오해를 하고 있는 것 같아 다시 한 번 얘기하겠소. 내 상대는 그대가 아니라 요시가와 타로우님이오!"

"건방진!"

도일의 말이 끝나기 무섭게 타나카는 수중의 칼을 휘두르며 짓쳐들었다. 군더더기는 일절 찾아볼 수 없는, 오직 한칼에 베어버리겠다는 의지만 가득한 도법이었다.

앞으로 반 족장 정도 내밀었던 도일의 발끝에 힘이 가해졌다. 동시에 그의 몸은 마치 뭔가에 끌려가는 것처럼 뒤로 튕겨졌다.

팍, 패액!

타나카의 칼이 허공을 베었을 때,

"잠깐만! 만약 내가 당신을 이긴다면 요시가와님과 승부를 겨룰 수 있게 해주겠소?"

재차 덤비려는 타나카를 제지하며 도일은 질문을 던졌다.

그 말은 효력이 있어 타나카는 주춤거리며 동작을 멈췄다.

타나카의 눈빛이 약간 깊어졌다. 자신이 당했을 경우를 생각하고 있는 탓이었다.

천천히, 그리고 충분한 괴로움의 주름을 미간에 떠올리며 타나카는 고개를 끄덕였다. 자신이 패한다면 여기 있는 누구도 도일의 상대가 되지 못할 터, 당연히 사부인 요시가와님이 직접 나설 수밖에 없다.

물론 무더기로 덤빈다면 도일 하나 정도는 해치워 버릴 수도 있다.

하지만 그래서는 오사카에서 쌓아 올린 류우텐류의 이름까지 일거에 붕괴되고 만다.

이래서 승부에 임하는 타나카의 어깨는 더욱 무거웠다. 절대로 패해선 안 되지만, 그렇다고 필승의 자신도 없었기 때문이다.

자연 타나카의 동작이 신중해졌다. 조금 전의 폭풍처럼 짓쳐들던 기세는 말끔히 던져 버렸고, 대신 물처럼 잔잔하고 편안함이 그의 전신을 타고 내렸다.

"뽑아라. 날 이기면 사부를 만날 수 있겠지만, 한 가지만 명심해라. 날 살려두고선 절대로 사부를 만날 수 없다는 것을!"

"알겠소. 그 기백만은 높이 살 만하구려. 내겐 개의치 말고 언제라도 공격하시오. 내 장기 중 하나가 발도술(拔刀術)이라 이게 편하오."

두 사람 모두 편하기 그지없는 어투의 대화였다.

그러나 그들의 주위엔 타인이 감히 범접할 수 없는 묘한 기류가 흐르고 있었다. 한번이라도 칼을 만져 본 자라면 그게 살기라는 걸 대번에 감지할 수 있을 터였다.

타나카는 선뜻 공격하지 못했다. 도일의 장기가 발도술이라면 그의 칼이 뽑히는 순간 방어와 역습이 동시에 이루어질 공산이 컸다. 여간 까다로운 상대가 아니라는 생각이 새삼 그의 뇌리를 살짝 흔들고 지나갔다.

도일의 공격이 시작된 것은 바로 그 순간이었다. 아주 잠깐 타나카의 생각이 흐트러진 틈을 놓치지 않은 것이다.

오른발을 조금 움직인 것을 시작으로 도일은 재빨리 두 걸음 앞으로 나섰다. 칼이 뽑힌 것은 세 걸음째를 크게 내디딘 것과 동시였다.

누구의 눈에도 도일의 움직임은 평범 그 자체였다. 지켜보던 류우텐류 제자들 중에선 안도의 한숨을 내쉬는 자들까지 있을 정도였다.

그러나 막상 그 공격을 당하는 타나카의 입장은 달랐다. 도일이 움직인다고 깨달았을 때 벌써 그의 칼이 자신의 오른쪽 눈알을 도려낼 듯 파고들었다.

'흡!'

타나카는 다급한 호흡을 끊어 물었다. 이대로 도일의 칼이 날아와도 중단세를 점하고 있는 자신의 칼에 막힌다는 건 잘 알고 있다. 적어도 머리에 떠오른 생각은 그랬다.

문제는 그게 이성적으로 그렇게 알고 있다는 것이었을 뿐 실제 도일의 칼에 실린 기세는 맞부딪쳐 막기엔 턱없이 강하게 느껴졌다.

실제로 타나카는 도일의 칼처럼 강하고 흉포한 기세를 떨치는 걸 겪어본 기억이 없었다. 동시에 그건 아주 깔끔하게 정돈된 것이기도 했다.

타나카가 뒤로 황급히 물러선 것은 순전히 본능에 의한 행동이었다. 그리고 다음 순간, 타나카는 불같이 치밀어 오르는 노기를 느꼈다. 숱한 제자들이 지켜보는 앞에서 물러섰다는 사실이 수치스러웠다.

발도를 끝낸 도일의 동작이 한순간 딱 멈췄다.

그 기회를 타나카는 놓치지 않았다. 일단 물러섰던 몸을 앞으로 재빨리 이동시키며 위로부터 강하게 내리그었다. 여전히 허공에 걸려 있는 도일의 칼과 그의 머리를 동시에 찍어 누르려는 일격이었다.

스륵!

영원히 허공에 그렇게 걸려 있을 것만 같았던 도일의 칼이 맥없이 떨어져 내렸다. 동시에 그의 발도 뒤로 크게 한 걸음 물러났다.

그 바람에 타나카의 칼이 빈 공간을 잘랐다.

다행인 것은 헛손질을 했다고 몸의 중심까지 잃어버릴 만큼 타나카의 수련은 얕지 않았다. 그는 뒤쪽에 처져 있던 왼발 끝에 힘을 가하며 곧장 뒤로 물러선 도일을 따라붙었다.

하지만 바로 이게 타나카의 치명적인 실수였다. 그대로 물러설 줄 알았던 도일이 튕겨지듯 앞으로 한 걸음 나서며 어느새 머리 위로 들어 올린 칼을 곧장 베어 내렸던 것이다.

이때까지도 타나카의 칼은 아직 다음의 공격 위치로 완전히 옮기지 못하고 있었다.

'졌다!'

절망적인 생각이 타나카의 뇌리를 스친 것과 동시에 바깥에서 어수선한 소란이 일었다. 무슨 다툼이라도 벌어졌는지 몇몇이 지르는 고함이 안에까지 들려왔다.

문득 타나카는 우스운 생각이 들었다. 목숨이 경각에 달한 찰나의 순간에 이처럼 사소한 것들에 마음이 쏠린다는 게 허탈해지기까지 했다.

바깥에서 들려온 소란에 마음이 움직인 것은 비단 타나카만이 아니었다. 그의 정수리로 파고들기 직전의 칼을 도일은 커다란 호선을 그리며 비껴냈다.

그렇다고 타나카가 완전히 무사한 것만은 아니었다. 방향을 바꾸기엔 애당초 도일의 칼은 그의 정수리에 너무도 가까웠다.

싸각!

예리한 절단음과 함께 타나카의 왼쪽 귀가 깨끗하게 잘려 나갔다.

이후 도일은 재빨리 두어 걸음 물러서 혈진(血振:피 뿌림)을 행한 후 칼을 거두었다.

맨 처음 타나카의 뇌리에 떠오른 생각은 '왜?' 라는 의문이었다. 도일이 칼에 약간의 힘만 가했어도 자신의 정수리는 여지없이 쪼개지고 말았을 터였다. 그런데 그는 칼의 방향을 바꾸었다.

다음에 타나카의 두 눈을 채운 건 수치와 분노였다. 목숨을 구걸받았다는 한 가지 사실만으로도 저 두 개의 감정이 그의 가슴속을 채우고도 남았다.

하지만 타나카는 한 가지 오해를 하고 있었다. 도일이 칼의 방향을 바꾼 건 상대의 목숨을 동정해서가 아니었다.

실제로 도일은 바깥의 소란이 신경 쓰이는 듯 고개를 그쪽으로 약간 돌린 채 귀를 기울이는 모습이었다.

밖에서 들려오는 소란한 언쟁 속에서 도일은 유독 하나의 목소리에만 집중했다. 제자인 영강(永岡)의 음성이었다.

소란함 속에서 처음 영강의 목소리를 들었을 때, 도일은 본능적으로 손목을 꺾어 타나카를 죽이지 않았다. 급한 일이 아니라면 제자가 여기까지 찾아오지도 않았을 터, 만약 류우텐류 제자들 중 누구 하나라도 죽였다간 단시간 내에 빠져나가기는 불가능했을 터였다.

"밖에 내 제자가 온 모양이오. 들어오도록 해주시오."

아직도 노기로 인해 타나카의 호흡은 안정되지 못했다. 그러나 명색이 오사카 류우텐류의 사범, 마음의 동요를 방치하고 상대와 다시 칼을 나눌 정도로 어리석진 않았다.

"좋다, 허락한다!"

시원스런 타나카의 허락이 떨어지자마자 제자들 중 한 명이 밖으로 달려나갔다.

순간 바깥의 소란이 뚝 그쳤다 싶더니 두 사람이 안으로 들어섰다. 그중 하나가 재빨리 도일에게 다가가 나직하게 속삭였다. 훤칠한 키에 조금 말랐다 싶게 느껴지는 체형을 가진 서른 초반의 사내였다.

"그들이 깨어났습니다."

표정의 변화는 없었지만 도일의 눈빛이 짧게 일렁거린 건 사실이었다.

그는 곧 타나카를 바라보며 입을 열었다.

"오늘 승부는 없었던 걸로 합시다. 오늘 일에 대해 밖에선 절대 입을 열지 않겠소."

타나카는 고개를 갸웃거렸다. 제자가 왔으니 들여보내 달라고 했을 때만 해도 도일을 도우러 온 줄 알았었다. 그런데 그게 아닌 모양이었다.

타나카가 말이 없자 도일은 가볍게 고개를 숙였다.

"그럼!"

짧은 작별을 남기고 도일은 돌아섰다. 그러나,

"못 간다!"

"류우텐류가 그리 우습게 보이는가?"

여태 물러서 있던 류우텐류 제자들이 도일과 영강의 앞을 막아섰다. 비록 사범인 타나카의 한쪽 귀를 자른 얘기를 밖에 퍼뜨리지 않겠다고 했지만, 그걸 믿을 바보는 한 사람도 없었다.

앞을 막아선 류우텐류 제자들을 무시한 후 도일은 천천히 몸을 돌려 타나카를 바라보았다.

"무인의 약속이오. 믿지 못하겠다면 어쩔 수 없지만……."

조금 전 도일이 했던 말은 류우텐류의 체면을 최대한 살려주는 것이었다. 그런데도 이렇게 앞을 가로막힌 것이다.

그러나 결코 아쉬울 것 없다는 도일의 태도였다. 여차하면 힘으로라도 밀고 나가겠다는 의지가 그의 눈빛에서 흘러넘쳤다.

타나카는 도일을 지그시 노려보았다. 그의 진심을 읽으려는 눈빛이었다. 기실 누구보다 도일과 그 제자를 보내고 싶지 않은 사람은 타나카 자신이었다. 이제 잘려 나간 귀에서 찌르는 듯한 통증까지 느껴지고 있으니 그 감정은 더했다.

하지만 타나카는 도일의 말을 믿고 그들을 보내주기로 결정했다. 설사 저 둘을 죽이더라도 소문은 나기 마련이다. 류우텐류의 제자 전원이 고작 두 명을 상대했다고 하면 자신이 패배한 것보다 훨씬 체면이 깎이는 일이다. 또한 그 와중에 발생할 희생자의 수도 만만찮을 터였다.

"길을 열어줘라!"

"사범님, 어찌 이자들의 말을 믿고 고이 보내시려고……."

"닥치고 길을 열어라! 무인의 입에서 나온 약속이다. 믿지 않는다는 것 또한 무도의 길을 걷는 자의 수치, 잠자코 물러서라!"

일단 결정을 내리자 타나카는 결코 번복하지 않았다.

어쩔 수 없이 제자들은 길을 텄고, 조금도 위축되지 않은 당당한 걸음으로 도일과 영강은 걸어나갔다.

'저들은 또 올 것이다!'

도장을 나서는 도일을 바라보는 타나카의 뇌리엔 이런 생각이 떠올랐다. 그러다 문득 그는 한차례 전신을 부르르 떨었다. 정수리로 날아들던 도일의 칼을 떠올린 탓이었다. 정말이지 두 번 다시 상대하고 싶지 않은 자였다.

　그 후에야 타나카는 치료를 위해 후원으로 움직였다. 싸늘한 가을 햇살이 온 마당을 가득 채운 청명한 날이었다.

류우텐류 도장을 나선 도일과 영강은 황급한 발걸음으로 숙소로 달려갔다. 고려(高麗)라는 옥호(屋號)가 적힌 여관(旅館)이었다.

"다녀오십니까?"

주인인 듯한 기모뇌[和服] 차림의 여인이 마루까지 나와서 절을 하며 두 사람을 맞았다.

그러나 두 사람은 여주인은 거들떠보지도 않고 달리다시피 안으로 들어갔다. 분명 기분이 나빠질 만도 하건만 여주인은 전혀 개의치 않는 표정이었다.

옥호에서도 알 수 있듯 이곳은 조선(朝鮮)의 상인들이 이곳 일본에서 거주할 수 있도록 허락받은 상관(商館)들 중 하나였다. 물론 진실한 목적은 보다 은밀한 것이었지만 말이다.

짝짝!

문득 여주인은 가볍게 손뼉을 쳤다. 하녀를 부르는 신호였다.

"죽을 준비하도록 해라. 환자들이 먹을 것이니 각별히 신경 써서."

지시를 내린 후 여주인은 몸을 일으켜 안으로 들어갔다. 오늘에야 간신히 정신을 차린 세 사람을 위해서 준비해야 될 것은 비단 음식만이 아닌 것이다.

'여긴 어딘가? 나는 왜, 어떻게 여기 있게 됐는가?'

눈을 뜨자마자 시작된 이 의문에 독고향은 지금까지 매달려 있었다. 다른 생각이 없는 건 아니었다. 그러나 가장 궁금하고, 또 당면한 문제는 바로 그것이었다.

전신에 힘이라곤 단 한 오라기도 남아 있지 않았다. 움직일 수만 있었더라도 밖으로 나가 주위를 둘러봤을 터였다.

사실 눈에 보이는 정경이 아주 낯선 것만은 아니었다. 바닥에 깔린 다다미나 벽지의 문양, 또 산뜻한 문풍지가 발라진 미닫이문 등은 매희가 세가령에서 경영했던 죽로각과 아주 똑같았다.

이 때문에 독고향은 더욱 헷갈렸다. 여기가 죽로각이 아님은 분명한 터, 그러나 다른 곳은 전혀 떠오르지도 않았다.

또한 곁에는 두 사람이 더 누워 있었다. 그들을 덮고 있는 깨끗한 이불이 일정한 간격으로 오르내리는 걸 보면 그들 역시 혼절 상태인 모양이었다.

그 모든 게 독고향에겐 도무지 낯설기만 한 것들이었다. 시선을 다시 천장으로 옮겼을 때,

와락!

돌연 장지문이 거칠게 열리며 두 사람이 안으로 들어섰다. 도일과

영강이었다.

독고향은 놀라지 않을 수 없었다. 두 사람 모두 칼을 찬 상태였고, 또 그들의 복장도 이질적인 것이었다.

그러나 내색하지는 않았다. 비록 칼을 차고 황급한 걸음으로 들어섰지만 그들의 모습에서 적의나 살기 따위는 전혀 찾아볼 수 없었기 때문이다.

그들 중 나이 든 사내가 무슨 말을 했다. 그러나 독고향의 귀에는 생전 처음 들어보는 언어였다.

"무슨 말이지? 당신들은 누구고?"

독고향은 힘겹게 입을 열었다.

그의 말에 두 사람의 표정이 흠칫 굳어졌다. 그러나 그것은 아주 잠깐에 불과했고, 예의 사내가 재차 입을 열었다.

"중국 사람인가?"

유창한 중화어(中華語)였다.

하지만 독고향은 그들이 타국 사람임을 알 수 있었다. 맨 처음 알아듣지 못할 말을 한 것에서도, 새삼 자신의 국적을 묻는 것으로도 충분히 유추할 수 있었다.

"당신들은 누구요? 보아하니 날 구해주신 것 같은데……."

힘겹게 고개를 끄덕이며 독고향은 되물었다. 자신에 대한 적의나 살기를 찾아볼 수 없으니 일단 안심해도 좋을 것 같았다.

"중국인이 왜 조선의 상선(商船)에 타고 있었나?"

독고향의 질문은 묵살되었다. 대신 약간은 신랄해진 어투로 사내는 질문을 던졌다.

"모르겠소."

눈을 감으며 독고향은 힘겹게 대꾸했다. 그리고 그건 사실이었다.

보기에 따라선 건방지다고 여겨질 수 있는 독고향의 태도였지만 도일은 별로 신경 쓰지 않았다. 살다 보면 왕왕 상식으로 이해되지 않는 일도 있는 법이다.

"그대의 이름은?"

한층 무거워진 어조로 도일은 질문을 이어갔다. 그가 어떻게 조선의 배에 타게 되었는지는 나머지 두 사람이 깨어나면 알게 될 일, 그전에 이 엉뚱한 자에 대한 것을 최대한 알아두고 싶었다.

"독고향……."

말꼬리를 흐린 탓에 이름의 마지막 '향' 자는 거의 들리지도 않았다.

이제 독고향은 자신의 이름에 대한 확신을 갖지 못했다. 살승(殺僧)들에게 잡혀가 처음으로 본 광경, 그리고 그곳에서 들은 얘기는 아직도 뇌리에 선명하게 각인되어 있다.

두 번 다시 떠올리기 싫은 기억이었다. 그래서 정신이 들고부터 이곳에 대한, 어떻게 오게 됐나 하는 점에만 집착하고 있었는지도 모른다.

그러나 제 이름을 물어오자 어쩔 수 없이 대답해야 했고, 기억 속으로 그때의 광경과 말들이 떠오를 수밖에 없었다.

'과연 이 이름을 계속 써야 하는가?'

독고향의 눈이 암울하게 젖어들며 스르륵 감겨졌다. 애당초 자기 것이 아니라고 여겨지는 이름이다. 누군가에 의해 만들어진 것 같은 삶이라면 자신은 의당 '무흔'으로 불리는 게 마땅했다. 처음부터 그들 중 하나였기 때문이다.

그러나 다음 순간, 독고향은 발작적으로 눈을 떴다. 처음의 시작이야 어찌 되었든 지금까지의 삶은 오롯이 독고향의 것이었다. 그전의 것은 기억나지도 않았다.

그렇다면 더 더욱 이 이름에 애착을 가져야 한다. 설혹 누가 시비를 걸어온다면 싸워서라도 지켜야만 될 이름인 것이다.

그래야 살아 있었다는 최소한의 흔적이라도 남는다. 그들이 왜 '무혼' 인가? 아무리 발버둥쳐 봐야 흔적없이 사라질 존재들일 뿐이기 때문이다.

그들과는 달라야 한다. 누군가에 의해 만들어지고, 또 조작되는 그런 삶을 살기는 싫다. 단 한 번의 호흡이라도 내 자유 의지로 내쉬고 싶을 따름이다.

힘겹게 고개를 조금 움직인 독고향은 도일의 눈을 바라보았다.

"들려주겠소? 여긴 어디며, 내가 어떻게 여기까지 오게 됐는지를……?"

도일 역시 그 눈빛을 지그시 응시했다. 조금 전까지 보이지 않던 삶에 대한 애착과 열망이 독고향의 두 눈을 가득 채우고 있었다.

"대답해 줄 수 있는 건 하나뿐이다. 여긴 일본국(日本國)이다. 어떻게 여기까지 오게 됐는지는 그대가 모른다고 하니 나 역시 알 수 없다!"

의도적인 듯 도일의 어투는 딱딱 부러졌다. 그러나 속마음까지 그런 것은 아닌 모양이었다. 표정이 조금 더 부드러워졌다.

'일본국?'

독고향의 눈에 의혹의 빛이 서렸다. 생판 처음 들어보는 국호(國號)였다.

그 의혹을 눈치 챈 도일은 이내 설명을 이어 나갔다.

"그대에겐 생소하겠지. 그대의 나라에선 동영으로 더 잘 알려진 왜국의 다른 이름이니까."

‘동영…….’

그제야 독고향은 도일이 입고 있는 옷이 아주 낯설지만은 않다는 것을 깨달았다. 세가령에 있을 때 만났었던 닌자들과는 확연히 달랐지만, 매희를 비롯한 그녀의 시비들이 입던 옷과는 어딘지 모르게 일맥상통하는 면이 있었다.

독고향은 잠시 생각에 잠겼다. 여기가 매희의 고향인 일본이라는 점을 감안하고 보면, 어떻게 자신이 예까지 올 수 있었는지를 짐작케 하는 작은 단서가 될 수도 있을 터였다.

그러나 기억나는 건 아무것도 없었다. 그저 자신과 꼭 닮은 살승들과 고문을 가하던 그들의 잔혹독랄한 손속만이 뇌리를 가득 채웠다.

‘부질없다!’

백지로 텅 비어 있는 기억을 아무리 더듬어봐야 소용없는 짓, 독고향은 보다 손쉬운 의문점을 해결하기로 했다.

“당신들은 뉘시오? 또, 어떻게 날 구하게 되었소?”

솔직히 도일에 대한 독고향의 의혹은 증폭된 상태였다. 맨 처음엔 생전 들어보지 못했던 말로 얘기를 했었고, 지금은 또 중화어가 유창하다. 모르긴 해도 일본말도 잘할 것 같았다.

한 사람이 이렇게 여러 가지 언어를 구사한다는 건 독고향에겐 확실히 신기한 일이다. 그로선 중국 북방어(北方語)조차 간신히 알아들으니 말이다.

도일은 가볍게 고개를 끄덕였다. 독고향의 심정이 충분히 이해되었기 때문이다. 하긴 그렇다고 해서 꼭 말해 줄 필요까지 있는 건 아니지만.

아직도 혼절 상태에서 깨어나지 못하고 있는 두 사람을 보살피는 영강을 슬쩍 바라본 후 도일은 입을 열었다.

"나는 조선 사람으로 도일이라고 하네. 저 사람은 내 제자인 영강이고. 우린 검술 수업차 일본에 왔네."

도일의 말투가 많이 부드러워졌다. 그만큼 그의 마음이 느긋해졌다는 뜻이었다.

그러나 영강은 그렇지 못한 모양이었다. 자신들의 정체가 밝혀진 게 못마땅한지 도일 쪽으로 한차례 시선을 보냈다.

도일은 개의치 않았다. 자신들의 정체를 안다고 해서 이제 막 혼절에서 깨어나 제대로 움직이지도 못하는 독고향이 뭘 어떻게 하겠는가?

또 자신들의 진실된 임무는 얘기하지도 않았다. 검술을 익히기 위해 전국을 방랑하는 자는 이 나라 일본에도 적지 않다. 그보다 도일은 독고향에 대해 좀 더 알아보고 싶었다.

"혼절해 있는 동안 치료를 위해 그대의 몸을 살펴보았네. 상당히 혹독한 수련을 거친 무술의 달인인 것 같던데… 중국 쪽의 무술을 익혔나?"

이게 바로 도일의 심정이었다. 독고향에 대한, 정확하게는 그의 무공에 대한 호기심이었다. 그도 어쩔 수 없는 무인이었던 것이다.

"내 몸 하나 간신히 지킬 수 있을 정도… 아니, 몸 하나도 건사할 수 없던 형편없는 무공이었소!"

맥없이 독고향은 대꾸했다. 자신은 물론 주변 사람도 누구 하나 제대로 보호하지 못한 무공이었다. 거론할 만한 것이 못 되었다.

하지만 도일의 생각은 달랐다. 지난 며칠간 치료를 하며 살펴봤던 독고향의 몸은 가히 천품(天品)이었다. 단순한 수련만 거친다고 해서 저처럼 무술을 익히기에 딱 맞는 체형이 갖추긴 힘들다.

"그대의 회복은 빠르네. 원래 치료가 잘돼 있기도 했지만, 나도 놀랄 정도로 정상을 되찾고 있네."

설핏 독고향의 눈 주위로 옅은 웃음기가 스치고 지나갔다. 다분히 자조적인 냄새가 풍기는 것이었다.

'부질없는 일이지.'

제 몸의 회복 속도에 대한 독고향의 생각이었다. 빨리 나은들 이제 와 돌이킬 수 있는 건 아무것도 없다. 차라리 이대로 죽어버리는 게 편할지도 모른다.

"한번 보고 싶군."

알아듣지 못할 말을 하는 도일을 독고향은 의아한 시선으로 바라보았다.

"자네의 무술 말일세. 허허, 그러자면 치료가 우선인가? 허허허허!"

자신의 말이 성급했음을 깨달은 탓일까? 도일은 너털웃음을 터뜨렸다.

그에 놀란 사람은 영강이었다. 스승이 저처럼 기분 좋게 웃는 걸 정말 오랜만에 본 탓이었다.

독고향으로서야 모든 것이 그저 무덤덤할 뿐이었다.

그 점을 도일은 예리하게 간파해 냈다.

"어쨌든 살아 있다는 건 좋은 일이야. 뭔가를 할 수 있지 않은가?"

'뭘?'

한껏 배려한 듯한 도일의 말도 독고향에겐 까닭없는 거부감으로 다가왔다.

기실 도일은 독고향에게 많은 호감을 느꼈다. 설명하긴 힘들지만, 딱히 그 이유 중 하나를 꼽으라면 무인, 그것도 다른 나라의 고수라는 점을 들 수 있겠다.

하긴 이것도 핑계에 지나지 않는다. 사람이 사람에게 호감을 느낄 때엔 별다른 이유 따윈 필요없는 법이다.

"어쨌든 자넨 회복이 빠르고, 또 이젠 정신도 차렸으니 본격적으로 치료할 수 있을 걸세. 아마 한 열흘 정도면 어느 정도 정상을 되찾을 수 있을 걸세!"

도일의 말투가 더욱 부드러워졌다. 제자인 영강과 비슷한 나이로 보여 더욱 좋아진 것인지도 몰랐다.

"스승님, 이자가 깨어나고 있습니다!"

갑자기 들려온 영강의 말에 도일은 그쪽으로 시선을 돌렸다.

"핫!"

다급한 영강의 경악성이 들려온 것은 동시였다. 그가 보살피고 있던 자가 깨어나자마자 공격을 감행해 왔기 때문이다.

분명 불의의 기습이었다. 하지만 영강의 대처 역시 침착하기 그지없었다.

우선 영강은 앉은 자세 그대로 상체를 뒤를 한껏 젖혀 목을 노렸던 놈의 손을 흘려 버렸다.

그 다음은 곧장 반격이었다. 뒤로 젖혔던 몸을 튕겨 일으킨다 싶더니 어느새 뽑아 든 칼로 놈의 어깨를 강하게 찍어갔다.

놈도 만만치 않았다. 혼절에서 금방 깨어난 사람의 움직임이라고 믿기 어려울 정도로 빠르게 뒤로 물러나 영강의 칼을 피했다.

하지만 그 바람에 놈은 방의 구석에 몰렸다. 더 이상 어떻게 움직여 볼 여지가 없어져 버린 것이다.

"그냥 둬라!"

재차 공격해 들어가려는 영강을 말리며 도일이 놈의 앞으로 조금 다가갔다. 여전히 앉은 자세 그대로였다.

"닌자(忍者)인가?"

침착한 어투로 묻는 도일의 말은 어느새 유창한 일본어로 변해 있었다.

닌자는 긴장을 늦추지 않았다. 물론 말도 없었다. 그러나 한편으론 끊임없이 독고향에게로 시선을 보냈다.

"아는 사이인가?"

최대한 부드러운 어조로 도일은 물었다. 만약 상대가 생각처럼 닌자라면 막무가내로 밀어붙였다간 극단적인 행동을 할지도 모르기 때문이었다.

독고향 역시 호기심 서린 눈으로 그들을 바라보았다. 다른 말은 몰라도 '닌자' 라는 한마디는 충분히 알아들을 수 있었다.

그렇다면 그의 입을 통해 어떻게 자신이 여기 일본까지 오게 됐는지 알게 될지도 모른다.

독고향의 눈빛에 서렸던 호기심이 점차 기대감으로 변해갈 즈음 닌자가 입을 열기 시작했다.

물론 독고향으로선 한마디도 알아들을 수 없었다. 도일과 영강에게 번갈아 시선을 보냈지만 누구도 설명해 주지 않았다.

다행히 닌자의 얘기는 짧았다.

"아무리 봐도 자넨 신기한 사람이로군!"

도일이 독고향을 향해 돌아앉으며 말을 붙였다. 그러나 영강은 여전히 칼을 뽑아 든 채 닌자에게서 감시의 눈길을 떼지 않았다.

"왜 닌자들이 중국인인 자네를 구하기 위해 그처럼 막대한 희생을 치러야 했는지······.”

의미심장하게 도일이 말꼬리를 흐렸지만 독고향은 그 한마디로 사태를 파악할 수 있었다.

독고향은 간략하게 설명하기 시작했다. 자신과 남궁장후, 그리고 매희에 대해서······.

“그렇다면 자네가 일본까지 흘러온 걸 이해하지 못할 바도 아니군. 하지만 저자와 함께 있을 수는 없네!”

도일의 어조는 단호했다. 호감을 가진 독고향을 구해준 닌자였지만, 일본인과는 함께 움직일 수 없는 사정이 있었던 것이다.

문득 구석에 서 있던 닌자가 풀썩 주저앉았다. 아무리 혹독한 수련을 거쳤더라도 오랜 혼절로 인해 체력이 소진된 탓이었다.

그러나 닌자는 그저 무기력하게 쓰러져 있지만은 않았다. 독고향을 향해 연신 무슨 소리인가 외쳐 댔다.

“무슨 얘기요?”

독고향으로선 도일에게 물어볼 수밖에 없었다.

“자네에게 주모(主母)가 있다고 했지? 그녀가 해산(解産)을 했다는군!”

“뭐?”

놀람에 찬 반문이 독고향의 입에서 터져 나왔다. 조금 전 매희에 대해 설명할 때만 해도 그녀의 안부나 그 후손에 대한 생각은 전혀 하지 않았었다.

하지만 그녀가 무사히 일본에 도착했고, 또 자식까지 낳았다면 문제는 달라진다.

‘돌아갈 이유가 생겼다!’

사실이었다. 매희가 낳은 아이라면 남궁장후의 후손, 그의 핏줄이 끊기지 않은 이상 세가령은 아직도 남궁세가의 소유다. 그 후손에게 되찾아줘야만 한다.

"날 회복시켜 주실 수 있겠소?"

지금까지와는 달리 독고향의 음성엔 약간의 힘이 실려 있었다.

"이제 생각이 달라진 건가? 할 일이 있는데도 나약하게 피하기만 하는 건 사내가 할 짓이 아니지! 염려 말게, 최선을 다해 자네를 원래대로 회복시켜 주겠네."

툭, 도일의 손이 자신의 가슴을 가볍게 두드렸다. 자신있다는 표현이었다.

"자, 그럼 어디 한 번 더 살펴볼까!"

말과 함께 도일은 독고향을 덮어둔 이불을 걷었다.

그제야 독고향은 자신이 알몸으로 누워 있다는 사실을 깨달았다.

독고향의 전신 중요 혈맥을 살피려 도일이 손을 가져가려는 순간,

"오사카 봉행(奉行)이다! 안에 있는 자들은 모두 밖으로 나와 임검(臨檢)에 응하라!"

갑자기 밖에서 커다란 고함 소리가 들려왔다.

독고향이야 그 말뜻을 몰라 그저 어리둥절한 표정을 지을 뿐이었지만, 다른 사람들의 얼굴은 선연한 긴장으로 굳어졌다.

3

"무슨 일이오?"

사람들의 긴장감을 느낀 독고향은 근심 어린 어조로 물었다.

"흠, 뭐라 설명해야 할까? 관헌들이 검문을 하러 왔다고 이해하게."

설명을 해주면서도 도일의 얼굴에선 긴장감이 지워지지 않았다.

이곳이 비록 여관이지만, 조선의 상관으로 묵인되는 곳이기도 했다. 봉행이 임검을 나올 이유가 없고, 또 여태 한 번도 없었던 일이기도 했다.

"뭐 하고 있나? 모두 밖으로 나와 임검에 응하라!"

또 한 차례의 고함 소리가 밖에서 들려왔다.

"일단 누워라."

도일은 아직까지 구석에 서 있는 닌자를 향해 말하고 난 후 영강에게 눈짓을 보냈다.

두 사람이 막 밖으로 나가려는 순간,

벌컥!

장지문이 양쪽으로 거칠게 열리며 다섯 명이 한꺼번에 안으로 들어섰다. 칼을 찬 것은 물론 가죽으로 만들어진 갑옷까지 걸친 모습이었다.

"밖으로 나오란 말 못 들었나? 무슨 의도로 임검에 불응했나?"

"불응할 생각은 없었소. 보시다시피 이렇게 환자들이 있어서 보살피다 늦어졌을 뿐이오."

담담한 어투로 도일이 대꾸했다.

단 한 마디도 알아들을 수 없는 독고향이었지만, 한 가지 사실은 알 수 있었다. 그들에게서 적의가 느껴진다는 점이었고, 밖에 더 많은 자들이 몰려 있다는 것이었다. 어쩌면 이 여관 전체가 포위되었는지도 모를 일이다.

"환자라고? 최근 항관(港關)에 신고하지 않고 입국한 이방인이 이 여관에 있다고 들었다. 저들인가?"

그 말에 도일은 약간의 안도감을 느꼈다. 경갑옷까지 차려입은 모습으로 몰려온 걸 봤을 땐 뭔가 일이 크게 어긋났다고 생각했었다.

근데 단순히 불법 입국이 문제될 뿐이라면 별로 심각한 건 아니다. 어떻게든 해결할 수 있을 것이다.

"그렇소. 항관에 신고하지 않은 건 우리 불찰이오. 하지만 이 사람들을 보시오. 배가 난파하는 바람에 저토록 중태요. 시각이 급해 신고를 미뤘소!"

도일은 우선 말로 사정을 설명했다. 이걸로 완전히 해결되진 않겠지만 그래도 대화가 우선이었다.

"이유가 안 된다! 모두가 환자를 돌볼 필요는 없지 않나! 누구 한 사람 항관에 와서 신고해도 될 일이었다!"

이건 명백한 시비였다.

도일은 이 일의 배후에 누가 있을까를 골똘히 생각해 봤다. 당장 떠오르는 건 류우텐류 도장의 제자들이었다. 그들이라면 오사카에서 봉행을 움직일 정도의 힘은 충분히 있다.

"이제 환자들이 차도가 좀 있으니 당장 내일이라도 항관에 신고하도록 하겠소. 그러니 오늘은 이쯤에서 그만……."

말꼬리를 흐리며 도일은 소매 속에서 두 장의 금엽(金葉)을 슬쩍 관헌의 손에 쥐어주었다.

"이게 뭔가? 법을 어기고서 뇌물로 무마하려 하는가? 당장 이들을 포박하라!"

관헌은 도일이 건네준 금엽을 바닥에 내팽개치며 수하들에게 명을 내렸다.

'좋지 않다!'

도일의 미간에 굵은 주름이 잡혔다. 심상치 않은 느낌이 강하게 들었다. 단순히 류우텐류 도장의 입김 때문만은 아닌 것 같았다.

'혹시……?'

자신들의 정체가 드러난 게 아닐까 걱정하며 도일은 슬쩍 영강을 쳐다보았다. 언제든 출수(出手)할 준비가 되어 있다는 눈빛이었다.

하지만 여기서 일을 벌일 수는 없다. 장소도 장소지만 부상자들 때문에라도 이 자린 피해야만 한다.

"좋소. 행재소(行宰所:지방의 정무를 담당하던 기관)에는 이 몸이 동행하겠소. 하지만 내 제자는 이들 환자를 돌보도록 해주시오!"

"스승님!"

영강이 앞을 막고 나섰지만 도일은 그의 어깨를 슬쩍 밀었다.

"뭔가 오해가 있어서일 터, 염려하지 말고 사람들을 보살펴라. 내가 다녀오겠다."

"한 놈도 남을 수 없다. 여봐라! 뭣들 하느냐? 당장 이놈들을 포박하라!"

이쯤 되면 더 이상 선택의 여지가 없다. 이대로 잡혀갈 수는 없는 노릇, 힘으로 뚫고 나갈 수밖에 없다.

도일의 시선이 다시 한 번 영강에게로 향했다. 의미가 있는 눈길이었다.

영강도 대뜸 도일의 의도를 눈치 챘다.

'속전속결!'

이 안의 다섯을 처치하는 데 시간을 끌다가는 밖에 있는 자들까지 가담할 우려가 있다. 최대한의 시간을 벌기 위해서라도 재빨리, 또 소리없이 해치워야 한다.

결정된 이상 망설일 이유는 없다.

팟!

도일의 왼발이 다다미를 힘껏 민다 싶은 순간,

싸각, 쓱!

벌써 두 명의 관헌이 목 없는 시신이 되어 바닥으로 허물어져 내렸다.

두 개의 목을 날려 버린 도일이 다시 다른 두 명을 노려 칼을 휘두를 때,

스팟!

영강 역시 한 명의 관헌을 정수리에서부터 쪼개내고 있었다.

그 후 영강은 재빨리 몸을 돌려 아직까지 혼절에서 깨어나지 못하고 있는 사람을 들쳐 업었다.

"움직일 수 있나?"

낮지만 다급한 어조로 영강은 닌자에게 물었다. 그는 일본인이라 두고 가도 되겠지만 만약 자신들의 정체가 탄로났다면 그 역시 위험하기는 마찬가지다.

닌자는 고개를 끄덕였고,

"스승님!"

그걸 확인한 영강이 다시 도일에게로 몸을 돌렸을 때, 벌써 그는 나머지 두 명의 관헌도 베어넘긴 후였다.

"교토(京都)로 간다!"

역시 독고향을 들쳐 업으며 도일은 조선어로 짤막하게 한마디 했다. 만약 헤어졌을 때를 대비한 지시였다.

"창으로 나가라. 난 정문으로 나가겠다. 닌자는 날 따르도록!"

말이 끝나자마자 도일은 열려진 장지문을 통해 복도로 달려나갔다.

동시에 영강이 창을 박살 내며 밖으로 나간 것은 물론이다.

'쉽지 않겠군!'

복도로 나선 순간 도일의 눈빛은 암울하게 젖어들었다. 생각보다 많은 관헌들이 동원된 것을 본 탓이었다.

"핫, 놈이다! 막아라!"

"쳐라!"

도일을 발견한 관헌들이 일제히 병기를 들어 앞을 가로막았다.

관헌이라지만 지금 일본은 내전(內戰)의 끝자락, 이름만 관헌이지 모두가 군인들이었다. 그나마 다행인 것은 그들이 중무장한 것이 아니라 가죽 갑옷을 착용한 경무장 상태라는 점이었다.

방에 들어섰던 다섯 명을 벤 이상 도일로선 선택의 여지가 없었다.

"막는 자는 죽는다!"

우렁찬 일갈을 토하며 도일은 수중의 칼을 어지럽게 휘둘렀다.

막아섰던 자들 중 둘의 육신이 쪼개져 나갔고, 도일은 칼을 한차례 크게 횡으로 휘둘렀다.

복도는 그리 넓은 편이 아니었다. 도일이 크게 횡으로 휘두른 칼날이 닿지 않는 곳은 없었다.

"크헉!"

"아악!"

단말마의 비명과 함께,

후두둑!

도일의 얼굴에도 뜨거운 선혈이 튀었다. 물론 적들의 피였다.

도일은 빠르게 사방을 살폈다. 우선 실내로 들어온 자들은 모두 없애 버린 것 같았다.

막 밖으로 한 걸음 옮기려는 순간, 우측의 장지문이 스르륵 열렸다.

흠칫, 도일의 어깨가 크게 출렁인다 싶더니 이내 그의 칼이 열린 장지문을 겨누었다.

"어디로 가실 겁니까?"

방 안에서 문을 연 사람은 여관의 여주인이었다. 그녀는 다소곳이 무릎을 꿇은 자세로 물었다.

"교토로 갈 것이다. 당분간 이 상관을 폐쇄하고 다음 명령을 기다려라.”

도일의 대답은 조선어였다. 조금 전 영강에게 말했던 때와 마찬가지로 뒤를 따르는 닌자를 의식한 탓이었다. 그에게 너무 많은 것을 알려 좋을 것은 없다.

“위급한 상황을 대비해 준비해 뒀던 것입니다. 부디 요긴하게 쓰시길…….”

말과 함께 여주인은 어른 머리통만한 보퉁이를 내밀었다. 바로 눈앞에 시체들이 뒹굴고 있건만 침착하기 그지없는 언행이었다.

“내가 맡겠소!”

여지껏 아무 말 없던 닌자가 보퉁이를 받았다. 이로써 그 역시 도일을 따르겠다는 의중을 간접적으로 표현한 것이었다.

“그 허리띠를…….”

도일은 여주인의 기모노 허리띠를 달라고 했다.

영문을 알 수 없는 말이었지만 여주인은 전혀 망설이지 않았다. 침착하지만 빠른 손길로 그녀는 허리띠를 풀어 도일에게 건네주었다.

도일은 그 허리띠로 등에 업은 독고향을 단단히 고정시켰다.

“간다!”

“뒤는 걱정하지 마시오!”

걸음을 옮기는 도일의 뒤를 따라붙으며 닌자가 힘차게 한마디 했다. 그는 바닥을 뒹구는 시체들 사이에서 한 자루 칼을 집어 들었다.

물론 도일은 그 말을 믿지 않았다. 뒤를 맡길 만큼 신뢰하지도 않았고, 지금 닌자의 상태라면 제 한 몸 건사하기도 힘겨울 터였다.

밖은 예상대로였다. 적어도 백 명은 될 것 같은 군사들이 여관 전체를 포위하고 있었다.

벌써 싸움이 한창이었다. 창을 통해 밖으로 나온 영강을 둘러싸고 군사들이 공격을 감행했던 것이다.

"갈!"

한소리 기합성을 토하며 도일은 영강이 싸우는 곳으로 달려갔다. 그와 합류하기 위해서였다.

쉽지는 않았다. 도일을 발견한 군사들이 그의 앞도 가로막고 공격을 퍼부었다.

차차차창!

공격해 오는 군사들의 병기를 도일이 한꺼번에 튕겨냈을 때,

"앉으시오!"

뒤에서 닌자가 커다란 목소리로 외쳤다.

어떻게 된 건지 생각할 여유 따윈 없었다. 도일은 그 자리에 푹 주저앉았고,

피피핏!

"컥!"

"우헉!"

예리한 파공성이 들린다 싶더니 앞을 가로막았던 군사들이 무더기로 쓰러졌다. 닌자가 암기를 발출한 결과였다.

도일은 뒤를 돌아보지 않았다. 고마움을 표하는 것보다는 영강과 합류하는 게 우선이었다.

영강 역시 같은 생각인 모양이었다. 그와 싸우는 군사들이 서서히 도일 쪽으로 밀려왔다.

"날 내려주시오. 더 이상 짐이 되긴 싫소."

여전히 맥없는 목소리로 독고향이 말했다. 벌써 한 번 구원을 받은

목숨이었다. 이처럼 생사를 가늠할 수 없는 싸움에까지 신세를 지고 싶지 않았다.

"지금 와서 버리고 갈 정도라면 애당초 구하지도 않았네!"

도일은 단호했다. 조선에서 건너온 상선(商船)이 오사카 앞바다에서 난파되었다고 들었을 때 당장 달려갔었고, 온갖 위험을 무릅쓰고 세 사람을 구했었다. 설사 함께 죽을지언정 버려두고 갈 수는 없다.

그사이에도 공방은 끊이질 않았다. 아니, 일방적인 도살이라고 하는 게 정확했다. 공격은 군사들이 했지만 죽어 나가는 것들도 그들이었다.

하긴 전적으로 그들만 당한 건 아니었다. 도일은 몰라도 영강은 벌써 몇 군데 부상을 당한 상태였다.

어느새 도일과 영강의 거리는 상당히 가까워졌고, 급기야 서로에게 몸을 의지하게 되었다.

그렇다고 좋은 점만 있는 건 아니었다. 둘로 분산되어 있던 적들의 공격이 한군데로 집중되었기 때문이다. 이래서 포위망을 뚫을 땐 흩어져 움직이는 게 좋다.

하지만 도일에게도 나름대로의 계산은 있었다.

"영강, 이들을 지켜라!"

말과 함께 도일은 업고 있던 독고향을 풀어 내렸다.

"스승님, 제가 하겠습니다! 스승님께서 여기……."

도일의 의중을 눈치 챈 영강이 급히 제지했지만 이미 늦어버렸다.

"하이압!"

우렁찬 기합과 함께 도일은 벌써 적들 한가운데로 짓쳐들고 있었다.

"마, 막아랏!"

"쳐, 쳐라!"

적들은 혼란에 휩싸였다. 이렇듯 대담하게 단신으로 역습을 감행해 올 줄은 꿈에도 생각지 못한 탓이었다.

독고향을 내려놓고 가벼운 몸이 된 도일의 움직임은 한마디로 흉포한 야수였다.

"크아악!"

"마, 막아랏, 아악!"

도일의 주변으로 자욱한 피보라가 피어올랐다.

실제로 지금 도일의 가슴속에는 순수한 살기 외엔 다른 아무런 감정도 찾을 수 없었다.

'이왕 시작한 일!'

그랬다. 안 했으면 모르되 벌써 일은 벌어지고 말았다. 움츠린다고, 피한다고만 해서 해결되지 않는다. 오로지 뚫고 나갈 수밖에 없다.

어쩌면 무의미한 살생일지도 모른다. 평생을 걸고 걸어온 무도(武道)의 길에 위배된다는 것도 안다.

하지만 도일은 칼을 휘둘렀다. 좌우명으로 삼고 있던 '평상심(平常心)' 이란 단어는 벌써 뇌리 속에서 지워 버린 지 오래였다.

어떻게든 이 위기를 벗어나고 싶었다. 살고 싶었고, 제자와 독고향도 살리고 싶었다.

무엇보다 이 오랑캐의 땅 일본에 들어온 목적을 이루고 싶었다. 자신의 무업(無業)과 나라를 위해서라도…….

재차 도일의 칼이 적의 목숨을 찾아 허공에서 번뜩였을 때,

타앙!

한 발의 총성이 싸움판의 소란을 뚫고 커다랗게 울려 퍼졌다.

“모두 물러서라! 총포대(銃砲隊) 조준!”

총성과 함께 명령이 들렸을 때 이미 도일은 몸을 돌려 달리기 시작
했다.

“뛰어라, 영강! 뛰어!”

달리면서도 도일은 연신 주변의 시신을 칼로 찍어 허공으로 던져 올
렸다. 총포대의 조준을 방해하려는 의도였다.

제자를 향한 도일의 말은 사실 필요없었는지도 모른다. 벌써 영강은
독고향을 들쳐 멘 닌자를 부축해 달리기 시작했으니 말이다.

“앗! 달아난다. 막아라!”

갑작스런 도주에 당황한 적들이 영강의 앞을 막아섰고,

“끼이이이이야아아압!”

영강의 입에선 날카로우면서도 섬뜩한 외침이 터져 나왔다. 동시에
그의 신형이 섬전처럼 앞으로 튕겨지며 칼을 휘둘렀다.

“크아아악!”

“아악!”

또 한 무더기 피보라가 왈칵 피어올랐다.

“쏴라, 쏴! 피아(彼我)를 구분할 것 없다! 무조건 놈들을 맞춰!”

총포대의 지휘자가 또 한 번 고함을 질렀다.

그게 도일 일행의 도주를 쉽게 해주었다. 피아를 구분하지 말라는
말에 적들이 황급히 몸을 피했기 때문이다. 얼쩡거리다가는 진짜 총에
맞을지도 모르는 것이다.

화르르륵!

고려관에서 갑작스런 불길이 맹렬하게 치솟은 것은 거의 동시였다.

“앗, 불이다!”

"꺼라, 불부터 꺼!"

도일 일행을 공격했던 군사들이나 구경하던 사람들은 걷잡을 수 없는 혼란에 사로잡혔다.

일본의 집은 대개가 나무로 만들어진다. 자칫 불길을 잘못 방치했다가는 거리 전체가 잿더미로 변할지도 모르는 일이다.

"물러서라! 불은 급하지 않다. 놈들부터 잡아랏! 쏴, 쏴라!"

총포대의 지휘자가 연신 언성을 높였다. 그리고는 혼란에 빠져 우왕좌왕하는 자들을 손에 든 채찍으로 마구 후려치기 시작했다.

하지만 그걸로는 이 소요를 진정시킬 수 없었고,

타타타탕!

마침내 총포대의 총들이 일제히 불길을 내뿜었다.

요란한 총성에 이리 뛰고 저리 뛰던 사람들이 와르르 무너지는 것처럼 바닥에 엎드렸다.

총이 발사된 후 지휘자는 내심 안도의 한숨을 내쉬었다. 비록 도일 일행은 놓쳤지만 무고한 사람들은 한 명도 다치게 하지 않았기 때문이다. 총포대원들이 일제히 하늘을 향해 발사했던 것이다.

엄연한 명령 불복이다. 하지만 지휘자는 문책하지 않기로 했다. 최소한의 인간적인 양심과 판단에 의한 행동이었을 테니까.

"각 관문(關門)에 알려라. 오사카를 벗어난 조선인 세작(細作) 다섯 명을 긴급 수배하라고! 그리고…… 불을 꺼라."

지휘자의 마지막 명에는 왠지 맥이 풀려 있었다.

조우(遭遇)

오사카에서 사카이[堺]로 통하는 대로변에는 일정한 간격을 두고 찻집과 떡집, 그리고 유곽(遊廓)이 개설된 곳이 많다.

북쪽으로 아즈찌 고개[小豆坂]를 두고 있는 유곽 조로(朝露)도 이곳에서 한창 성업 중인 이층 건물이었다.

도일 일행이 조로의 문을 두드린 것은 어둠이 짙게 깔린 뒤였다.

"누구시오?"

조금은 신경질적인 사내의 음성이 안에서 튀어나왔다.

"하룻밤 유녀(遊女)의 정을 찾아온 사람에 관해 물어서 뭐 하겠소? 문부터 여시오!"

느물거리는 어조로 도일은 대꾸했다. 여태 그에게서 감돌던 칼날 같은 무인의 기상은 찾아볼 수 없는 어투였다.

독고향은 그 모습을 전혀 이상하게 생각하지 않았다. 여기는 유곽,

서릿발 같은 무인의 기상은 필요없는 곳이다.

문이 빼꼼이 열리며 쥐꼬리만큼만 남은 머리카락을 일본식 상투로 틀어 올린 자가 얼굴을 내밀었다.

"몇 분이슈?"

도일의 아래위를 훑어보며 주인은 퉁명스레 내뱉었다.

"다섯인데… 이층의 매화방(梅花房)이 비었나 모르겠군."

여전히 느물거리는 도일의 말에 주인의 안색이 조금 변했다. 그러나 이내 신색을 회복하며,

"듣자니 방을 통째로 세내겠다는 얘기인 것 같은데, 하루에 금엽 한 장이오!"

"허어, 언제 그렇게 올랐소? 저번에 왔을 때만 해도 그 반이면 됐는데……."

"빈방이면 반값에도 되겠지만, 지금 그 방엔 손님이 들어 있소. 그분들께 다른 방으로 옮겨주십사 양해를 구하려면 그만큼 요금을 깎아줘야 할 것 아니오."

"알겠소!"

도일은 더 이상의 흥정 없이 금엽을 내밀었다.

순간 도일의 등에 업혀 있던 독고향의 안색이 약간 변했다. 돈을 건네는 그의 어깨가 긴장으로 딱딱하게 굳어지는 걸 느낀 탓이었다.

'왜지?'

독고향의 눈빛이 의혹으로 젖어들었다. 목숨을 노리던 적들의 칼날 앞에서도, 그보다 몇 배의 위력을 가진 총포대 앞에서도 긴장하지 않던 도일이었다. 그런 그가 하찮은 유곽에 들어가면서 어깨가 굳어진다는 건 이해하기 힘들었다.

그러다 문득 독고향은 퍼뜩 깨달았다.

'흑화(黑話)!'

지금까지 유곽 주인과 주고받은 대화는 분명 흑화일 터였다. 그리고 그 속에서 모종의 위험을 감지했기에 도일이 긴장한 것일 터였다.

"그럼 들어오시오."

금엽을 받아 든 뒤에야 주인은 문을 활짝 열었다.

"힘들더라도 지금부턴 자네 힘으로 걷도록 해보게."

곧바로 안으로 들어가지 않고 도일은 독고향을 내려놓았다.

지금 독고향의 상태로 혼자 걷기는 무리다. 그러나 무슨 이유가 있으리라 생각하고 이를 악물었다.

삽시간에 독고향의 이마엔 진땀이 번질거렸다. 그만큼 서 있는 것 자체도 힘들다는 의미였다.

하지만 독고향은 허리를 꼿꼿이 세웠다. 혼자 힘으로 걸으라는 건 쇠약한 내색을 하지 말라는 얘기와 같기 때문이다.

힘겹게 가슴을 편 걸음으로 안으로 들어서던 독고향은 해괴한 광경에 흠칫 놀라고 말았다.

문을 기준으로 실내의 우측은 어디서나 흔히 볼 수 있는 주점의 광경과 비슷했다. 탁자와 의자가 몇 개 마련되었고, 그중 하나는 조금 전까지 손님이 있었던 듯 아직 치우지 않은 그릇들이 어지럽게 놓여져 있었다.

문제는 왼쪽이었다. 다다미 스무 조는 족히 될 듯한 널찍한 공간에 열 명 정도 되는 여인들이 앉아 있었던 것이다.

놀라운 것은 그녀들의 복장이었다. 한눈에도 싸구려 천으로 만들어진 것임을 알 수 있는 화복 차림에, 두 어깨는 물론 가슴의 일부까지 드러낸 모습이었다. 개중에는 의도적인 듯 다리를 앞으로 쭉 뻗고 무릎을 약간 세워 허벅지 깊숙한 곳까지 살짝 보이도록 앉아 있는 여인들도 있었다.

게다가 지금 독고향은 거의 벗은 것이나 다름없는 상태였다. 이곳으로 오는 도중 어떻게 옷을 구해 대충 걸치기는 했지만, 상체만 간신히 가릴 수 있는 일본식 옷이라 허벅지 아래는 그대로 노출된 상태였다.

그렇다고 위축될 수는 없는 노릇, 새삼 이곳이 유곽이라는 사실을 뇌리에 새기며 독고향은 도일의 바로 뒤를 따라 이층으로 오르기 시작했다.

계단을 오르는 건 진짜 고역이었다. 뒤따라 오던 영강이 슬쩍슬쩍 도와주지 않았다면 그 자리에 주저앉았을지도 몰랐다.

문 위에 매화라고 적힌 방으로 들어선 독고향은 또 한 번 표정이 굳어졌다. 주인은 분명 이 방에 선객(先客)이 있다고 했었다. 그러나 어디를 봐도 그런 흔적은 전혀 없었다.

'흑화가 확실했군!'

이 방에 선객이 있다는 주인의 말부터가 흑화였을 터였다. 아무리 이익에 눈이 멀어 가격을 올리기 위한 수단이라도, 이처럼 속이 빤히 들여다보이는 짓은 하지 않는 법이다.

그 흑화의 의미가 뭔지를 고민하던 독고향은 이내 포기해 버렸다. 너무 지친 탓이었다.

하더라도 바닥에 곧바로 드러눕지는 않았다. 아직 도일은 물론 영강에게서도 긴장을 푼 기색을 발견할 수 없었기 때문이다.

실내를 둘러보며 독고향은 앉았다. 의자에 앉는 버릇이 든 그에게 바닥에 엉덩이를 붙이고 앉는 것은 상당한 고역이었다.

그래도 독고향의 자세는 편한 편이었다. 도일과 영강, 그리고 닌자까지 무릎을 꿇고 앉아 있었던 것이다. 다만 아직까지 혼절에서 깨어나지 못한 사람만 바닥에 누워 있었다.

독고향은 개의치 않았다. 누구에게나 편한 자세가 있는 법이다.

실내는 한마디로 삭막하다 싶을 정도였다. 방 가운데 어유(魚油) 등잔이 하나 간신히 어둠을 밀어내고 있을 뿐, 장식 따위는 일절 찾아볼 수 없었다.

'응?'

방 안을 둘러보던 독고향의 눈에 이채가 어렸다. 한구석에 놓여진 몇 개의 가리개와 등잔을 발견했기 때문이다.

장식이라곤 찾아볼 수 없는 방 안, 그에 비해 활짝 펼친 병풍처럼 생긴 가리개는 유치하지만 화려했다. 그리고 가리개의 숫자만큼 될 것 같은 등잔들…….

도무지 어디에 쓰이는 물건인지 짐작조차 할 수 없었다.

독고향의 궁금증을 눈치 챈 탓일까? 도일이 무겁게 입을 열었다.

"두고 보면 용도를 알게 된다네."

그 말이 끝나자마자 문이 열리며 주인이 화로(火爐)와 찻주전자를 든 시비를 거느리고 안으로 들어왔다.

화로도 독고향에겐 생소한 물건이었다. 중국에도 난방 기구가 없지는 않지만 이처럼 바닥에 내려놓는 건 아니었다.

"필요하신 것은……."

"술과 안주, 그리고 요기를 좀 할 수 있게 해주시오."

"유녀는 다섯 명이겠지요?"

“흐음!”

음식을 주문할 때와는 달리 유녀 얘기가 나오자 그저 무겁게 고개만 끄덕였다.

“금엽 세 닢입니다. 그리고 이건 작은 봉사입니다. 헤헤헷!”

헤픈 웃음을 날리며 주인은 도일에게 네모로 접은 종이를 한 장 내밀었다.

그 광경을 본 독고향의 미간에 살짝 그늘이 드리워졌다. 바로 저 종이 때문에 지금 도일은 터무니없는 액수를 지불하고 있는 건지도 모른다.

“그럼 우선 술부터 올리겠습니다.”

경박스러울 정도로 가벼운 동작으로 머리를 까닥거린 후 주인은 밖으로 나갔다.

술상은 금방 들어왔다. 미리 준비해 뒀던 게 아닌가 의심이 들 지경이었다.

특이한 것은 술상을 따로 차려 왔다는 점이었다. 즉 한 사람 앞에 상이 하나씩 놓여졌다.

“마실 수 있겠나?”

시비들이 모두 나가자 도일은 스스로 잔을 채우며 독고향에게 물었다. 중국의 것에 비하면 턱없이 작은 술잔이었다.

“물론이오!”

여전히 힘겨워 식은땀이 전신을 흥건히 적셨지만 독고향은 망설이지 않고 술병을 잡아 술을 따랐다.

“힘들겠지만 조금만 참게. 가끔 신세를 지는 곳이긴 하지만 저 주인은 전적으로 신뢰하기가 어렵네. 우리가 만만하게 보이면 곧장 습격하거나 고변할 것일세."

비로소 독고향이 무리하게 버텨야 했던 이유를 설명하며 도일은 조금 전에 주인이 줬던 종이를 펼쳤다.

"흐음!"

긴 침음성이 도일의 입술 사이를 비집고 새어 나왔다.

"뭐요? 무슨 내용이오?"

독고향이 다급하게 물었다. 글자가 씌어져 있는 게 빤히 보였지만 일본 글자를 모르니 알 도리가 없었다.

탁!

갑자기 영강이 술잔으로 가볍게 상을 두드렸다. 스승을 대하는 독고향의 태도가 마음에 들지 않은 듯 미간에 깊은 주름이 잡혀 있었다.

"우리들에 대한 수배령일세."

"수배령?"

독고향은 고개를 갸웃거렸다. 수배령을 내린다는 건 벌써 예상하고 있던 일이었다. 다만 일이 생긴 지 하루 만에 자신들에 대한 수배령이 내려졌다는 사실이 믿기 힘들었다.

"어쨌든 자네의 치료를 서둘러야겠네. 천천히 체력이 회복되는 걸 기다리려고 했지만 사정이 급해졌으니……. 영강, 준비를 해라."

"신뢰가 가지 않는 곳이라면 위험하지 않겠습니까? 차라리 안전한 곳으로 옮겨서……."

"그럴 여유가 없다. 교토까지는 먼 길이다. 거기까지 업고 갈 수는 없지 않겠느냐!"

영강으로선 독고향을 구하려는 스승의 마음이 불만이었다. 가뜩이나 할 일은 많고 상황은 점차 악화되어 가는데, 짐이 될지도 모를 타국인을 구할 필요가 어디 있단 말인가.

그러나 스승의 명이라 거역할 수도 없다. 영강은 몸을 일으켜 한쪽 구석에 있던 가리개 두 개를 가져와 다른 쪽 구석을 가렸다.

그로써 그곳은 방에서 독립된 하나의 공간을 형성했다.

그 후 영강은 앉은 자세 그대로인 독고향을 들어 가리개 안으로 옮겼다.

그때 도일은 술상을 치우고서 의식을 회복하지 못하고 있는 자의 맥을 짚고 있었다.

"어떻습니까?"

독고향을 대할 때와 달리 영강의 어조는 걱정이 가득했다. 깨어난 두 사람은 타국인이었고, 복장이나 상투 모양으로 미루어보아 아직 혼절에서 깨어나지 못한 이 사람은 조선인일 가능성이 농후했기 때문이다.

"아무래도 어렵겠다. 평소에 글만 읽은 선비였는지 신체 기능이 엉망이야. 조금만 단련된 몸이었더라면 어떻게 해볼 수 있을 터인데……."

말꼬리를 흐리며 도일은 품속에서 작은 함을 꺼내 들었다.

"그렇다면……?"

"그래, 최후의 수단을 쓸 수밖에 없을 것 같다. 어쨌든 이 사람의 정체라도 알아야 나중에 그 집에 알려줄 것 아니냐?"

조금은 냉정한 어조로 내뱉으며 도일은 함을 열었다. 크고 작은 침들이 가득 들어 있었다.

도일은 그중에서 가장 긴 침을 꺼내 들었다. 그리고는 일말의 망설임도 없이 환자의 뒷머리에 위치한 뇌해혈(腦海穴)에 깊숙이 찔러 넣었다.

움찔!

미동도 하지 않던 환자의 전신이 크게 출렁거렸다. 동시에 그의 눈이 번쩍 떠졌다.

“다른 말씀은 마시오. 당신은 누구며, 왜 일본까지 오시게 됐소?”

도일은 조선말로 물었다. 그가 조선인일 가능성이 농후했고, 설사 알아듣지 못한다면 다른 말로 물어보면 될 터였다.

“누, 누구… 시오?”

환자의 입이 힘겹게 열리며 작은 소리가 새어 나왔다. 역시 조선말이었다.

“많은 말을 나눌 수 있는 여유가 없소. 최선을 다했지만 당신을 살릴 수는 없었소. 그러니 꼭 하시고픈 얘기만 하시오!”

도일의 말은 사실이었다. 뇌해혈은 치명적인 사혈(死穴)로, 그곳을 침으로 자극해 일시적으로 사람의 정신을 차리게 할 수 있는 시간은 길어야 일각 정도에 불과하다.

곧 죽는다는 자신의 처지를 선뜻 받아들일 수 없었던 탓이리라. 환자의 눈동자는 이리저리 굴러다니며 방 안의 모든 것을 훑었다.

“아!”

돌연 그의 입에서 짧은 탄성이 토해졌다. 여전히 술상 앞에 묵묵히 앉아 있는 닌자를 발견한 뒤였다.

“살아 계셨구려. 다행이오, 정말 다행이야.”

입가에 미소까지 띤 그의 말이 도일은 얼핏 이해가 되지 않았다. 조선의 선비와 일본의 닌자 사이엔 아무런 연결 고리가 없는 것이다.

“우리 배가 해적선의 습격을 받았을 때, 저분이 나서서…… 컥!”

채 말을 맺지 못하고 그는 한 사발이나 됨 직한 시커먼 선혈을 토했다.

"알겠소. 다 알아들었으니 이젠 당신에 대한 말씀을 해보시오. 어디의 누구며, 무슨 일로 일본까지 오셨소? 말을 해주셔야 나중에 귀댁(貴宅)에 전갈을 드릴 것 아니겠소?"

도일의 어조가 급박해졌다. 피를 토한 이상 이젠 정말 시간이 얼마 남지 않았다.

"다, 당신도, 조, 조선인?"

"그렇소. 나도 조선 사람이오. 그러나 안심하고 하실 말씀이 있으면……."

"내, 내 망건(網巾)을……."

우려했던 대로 피를 토한 후 그는 급속도로 상태가 악화되었다.

도일은 재빨리 그의 망건을 벗겼다. 말총으로 아주 튼튼하게 만들어진 것이었다.

"그 속을 사, 살펴……."

"알겠소. 이건 내 나중에 살펴볼 터이니, 제발 당신의 이름이나 알려주시오!"

"그, 그 속의 미, 밀서(密書)를…… 도, 도일이라는, 조, 조선인, 무, 무인에게 전해…… 컥!"

이번에도 말을 마치지 못하고 그는 피를 토하고 말았다. 그리고 그걸로 그의 생애도 끝나 버렸다.

도일로서는 충격이었다. 그저 조선인 배가 난파되었다는 소식을 듣고 구한 사람이 하필이면 자신에게 오는 사람이었다니. 이런 믿기지 않는 우연이 어디 있단 말인가.

"스승님……."

영강이 조심스럽게 말을 걸어왔다. 그 역시 이 사실이 믿기지 않기는 마찬가지였다.

"그의 머리카락을 조금 잘라두게. 시신을 수습할 수야 없겠지만 머리카락이라도 고국산천에 묻어줘야지."

영강의 말에 정신을 차린 듯 도일은 그제야 해야 할 일들을 지시했다. 그리고는 닌자를 돌아보았다.

"고맙군."

그저 짤막한 한마디였다. 하지만 그 속에 실린 진솔한 감사의 마음까지 줄어든 건 아니었다. 해적들의 마수에서 동포(同胞)를 구해준 그 고마움에 대한.

"귀하(貴下)도 이 몸을 구해주셨소."

살짝 머리를 숙이며 닌자는 도일의 말을 받았다. 요컨대 서로 빚진 게 없다는 말이었다.

고개를 끄덕이며 도일은 수중의 망건을 살펴보았다. 별 이상한 점은 찾을 수 없었다.

망건을 영강에 넘겨주며 도일은 몸을 일으켰다. 독고향에게 가기 위해서였다.

"스승님, 지금 당장 살펴봐야 하지 않겠습니까?"

영강으로서야 망건 속에 들어 있을 밀서의 내용이 우선이었다. 자신들의 임무에 관계된 것이라면 더 더욱 지체할 수 없는 일이다.

"네가 살펴보도록 해라. 아무래도 빠른 시간 안에 밀서를 찾을 수 있을 것 같지는 않구나."

"스승님!"

어조에 실린 불만을 숨기지도 않고 불렀지만 도일은 곧장 독고향에게 가버렸다.

띠리링, 띠링!

돌연 간드러진 사미센[三味絃] 소리가 들려왔다. 분명 유곽 안에서 연주하는 건 아니었다. 그와 동시에 계단을 달려오는 황급한 발자국 소리도 들려왔다.

와락, 거칠게 문이 열렸고 주인이 안으로 뛰어들었다.

"부, 불을 끄시오, 불을!"

말을 하면서도 주인은 사람들이 움직이는 걸 기다리지 않았다. 자신이 직접 불을 껐던 것이다.

"대체 무슨 일이오?"

돌발 사태에 긴장하여 집어 들었던 칼을 내려놓으며 영강이 물었다.

"귀, 귀신이오, 귀신. 헤이안[平安] 귀신……."

"귀신이라니? 허둥대지 말고 천천히 얘기해 보시오!"

그때까지 손에 들고 있었던 망건을 품속에 단단히 갈무리하며 영강은 주인을 진정시켰다.

"쉿, 쉬잇! 제, 제발 조용히 하시오. 자는 척하란 말이오. 자지 않는 자가 있으면 저 귀신이 잡아간다오. 그러니 제발 조용히!"

허둥대며 올라왔을 때와는 달리 이번엔 주인은 조용히 하라고 애원이었다.

"지금 밖에 헤이안 시대에나 있었던 우마차(牛馬車)를 탄 귀신이 지나가고 있소. 불이 켜져 있는 곳에는 어김없이 들러 사람들을 모두 죽인다우!"

극도로 목소리를 낮춰 주인은 설명했다.

"그 무슨 되지도 않는 소릴!"

겁에 질린 주인의 말을 일축하며 영강은 벌떡 몸을 일으켰다. 그리고는 창으로 다가가 활짝 열어젖혔다.

그리고 영강은 보았다. 으스름 달빛에 젖은 거리의 저쪽, 소가 끄는 수레와 그 앞에 선 한 쌍의 남녀…….

띠리링!

간드러진 사미센의 음률은 커다란 기모노로 상반신을 가린 여인이 연주하는 것이었다.

문득 여인과 영강의 눈이 마주쳤다. 아직은 상당히 먼 거리였다. 그러나,

"흡!"

다급하게 호흡을 끊으며 영강은 황급히 뒤로 물러섰다. 여인과 눈이 마주친 순간 까닭 모를 현기증을 느낀 탓이었다.

"스승님!"

영강이 도일을 부른 것과 그때까지 묵묵히 앉아 있던 닌자가 움직인 것은 거의 동시였다.

영강이 부르는 소리를 들었지만 도일은 움직이지 않았다. 독고향에게 마지막 침을 놓기 직전이었던 것이다.

"이걸로 우선 뒤틀린 근육과 신경은 제자릴 잡아갈 걸세. 외상이야 누군가 치료를 아주 잘했구먼!"

마지막 침을 놓은 후 도일은 이마의 땀을 씻으며 말했다.

"스승님, 지금 한가하게 저자의 치료나 하고 계실 때가 아닙니다. 나타났습니다, 나타났어요!"

영강은 허둥거렸다.

"알고 있다. 그들이 아니라면 그리 독특한 형색으로 다니지 않을 터!"

새삼스러울 것도 없다는 어투로 도일은 대답했다. 기실 그는 주인이 헤이안 귀신이라고 했을 때부터 그게 뭘 의미하는지 짐작하고 있었다.

"다릅니다. 이번 놈들은 다른 때와는 달라요!"

"흐음!"

그제야 도일의 표정이 조금 굳어졌다. 영강이 이처럼 허둥대는 것엔 분명 이유가 있을 터였다.

"닌자와 주인은 어디로 갔나?"

방에 있는 건 조선인의 시신과 전신에 침을 빽빽하게 꽂고 있는 발가벗은 독고향뿐이었다. 물론 도일과 영강은 예외로 치고 말이다.

"그건 문제가 아닙니다. 놈들을 어떻게 처리하실지……?"

"평소대로 한다. 여자 아닌가?"

밖을 내다보던 도일은 약간 의외인 듯 목소릴 조금 높였다.

띠리리링, 띠링!

그사이 사미센 가락은 더욱 빨라져 있었다. 깨닫고 보니 어느새 창문 바로 아래까지 도달해 있었던 것이다.

'흡!'

사미센을 연주하는 여인과 눈이 마주친 도일은 내심 헛바람을 들이켰다. 그 역시 영강처럼 현기증을 느낀 탓이었다.

'이 음률?'

확실히 도일은 영강과는 조금 달랐다. 그녀의 눈빛 탓이 아니라 그녀가 연주하는 사미센의 음률 속에 사이한 기운이 스며 있는 걸 감지한 것이다.

물론 요기가 번뜩이는 여인의 눈동자도 한몫한 건 사실이다. 그 둘이 절묘하게 배합되어 사람의 심혼을 어지럽히고 있었다.

"갈!"

깨달은 순간 도일의 입에선 엄청난 기합성이 터져 나왔다. 이건 기세의 싸움이다. 사미센의 음률로 상대의 마음을 혼란시킨다면 그보다 더 강한 소리로 제압해야만 된다.

과연 사미센의 음률이 뚝 끊어졌다. 동시에 그때까지 일별도 주지 않던 사내의 고개가 들려져 도일을 노려보았다.

그 역시 어둠에 찌든 눈빛이었다. 보는 사람으로 하여금 천 장 절벽 위에 서 있는 듯한 위기감을 느끼게 하는 전문적인 도살자(屠殺者)의 눈이었다.

하지만 상대는 도일이었다. 누가 됐든 눈빛 하나로 위축될 사람이 결코 아니었다.

"하시바 히데요시[羽柴秀吉:뒷날의 토요토미 히데요시]의 개들이라고 알고 있다. 우마차에 실린 건 군자금으로 쓰일 금은일 터, 우리가 접수 하겠다!"

"클, 걸렸다!"

기묘하게 건조한 목소리가 우마차 앞에 서 있던 사내의 입술 사이를 비집고 새어 나왔다.

"스승님!"

사내의 말에서 뭔가를 느낀 영강이 도일을 불렀다. 이건 함정 같았다.

그러나 이번에도 도일은 결코 당황하지 않았다.

"그런가? 하긴 이젠 슬슬 그쪽에서도 우릴 노릴 때가 됐지. 한두 번이 아니었으깐. 어쨌든 잘된 일이군, 서로가 원하던 상대를 만났으니."

"옳은 소리!"

사내가 도일의 말을 받자마자 우마차의 사방 벽이 부서져 나가며 안에서 무사들이 우르르 쏟아져 나왔다. 정확하게 여덟 명, 애당초 우마차를 끌던 자와 합쳐 열 명이었다.

"우린 하시바님의 검비위사(檢非違使)들. 오늘 네놈들의 목을 받아가겠다.”

“그 역시 마찬가지 아닐까? 우리 역시 하시바의 개들을 용서할 생각은 추호도 없다.”

“아케치 미쓰히데[明智光秀]의 종자들인가?”

의외로 단호한 도일의 어투에 사내는 조금 놀란 모양이었다. 잔뜩 메말라 있던 음색이 약간 변했다.

“그자와는 상관없지만, 어쨌든 그를 돕게 된 거군! 하시바와는 정적이자 숙적일 터이니. 자, 더 이상의 말은 필요없을 터! 영강, 독고향을 지켜라!”

“스승님…….”

영강이 미처 말릴 사이도 없이 도일은 열 명의 검비위사들 한가운데로 뛰어내렸다.

씨이웃!

착지와 동시에 칼을 뽑은 도일은 커다랗게 수평으로 휘둘렀다.

“핫!”

“타합!”

다급한 기합성과 함께 검비위사들이 분분히 흩어졌다. 도일의 공격이 이처럼 빠르게 시작될 줄은 짐작치 못했지만, 확실히 하시바 히데요시의 수족들답게 대처는 빨랐다.

“처랏!”

“죽여라!”

재차 외침과 더불어 흩어졌던 검비위사들이 도일에게 덤벼들었다. 그중 세 명은 아직도 이층에서 내려다보고 있는 영강에게로 날아올랐다.

도일 역시 단순한 한차례의 공격으로 검비위사들을 쓰러뜨릴 생각
은 하지 않았다.

흩어졌던 놈들이 다시 짓쳐들었을 때 도일은 칼을 허리에 횡으로 단
단히 고정시킨 후 칼등을 왼 손바닥으로 강하게 받치고 그대로 몸을
한 바퀴 회전시켰다.

"우웃!"

차창!

비명과 칼끼리 부딪치는 소리가 울려 퍼졌다. 신변의 안위를 돌보지
않은 도일의 이번 공격으로 인해 검비위사들 중 한 명의 옆구리가 길
게 찢어졌던 것이다.

도일의 공격은 여기서 그치지 않았다. 한 바퀴 회전한 후 원래의 자
리로 돌아온 그는 전면의 적들을 향해 칼을 좌우로 짧게 휘두르며 앞
으로 나아갔다.

스팍!

또 한 명의 검비위사가 도일의 칼에 의해 왼쪽 관자놀이가 뭉텅 날
아갔고, 다른 자들은 분분히 뒤로 물러섰다.

하지만 도일이 더 빨랐다. 여지껏 휘두르던 칼을 몸 가까이로 당긴
도일은 그대로 강하게 앞으로 내질렀다. 보다 효과적으로 적의 목젖을
파고들 수 있도록 손목을 살짝 비트는 것도 잊지 않았다.

"컥!"

목이 찔린 자의 입에서 짧은 비명성과 함께 피가 토해져 나왔다.

얼굴에 묻은 피를 닦을 사이도 없이 도일은 오른발을 비스듬히 앞으
로 내밀며 그 자리에 한쪽 무릎을 꿇고 앉았다.

씨잇!

동시에 그의 칼이 다시 수평으로 허공을 갈랐고, 그 날[刃]에 또 다른 적의 육신이 허리부터 두 동강으로 잘려 나갔다.

하지만 놈은 그처럼 편한 죽음을 가질 운명이 못 됐나 보다. 무릎을 꿇고 앉았던 도일이 그대로 몸을 반대쪽으로 틀며 떨어져 내리는 놈의 상반신을 재차 잘라 버렸다.

비명도 지르지 못한 채 놈의 육신이 바닥을 뒹굴 때,

"뒈져라!"

날카로운 외침과 함께 그보다 더 서슬 퍼런 칼날이 처음과는 반대쪽 무릎을 꿇고 앉은 도일의 정수리로 떨어져 내렸다.

앉은 자세 그대로 도일은 칼을 비스듬히 머리 위로 들어 올려 적의 공격을 막았다.

채앵!

공격이 막힌 놈의 중심이 비스듬히 내민 도일의 칼을 따라 약간 허물어졌다.

그 기회를 놓칠 도일이 아니었다. 재빨리 몸을 일으킨 그는 훤하게 빈 적의 옆구리를 강하게 칼로 찍었다.

퍼억!

칼은 적의 옆구리를 완전히 자르지 못하고 그냥 박혀 버렸다.

하지만 도일은 실망하지 않았다. 이게 바로 애초에 노렸던 것이었다. 그 상태로 도일은 뒷발을 뒤로 더 멀리 내디디며 적의 몸속에 박힌 칼을 힘차게 끌어당겼다.

싸악!

이번에도 완전히 자르진 못했지만 그것만으로도 놈의 옆구리는 창자가 비어져 나올 정도로 깊은 치명상을 입었다.

그대로 둬도 살 수 없으련만 도일은 공격을 멈추지 않았다. 칼을 왼쪽 어깨 위로 높이 세운다 싶더니 왼손으로 칼등을 강하게 내리누르며 무너지는 적의 목을 재차 또 한 번 더 잘랐다.

"이야아압!"

도일이 미처 다음 자세를 갖추기도 전에 뒤에서 또 한 명의 적이 칼을 높이 쳐든 채 달려들었다.

미처 몸을 돌릴 여유 따위는 없었다. 도일은 곧장 앞으로 두어 걸음 움직였다. 약간의 시간이라도 벌자는 의도에서였다.

이후 도일은 칼끝만 뒤쪽으로 돌려 뒤에서 달려드는 놈을 빠르게 찔러갔다.

흠칫!

그 기세에 놈의 발길이 약간 주춤해진 순간, 도일은 그대로 몸을 돌리며 칼을 수직으로 그어버렸다.

쓰싸악!

두개골을 쪼개고 들어가는 무게감은 둔중했지만 정작 뼈와 살을 가르는 소리는 경미하기 그지없었다.

그렇다고 놈의 상태가 나아진 것은 아니었다. 정수리에서부터 턱까지 일직선으로 갈라진 놈은 엄청난 선혈을 내뿜으며 바닥으로 천천히 무너져 내렸다. 그때까지도 도일을 베려고 치켜들었던 칼은 수중에서 떠나지 않았다.

'왕생극락(往生極樂)!'

도일은 마음속으로 자신이 죽였던 자들의 명복을 빌었다. 어쩌면 잔인하다고 할 수도 있을 터이지만, 이왕 죽이려면 확실히 죽여야만 한다. 그 편이 죽는 자의 입장에선 고통을 최소한으로 줄이는 자비가 될 터였다.

그러나 사방을 확인하는 도일의 몸 동작은 빨랐다. 여태 죽인 자들이 모두 여섯, 적들은 아직도 남아 있다는 의미였다.

그러나 도일의 생각은 기우였다. 남아 있는 건 사미센을 연주하던 여인뿐이었고, 그녀조차 싸울 생각은 없어져 버린 듯 망연히 주저앉아 있었다.

도일은 칼에 묻은 피를 떨쳐 버린 후 천천히 거둬들였다. 덤비지만 않는다면 굳이 여자와 싸울 생각은 없었다.

"돌아가라. 너희들이 하시바의 군자금을 운반한다고 알았었지만 그게 아닌 이상 잃은 건 없을 터, 오늘의 일은 무인들끼리의 대결이었다고 생각해라!"

빠직, 쿠웅!

도일의 말이 끝나자마자 이층의 창이 박살나며 허리가 양단된 육신이 떨어져 내렸다. 영강을 노리고 방 안으로 뛰어들었던 자들 중 한 명이었다.

하지만 도일은 서두르지 않았다. 그는 방금 상대했던 자들과 비슷한 수준이라면 영강이 질 리가 없다는 믿음을 갖고 있었다.

다시 한 번 여자를 돌아본 후 도일은 천천히 유곽 안으로 걸어 들어갔다.

도일의 예상처럼 영강은 순조롭지 못했다. 이층으로 올라온 세 명 중 한 명이 유독 강했기 때문이다. 다름 아닌 우마차 밖에서 여인과 함께 서 있던 자였다.

"독특한 검술이로군. 어느 유파인가?"

한 명의 동료가 창밖으로 나가떨어졌음에도 수레를 끌던 자는 영강을 공격할 마음이 없는지 질문만 던졌다.

실제로 그는 영강에 대한 살심보다는 그 독특한 검술에 더욱 호기심을 느끼고 있었다.

물론 영강은 그 말에 대답할 여유가 없었다. 설혹 있다고 하더라도 말하지 않았을 테지만.

둘을 상대할 때보다 하나를 상대하면 보다 쉬워져야 할 테지만, 영강의 처지는 그렇질 못했다. 무엇보다 고려여관을 빠져나올 때 입었던 부상이 그를 괴롭혔다. 치명상은 아니더라도 제대로 된 치료를 하지 않았기에 몸을 움직이기가 상당히 힘들었다.

게다가 방금의 접전에서 또 가벼운 부상을 입었다. 아직 한 명이 싸움에 가담하지 않은 지금이라도 이래저래 영강에겐 불리한 싸움일 수밖에 없었다.

그렇다고 위축될 영강은 결코 아니었다.

"끼히이이이압!"

귀곡성과 흡사한 특유의 기합을 토해내며 영강은 적을 마구 몰아붙였다.

하지만 적도 만만치 않았다. 영강의 검식이 간결하고 예리한 데 비해 적의 칼은 어지러움 속에서도 일정한 격식을 갖추고 대응해 왔다.

방 안이다. 비록 이 유곽에서 가장 큰 방일지는 몰라도 두 사람이 칼을 휘두르며 싸우기엔 턱없이 좁은 공간이다.

차창차앙!

어지럽게 날아드는 적의 칼을 막으며 영강은 연신 뒤로 물러섰다.

영강의 후퇴는 길지 않았다. 어느새 등이 벽에 닿았기 때문이다. 동시에 적의 칼이 비스듬히 날아들었고, 영강은 재빨리 옆으로 걸음을 옮겼다.

물컹!

뭔가가 발에 밟힌 건 바로 그때였다. 그때까지 방에 방치해 두고 있던 조선인의 시신이었다.

휘청, 쿵!

중심을 잃은 영강은 맥없이 바닥에 엉덩방아를 찧고 말았다.

그 틈을 놓치지 않고 적은 칼을 휘둘렀다. 넘어지면서 중심을 잃어 버린 영강은 미처 막을 사이도 없었고.

영강으로선 최후의 선택을 하는 수밖에 없었다. 사력을 다해 칼을 찔러 넣는 것, 최소한 혼자 죽을 수는 없는 노릇이었다.

바로 그 순간 영강과 적 사이에 뭔가가 날아들었다.

스팟, 퓨웃!

영강의 칼과 적의 칼이 거의 동시에 날아든 물체를 찌르고 베었다. 가로로 세워진 다다미였다.

"크헉!"

"호오, 움직일 수 있었나?"

비명과 의문을 토하는 말이 약간의 시차를 두고 영강의 귓전을 두드렸다.

그제야 영강은 고개를 들어 상황을 확인했다. 자신을 베어오던 적의 칼은 다다미를 완전히 자르지 못했지만, 자신의 칼은 그걸 꿰뚫고 적의 몸 깊숙이 박혀 있었다.

하지만 영강이 확인하고 싶었던 건 이게 아니었다. 적을 찔렀다는 사실은 칼끝에 전해진 감촉만으로도 충분히 알 수 있었다.

다만 아직까지 싸움에 가담하지 않고 있던 자가 얘기했던 의문, 대체 누가 다다미를 던졌는지 영강도 궁금했다.

영강은 재빨리 독고향이 있던 곳으로 시선을 돌렸다. 전신에 빽빽하게 침을 꽂은 상태로, 비록 금방이라도 쓰러질 듯 후들거리고 있었지만 그는 분명히 서 있었다. 그리고 그의 발 밑에 놓여져 있었을 다다미가 한 장 보이지 않았다.

"그런 꼴로도 움직일 수 있다니 신기하군. 조금 있다가 자세히 알아보기로 하지. 이젠 바깥도 끝난 모양이니 우리도 끝내야지?"

동료들이 죽었음에도 불구하고 그자는 여전히 태연했다. 오늘 동원되었던 검비위사들의 수뇌가 분명한 것 같았다.

그는 천천히 칼을 뽑아 아직도 반쯤 누운 듯한 자세로 있는 영강을 겨누었다.

"일어서라. 백인참(百人斬)으로 불리는 내가 쓰러져 있는 자를 베었대서야 말이 되겠는가?"

"그 기상 하나는 호방하군!"

스스로를 백인참이라고 했던 자의 말이 끝나자마자 도일이 방 안으로 들어서며 말했다.

"호오, 오늘은 계속해서 놀라게 되는군. 바깥이 끝났나 했더니 당한 건 우리들이었군. 좋아, 오랜만에 피를 끓게 만드는 인간들을 만났군. 자, 시작해 볼까?"

말과 함께 백인참은 영강을 겨누었던 칼끝을 도일에게로 돌렸다.

"그대의 상대는 내가 아니다. 영강과 시작했으니 끝 역시 그와 보도록!"

"훗, 정당한 대결을 하란 말이지? 재미있군. 하지만 내게 재미를 줬다고 해서 결과가 달라질 건 없지. 오늘 너희는 모두 죽는다!"

분명 백인참의 눈은 웃고 있었다. 하지만 그럴수록 눈빛 속에 감돌던 어둠은 점점 더 짙어져만 갔다. 살심이 더욱 강해진다는 의미였다.

재차 칼끝을 돌려 영강의 미간을 겨냥했다 싶은 순간,

"키합!"

기성을 발하며 백인참의 신형은 영강을 향해 쏘아지듯 달려들었다.

그땐 이미 영강도 준비가 된 상태였다. 비록 거듭된 부상으로 몸을 움직이긴 힘들었지만, 정당한 대결을 하라는 스승의 뜻을 원망할 정도는 아니었다. 아니, 만에 하나라도 돕겠다고 했더라면 말렸을 터였다.

도일은 철저하게 이 승부에 무심한 것처럼 보였다. 비록 마음속으론 제지에 대한 걱정이 마구 요동 쳤지만 전혀 내색하지 않았다.

그만큼 도일은 영강을 믿고 있었다. 실력이야 이미 자신과 비슷한 경지, 이제 제자에게 필요한 것은 경험뿐이다. 그리고 이보다 더 좋은 실전 경험은 다시 만나기도 힘들 터였다.

천천히 걸음을 옮긴 도일은 그때까지 바닥에 방치되어 있던 조선인의 시신을 안아 들었다.

털썩!

돌연 위태롭게 버티고 있던 독고향이 그 자리에 맥없이 주저앉고 말았다. 그의 상태로선 지금까지 서 있던 것도 진정 놀라운 일이었다.

"키합!"

백인참의 공격이 시작된 것은 독고향이 주저앉은 직후였다. 바로 그 순간 영강의 집중력이 조금 흐트러진 걸 감지한 까닭에서였다.

영강도 더 이상 물러서지만은 않았다. 그래 봐야 좁은 방 안, 위기를 중첩시킬 뿐이란 걸 목숨을 담보로 깨달았던 것이다.

왼발로 몸을 밀어낸 영강의 칼이 빠르게 백인참의 손목을 노리고 허공을 갈랐다.

차앙!

강한 쇳소리와 함께 칼끼리 부딪쳤고, 두 사람이 서로 얽혀들었다.

서로의 생명을 갉아내는 싸움은 이렇게 시작되었다.

‘떨고 있나? 이 철혈의 무인이……?’

제 몸에 꽂힌 침들을 빼는 도일의 손가락이 미세하게 떨리는 걸 독고향은 민감하게 감지했다.

지금 독고향의 뇌리를 가득 채운 건 한 가지 의문이었다.

‘그토록 걱정되면 왜 도와주지 않는 건가?’

분명 도일은 지금 싸우고 있는 제자 영강이 걱정되어 손가락을 떨고 있는 게 틀림없다. 그러면서도 태연한 신색으로 치료하고 있다.

독고향으로선 선뜻 이해가 되지 않는 행동이었다. 물론 중국도 정당한 대결이라면 일 대 일로 싸운다.

하지만 이건 그런 대결이 아니다. 어느 쪽이 먼저 시작한 건지는 확실치 않지만, 적들은 분명 다수로 공격해 왔다. 그런 싸움에서 정당성을 따지는 건 어리석은 일이다.

그럼에도 불구하고 도일과 영강은 나름의 방법으로 싸우고 있다. 전자는 흔들리지 않는 평상심으로, 후자는 칼로써 말이다.

'과연 어느 쪽이 더 치열할까?'

라는 새로운 의문이 독고향의 뇌리를 스쳤다.

"어렵겠지만 한숨 자두도록 하게. 깨고 나면 몸이 한결 가벼워질 걸세."

도일의 말을 들은 독고향은 귀를 의심할 수밖에 없었다. 이런 상황에서 잠을 자라니? 그저 멍하니 그의 얼굴을 들여다볼 수밖에 없었다.

그 시선을 의식한 탓만은 아니겠지만, 도일은 앉은 채 몸을 돌렸다. 여전히 무릎을 꿇은 자세였다.

독고향 역시 도일이 바라보는 곳으로 시선을 돌렸다. 바로 영강이 싸우는 곳이었다.

그사이 방이 넓어졌을 리 만무하다. 그래서 아주 가끔씩 두 사람이 휘두르는 칼이 도일의 얼굴을 벨 듯 스쳐 지나가곤 했다.

그럴 때마다 보다 멀리 떨어져 누워 있는 독고향은 움찔 놀라곤 했다. 그러나 정작 도일은 눈도 깜박거리지 않았다.

창, 차앙, 차창!

그사이에도 두 사람은 서로의 칼을 부딪치며 살벌한 싸움을 계속했다.

어느덧 독고향도 그 싸움에 몰입되었다. 무를 배운 무인으로서 당연한 반응이었다. 집중해서 보고 있자니 두 사람의 검술은 그 차이가 확연했다. 영강의 칼은 여전히 간결하며 예리했고, 백인참의 공격은 보다 화려하면서도 발을 많이 사용한다는 특징이 있었다.

당연히 기동력 면에선 영강이 백인참을 따를 수 없었다. 그러나 그

불리함을 상쇄할 정도로 그의 칼은 예리했다.

중국의 도법들과는 확연히 달랐다. 우선 사용하는 칼의 모양새나 무게가 달라 보였고, 당연히 쓰는 법도 확연하게 차이가 났다.

독고향은 그 싸움에 자신을 개입시켜 보았다. 뇌격이형에 이은 환류연참이라면 어떨까 하고 말이다.

결론은 자신할 수 없다는 것이었다. 뇌격이형이 비록 빠르기 그지없는 신법이지만, 그건 중국 무술을 상대했을 때 그렇다는 얘기다. 저들처럼 가볍고 경쾌한 칼놀림이 아니라, 크고 화려한 중국식 초식들 앞에서만 빠르다는 것이다.

지금 눈앞에서 싸우고 있는 두 사람의 칼 솜씨는 중국의 그것과는 확연히 다르다. 별다른 신법이나 보법을 발휘하는 것 같지 않으면서도, 앞으로 치고 나갈 때는 폭발적인 속도와 위력을 나타내곤 한다.

또한 저들은 칼로 단순히 베거나 찌르기만 하는 게 아니었다. 흔히 손목만 약간 움직여 극히 짧고 빠르게 치기도 했다. 그래도 상대에게 충분히 치명상을 입힐 수 있을 정도로 저들의 칼에는 힘이 실려 있었고, 칼날은 예리하기 그지없었다.

'유섬이라면?'

충분히 이길 수 있을 것 같았다. 흡사 의지만으로 적을 베는 것 같은 그 빠름을 막을 수 있는 건 드물거나 아예 없을 터였다.

하지만 그건 아무 때나 펼칠 수 있는 게 아니다. 구결을 환히 아는 자신조차도 단 한 차례밖에는 시전하지 못했었다. 적과의 대치 상황이라면 일단 배제되어야 한다.

"하아!"

의식하지도 못하는 사이에 독고향은 긴 한숨을 흘리고 말았다. 이

상태로 몸이 완쾌되어도 일본의 무인들을 이긴다는 보장은 없기 때문이었다.

'내 무공은 중국에서만 통하는 걸까?'

새삼 세상의 넓음을 의식하면서 독고향은 눈을 감았다.

"혼란스러운 게로군."

독고향의 심정을 눈치 챘는지 도일이 무겁게 입을 열었다.

"왜 아니겠나! 누구든 자신의 기량과 무술에 회의를 품을 때가 있지. 자넨 저 두 사람의 칼이 너무도 흡사하다고 생각지 않나?"

의외의 말에 독고향은 눈을 뜨고 재차 싸우는 두 사람의 칼놀림을 유심히 관찰했다. 유사점은커녕 그 차이점만 확연히 보일 따름이었다.

"칼의 효용이 무엇인가?"

"적을 죽이기 위해……."

갑작스럽고 엉뚱한 질문에 독고향은 얼떨결에 대답했다.

"적을 죽이기 위해서라… 그럼 다시 묻겠네. 적은 왜 죽여야 하나?"

"그야 내가 죽기 싫으면 죽여야 하지 않겠소!"

"그렇겠지. 그럼 생명의 위협이 없을 때의 칼의 효용은 무엇일까?"

독고향은 선뜻 대답할 수 없었다. 처음엔 엉뚱하고 너무도 당연한 걸 묻는다 싶어 이상하게도 생각했지만, 이 질문에 뭔가가 있다는 걸 직감할 수 있었다.

"아무짝에도… 쓸모가 없소!"

정말이지 싸움 이외의 다른 용도로 칼의 사용을 생각해 본 적이 없던 독고향이었다. 이런 대답을 하는 건 어쩌면 당연한 일이었다.

"너무 비약하지 말게. 살인 도구로써의 칼의 용도는 지극히 미미한 것일세. 사람들은 그보다 더 많은 부분에서 칼을 사용한다네. 우리가 매일 먹는 요리를 할 때도 필요하지 않은가!"

'웃!'

독고향은 내심 호흡을 끊었다. 도일의 말은 사실이었다. 사람들은 살인할 때보다 훨씬 더 많은 곳에 칼을 사용하곤 한다. 요리를 할 때는 물론 나무를 할 때도 말이다.

"세상에는 많은 종류의 칼이 있을 터, 그중에서 전문적으로 사람만을 죽이기 위해 만들어진 칼이 몇 개나 되겠는가? 사람을 죽이기 위해 칼을 만들었다고는 생각지 않네. 칼의 궁극적인 용도는 벤다는 그 자체에 있다고 나는 생각하네. 그 대상이야 늘 바뀔 수 있겠지만, 칼이 가야 할 길은 벤다는 그 하나뿐이라는 게 평소의 내 생각일세."

도일로선 흔치 않은 긴 얘기였다.

그 순간 독고향은 대뇌 속에서 뭔가가 바짝 소리를 내며 깨져 나가는 걸 느꼈다.

'궁극적인 칼의 길이라고?'

이건 바꿔 말하면 모든 무예가 추구하는 궁극의 경지라고 얘기할 수도 있다. 단순히 적을 죽여야 내가 산다는 좁디좁은 의미가 아닌, 보다 한 단계 발전한 무도(武道)의 길인 것이다.

물론 몇 마디 말로써 독고향이 커다란 깨달음을 얻은 건 아니었다. 그러나 무도라는, 병장기라는 대상을 대하는 시각이 조금 변한 건 사실이었다.

새삼스런 눈길로 독고향은 다시 두 사람의 싸움을 지켜보았다. 아니, 그들의 칼놀림을 본다는 게 정확한 표현이었다.

이번엔 뭔가가 어렴풋이 보이는 것도 같았다. 각기 다른 두 사람의 의지와 힘이 휘두르는 칼이었지만, 그 두 개는 분명 비슷한 것처럼 느껴졌다.

'베고 또 벤다!'

확실히 그랬다. 두 사람이 쓰는 칼의 방향이 다르고 힘의 강약이 달랐지만, 그들은 분명 베기를 거듭하고 있었다.

막기나 찌르기가 전혀 없는 건 아니었다. 하지만 그건 없다고 해도 과언이 아닐 정도로 극히 적었고, 그런 동작을 취할 때의 그들의 움직임이나 그 손에 들린 칼은 사뭇 어색하게만 보였다.

문득 독고향은 까닭 모를 한기가 그 싸움에서 풍겨져 나온다는 느낌을 받았다.

뭔 변화가 있었나 싶어 더욱 눈을 부릅떴지만 달라진 건 전혀 없었다. 그들은 여전히 베기만이 거듭된 치열한 싸움 중이었다.

고개를 갸웃거리던 독고향은 뭔가를 깨닫고는 지그시 혀를 깨물었다.

'지, 지독하다!'

그랬다. 저들의 싸움은 이 한마디밖에는 달리 표현할 길이 없었다.

어느새 그들의 싸움에선 그나마 간간이 보였던 막기나 찌르기는 보이지 않았다. 오직 베기만을 고집했고, 각기 한칼을 날릴 때마다 상대의 몸에 크든 작든 부상을 입히곤 했다.

또한 그들은 이제 더 이상 위치를 이동하지 않았다. 오직 선 자리에서 양발을 굴리며 칼을 휘둘렀다. 아니, 휘둘렀다는 표현도 정확하지 않았다. 그저 도마 위에 놓여진 두부를 난도질하는 것처럼 손목만을 사용한 짧은 치기를 거듭할 뿐이었다.

차차차차차차채앵!

그래도 간혹 병장기 부딪치는 소리는 났다. 오히려 제대로 싸울 때보다 더 요란하게 들렸다. 끊임없이 칼을 날리지만, 또 한 편으로 수비도 한다는 의미였다.

한마디로 치는 게 막는 것이고, 적을 베는 것이 되는 싸움이었다.

이 싸움에선 얼핏 영강이 유리해 보였다. 그의 칼이 훨씬 빨랐기 때문이다.

그러나 독고향의 생각은 달랐다. 이런 식의 싸움이 계속 진행되면 영강은 틀림없이 지고 말 터였다. 다름 아닌 그가 진작부터 부상을 입고 있었기 때문이다.

저런 식의 공격으로 상대에게 치명상을 입히는 건 물론 어렵다. 그러나 작은 상처라도 많으면 사람을 지치게 하고 행동을 어렵게 한다.

비록 지금은 영강의 칼이 조금 빠르지만, 그가 훨씬 많은 부상을 입었고 흘린 피의 양도 많았다. 빠른 시간 내에 승부를 보지 않는다면 결국 쓰러지는 자가 그라는 건 명약관화(明若觀火)한 사실이었다.

도일 역시 그 짐을 의식한 모양이었다. 독고향의 눈에 보이는 그의 등이 긴장으로 딱딱하게 굳어진 걸 느낄 수 있었다.

"끝까지 돕지 않을 셈이오?"

반쯤 몸을 일으키며 독고향은 조금 강한 어조로 물었다. 도일이 돕지 않겠다면 자신이라도 나설 참이었다.

"싸움의 유불리는 당사자들이 가장 민감하게 느끼고 있을 터, 난 영강을 믿는다네!"

"저러다 놈에게 당하기라도 하면 어쩌려고 그러시오? 그러지 말고 지금이라도……."

"조선을 떠날 때부터 우리는 목숨을 그 땅에 묻어두고 왔네. 내가 만약 나서서 도와준다면 영강은 오히려 수치로 여길 걸세. 일본 무사들처럼 할복(割腹)이라도 할 걸세!"

'도, 도대체가 이 사람들은?'

어이없는 눈으로 독고향은 도일의 등을 바라보았다. 수치로 여겨 자결하는 건 어차피 다음 문제다. 당장은 눈앞의 위기에서 구해내고 보는 게 인지상정이 아니던가.

"끼히이이이이이이압!"

영강 특유의 기합성이 독고향의 고막을 두드린 건 바로 그때였다.

재빨리 시선을 돌린 독고향의 눈에 백인참의 정수리로 칼을 날리는 영강의 모습이 보였다. 그때까지 제자리에서만 굴렀던 오른발을 앞으로 크게 내딛기 직전이었다.

"안 돼!"

자신도 모르게 독고향은 고함을 질렀다. 도일의 말처럼 자신이 불리한 것을 깨달은 영강의 일격이 오히려 위험을 자초하는 것이다.

이건 단순한 기우가 아니었다. 실제로 백인참이 뒤로 슬쩍 물러서며 영강의 손목을 노리고 공격을 감행한 것이다.

'졌다!'

독고향은 눈을 감아버렸다. 이대로라면 영강의 칼은 빗나가고 백인참은 그의 손목을 날려 버릴 터였다.

하지만 상황은 독고향의 예상처럼 그렇게 비관적으로 전개되진 않았다. 영강은 쭉 내뻗었던 팔과 바닥에 내딛기 직전의 오른발을 재빠르게 회수한 것이다.

픽!

다다미 위라 충격은 덜하겠지만 영강의 무릎이 거칠게 바닥을 찧은 건 당연한 일이었다.

그 소리에 독고향은 다시 눈을 떴다. 그리고,

"아!"

하는 탄성이 저절로 터져 나왔다.

바닥에 처박힌 것처럼 잔뜩 쭈그리고 앉은 영강의 머리 위를 그의 머리카락 몇 가닥을 자른 백인참의 칼이 스쳐 지나가고 있었다.

어둠에 찌든 백인참의 동공이 당혹으로 확대되는 게 독고향의 눈에는 확연히 보였다.

하지만 백인참의 동요는 찰나에 불과했다. 순간적으로 위기를 깨닫고 재빨리 몸을 뒤로 물렀다.

물론 영강도 멍하니 있지만은 않았다. 백인참의 공격이 빗나갔다고 느꼈을 때 그는 벌써 아래에서부터 위로 엇비슷하게 칼을 그어 올렸다.

쓰각!

예리한 절단음과 함께 툭 소리를 내며 뭔가가 바닥에 떨어져 꿈틀거렸다. 아직까지 칼을 쥐고 있는 백인참의 오른쪽 손목이었다.

물러서던 기세를 주체 못한 백인참은 벽에 등을 처박다시피 하고 서 있었다.

그러나 그의 입에선 단 한 마디의 신음성도 새어 나오지 않았다. 대신 그의 눈빛이 더욱 어두워졌을 뿐이다.

"확실히… 놀, 놀라운 자들이로군. 하지만 잊지 마라. 나 백인참 이세 도시죠[伊勢利三]의 이, 이름을……."

신음을 내뱉지는 않았지만 그래도 평소대로 말하기엔 고통스러운 듯 백인참 이세의 말은 가닥가닥 끊겼다.

"모, 못 간다!"

이세의 말에서 도주의 낌새를 알아챈 영강이 힘겹게 몸을 일으키며 말했다.

"훙, 오고, 가, 가는 것은 내 마음!"

손목이 잘린 엄중한 부상을 입고서도 이세는 콧방귀를 뀌었다. 동시에 그의 성한 손이 소매 속으로 잠시 사라졌다 다시 나왔다.

그리고 그 손끝에서 거짓말처럼 작은 불꽃이 이는가 싶더니,

파아아앗!

뿌연 운무가 확 피어오르며 방 안을 가득 메웠다.

"모두 호흡을 멈춰라!"

한 치 앞도 보이지 않는 짙은 운무 속에서 도일은 소릴 질러 모두에게 경고했다. 혹시 독연(毒煙)일지도 모른다는 우려 때문이었다.

도일의 말대로 호흡을 끊으며 독고향은 또 다른 걱정에 휩싸였다. 한 치 앞도 보이지 않는 지독한 운무 속, 그러나 이걸 시전한 이세의 입장은 다를지도 모른다. 암습을 감행해 오지 않는다는 보장이 없는 것이다.

"안심해도 좋겠군. 독연은 아니다."

약간의 시간이 흐른 후 도일은 안전을 확인한 후 사람들을 안심시켰다.

"스승님, 그, 그자는……?"

아무래도 영강은 백인참 이세를 놓친 게 원통한 모양이었다. 제대로 몸을 가누지 못할 지경인데도 그의 행방부터 찾았다.

"그대로 있을 턱이 없지. 벌써 달아났을… 누구냐?"

대꾸하던 도일이 갑자기 말을 끊으며 칼자루로 손을 가져갔다. 누군가 창을 통해 안으로 은밀하게 날아들었던 것이다.

아직 이세가 피웠던 운무가 완전히 빠지지 않은 상태였다. 이런 때 누군가의 출현은 다분히 위협적일 수밖에 없다.

"나요! 여자는 그만 놓쳐 버렸소."

닌자의 목소리였다. 검비위사들과의 싸움이 시작될 것 같자 어디론
가 사라졌다가 다시 나타난 참이었다.

"어딜 갔다 왔나?"

약간은 의혹 실린 목소리로 도일은 엄하게 물었다. 싸움이 시작되자
마자 사라졌다가 끝나길 기다렸다는 듯 나타난다는 것은 다분히 의심
할 만했다.

"처음 주인의 얘기를 들었을 땐 저들도 나와 같은 닌자인 줄 알았소.
서로 얼굴을 마주쳐 봐야 좋을 것도 없을 것 같아 잠시 피한 것뿐이오.
참, 바깥의 시체들은 모두 처리했지만 살아남은 여자는 도저히 내 실력
으론 잡을 수 없었소."

"흐음!"

닌자의 대답에 도일의 눈매가 좁혀졌다. 완전히 믿기는 어려웠지만,
그렇다고 딱히 의심할 만한 건덕지도 없었다.

게다가 그는 어느새 거리의 시체까지 처리했다고 하지 않는가. 어쨌
든 귀찮은 일은 하나 덜게 된 셈, 도일은 더 이상 추궁하지 않기로 했
다.

"어서 여길 피해야 하지 않겠소?"

독고향이었다. 도일과 닌자의 얘기를 알아들을 순 없었지만, 이 방
에도 시체들이 뒹굴고 있다. 수배령까지 내려진 마당에 알려져서 좋을
건 없다.

"굳이 그럴 것까진 없을 것 같네. 비록 오사카와 사카이를 통제할
수 있는 이 땅을 하시바 히데요시가 군침을 삼키고 있지만, 지금은 엄
연히 아케치 미쓰히데의 영향력 아래 있다네. 저들의 시신이 발견된다

면 곤란해지는 건 오히려 하시바일 터, 알려지길 원치 않을 걸세. 또한 주민들은 헤이안 귀신이 나타났다고 모두 숨어버렸으니 목격자도 없지 않나? 허허허!"

독고향으로선 전혀 이해되지 않는 얘기였다. 그러나 지금까지 지켜봐 온 도일의 성격상 결코 식언이나 호언장담은 하지 않을 터이니 그의 말을 믿어도 좋을 것 같았다.

"그렇다고 해도 이 방에 있는 시신들은 치워야 하지 않겠소."

"그래야겠지. 가서 주인을 불러오게. 아래층 어딘가에 숨어 있을 걸세."

도일은 닌자에게 유곽 주인을 불러오라고 했다.

"대체 어쩌시려고……?"

닌자의 모습이 아래층으로 사라지자마자 독고향은 한심하다는 어투로 물었다. 세상의 어느 집 주인이 제 집에서 살인난 걸 좋아하겠는가. 보나마나 쫓겨날 것이 뻔했다.

"돈이면 해결될 걸세. 아직 이 나라는 난세의 끝자락, 이 정도 살육전은 흔히 벌어지곤 한다네."

여전히 태연한 어투로 대꾸하며 도일은 영강을 부축해 독고향 옆에 눕혔다. 살펴보니 그는 혼절한 것처럼 잠들어 있었다.

'하긴…….'

독고향은 영강의 상태를 충분히 이해했다. 그처럼 지독한 싸움을 치른 후에 멀쩡하게 버티고 서 있다면 오히려 그 편이 이상할 터였다.

도일은 묵묵히 시체들을 한곳에 모았다. 그리고는 피가 묻은 다다미들을 하나하나 찾아서 뒤집어놓았다.

그 모습을 보면서 독고향은 혀를 내둘렀다. 비록 조금 더 거칠어지긴 했지만, 다다미는 아무런 일도 없었던 것처럼 깨끗하게 변했다.

하지만 당장 어쩔 수 없는 건 벽과 창이었다. 도배를 새로 하거나 수리하기 전에는 튄 피와 부서진 창을 원상태로 회복할 수 없는 것이다.

주인이 닌자의 뒤를 따라온 것은 다다미를 다 뒤집은 도일이 독고향 옆에 앉았을 때였다. 예상대로 식은땀에 흠뻑 젖은 모습이었다.

"이 시신들을 처리하는 데 얼마나 들겠소?"

도일은 대뜸 본론부터 꺼냈다. 돈을 밝히는 자에겐 돈 애기를 하는 게 가장 효과가 큰 법이다.

과연 주인의 얼굴은 대번에 밝아졌다.

"시신을 처리하는 거야 관 한 짝만 있으면 되니 금엽 한 장이면 충분하오만, 이 벽과 창, 다다미는…… 흡!"

너스레를 늘어놓던 주인은 갑자기 숨을 들이켰다. 도일이 무려 열 장의 금엽을 내밀었기 때문이다.

"이처럼 많은 금액을 주는 건 이 사람의 시신을 특별히 잘 처리해 달라는 뜻이오. 무슨 애긴지 알겠소?"

"아, 알다마다, 알다마다요! 최고의 관과 고승까지 초빙해 극락왕생을 기원해 드리겠습니다요."

주인은 재빨리 금엽을 챙기며 갖은 아부를 떨었다. 이 정도 돈이라면 벽과 창의 수리는 물론 반년 정도 장사 안 해도 먹고 살 수 있을 정도니 당연한 반응이었다.

"헤헤, 뭐 더 필요하신 건……?"

"없소. 우린 좀 편히 쉬고 싶소. 방해하지 말아주시오."

"알겠습니다, 알겠어요. 그럼 물러갑니다!"

방금 몇 사람을 죽인 바로 그 방에 묵고 가겠다는 도일의 뱃심에 놀랐지만 독고향으로선 반대할 이유가 없었다. 그 역시 당장은 움직이기 힘든 노릇, 차라리 밤새 푹 자는 게 나을지도 모른다.

　절대로 방해를 하지 않을 것 같던 주인은, 그러나 한 차례 더 이층으로 올라왔다. 화로에 숯을 더 갖다 넣고 이불을 가지고 왔던 것이다.
　그러나 무엇보다 독고향이 고맙게 생각한 건 휘장으로 부서진 창을 가려준 점이었다. 세상 어디서든 돈은 상당한 위력을 발휘한다는 걸 새삼 깨닫는 순간이었다.
　다시 훈훈해진 방에서 독고향은 깊은 수면으로 빠져들었다.

탈관(脫關)

역시 도일은 허언(虛言)을 하지 않았다. 밤새 푹 자고 일어난 독고향은 진짜 몸이 가뿐해진 것을 느낄 수 있었다.

'조선의 침술은 무척 신기하군. 언젠가 기회가 되면 배워둬도 좋겠어.'

이런 생각을 하며 독고향은 한발 앞서 걷고 있는 도일의 등을 바라보았다. 그렇다고 최상의 상태로 회복되었다는 건 아니지만 타인의 도움 없이도 어느 정도까지는 움직일 수 있게 되었다.

확실히 돈의 위력은 대단했다. 유곽 주인이 아침으로 내온 게 상이 세 개나 되는 진수성찬이었고, 거길 나설 땐 푸짐한 도시락까지 싸주었다.

그 도시락이라는 것이 독고향에게는 생소했다. 중국에서라면 그저 건포나 만두 정도를 지참하는 게 고작이었지만, 일본은 각종 구색을 갖춘 반찬과 커다란 주먹밥이었다.

독고향의 발길은 가벼웠다. 도대체 얼마나 긴 세월이었는지조차 모를 정도로 속박과 고통을 받은 뒤에 두 발로 딛는 대지였던 것이다.

"그런데 듣자 하니 사카이라는 곳은 교토와 반대 방향이라던데, 왜 그렇게 돌아가시는 거요?"

독고향이 도일에게 물었다. 목적지와 반대 방향으로 간다는 건 전혀 이해되지 않는 행동이었다.

"찾을 물건이 있다."

대답은 영강이 대신했다. 도일보다는 서툴렀지만 그래도 상당히 유창한 중화어였다.

약간 당혹스런 눈빛으로 독고향은 영강을 쳐다보았다. 자신에 대한 감정이 좋지 않은 그가 이렇게 직접적으로 말을 붙여온 것은 처음이었다.

'그 일 때문인가?'

지난밤 검비위사와 싸울 때 다다미를 던져 영강을 구해준 적이 있었다. 아마 그는 그 일을 의식하고 있는 게 분명했다.

그 심정을 독고향은 십분 이해했다. 따지고 보면 서로 한 번씩 구해 줬으니 피차 빚이 없는 셈이지만, 그래도 자신이 베푼 은혜는 쉽게 잊어버리고 남에게 진 신세는 뼈에 새기는 게 진정한 무인의 기질이다. 그 점이 마음에 들었다.

"뭘 찾는데?"

영강과 마찬가지로 독고향도 스스럼없이 말을 놓았다. 정확하게 따져 보진 않았지만 서로 비슷한 나이처럼 보였다. 이렇게 하는 게 자연스럽다.

뒤따라오는 닌자의 눈치를 슬쩍 살핀 영강은 나직하게 입을 열었다.

"황금."

그 말에 독고향은 고개를 갸웃거렸다. 찾고자 하는 물건이 황금이었기 때문이다.

아무리 생각해도 도일이나 영강이 황금 따위에 연연할 사람들처럼 보이진 않았다. 정체가 모호한 점이 없진 않지만 그래도 순수한 무인의 길을 걷는 사람들이라 여겼기 때문이다. 황금을 찾기 위해 길을 돈다는 건 확실히 의외였다.

"오해는 하지 마라. 개인적인 영달을 위해 황금을 찾으러 가는 게 아니다."

독고향의 의혹을 눈치 챘는지 영강이 짤막하게 덧붙였다.

"주인을 잘못 만난 황금을 원래의 자리로 돌리려 할 뿐이다."

"흐음!"

그제야 독고향은 고개를 끄덕였다. 절대 그럴 리야 없겠지만, 설사 영강의 말이 거짓이라도 믿지 않을 수 없었다.

"상처는 어떤가?"

독고향은 걱정스런 어조로 영강의 상태를 물었다. 그가 제대로 치료하는 걸 한 번도 본 적이 없기에 더욱 염려스러웠다.

"지난밤에 스승님께서 치료하고 약을 붙여주셨으니 곧 딱지가 앉겠지."

그 말에 독고향은 새삼스런 눈길로 앞서 가는 도일의 등을 쳐다보았다. 모두가 곤히 잠든 밤에 제자의 상처를 치료하며 걱정하는 스승의 모습이 선하게 그려졌다.

'후후훗!'

　내심 독고향은 흐뭇한 미소를 배어 물었다. 겉보기엔 강철 같은 무인일지라도 그 한 겹 피부 속에는 제자에 대한 따스한 애정과 배려가 흐르고 있다는 걸 확인한 까닭에서였다.

　"돌아갈 건가, 자네 나라로?"

　영강의 질문에 독고향의 표정이 살짝 굳어졌다. 두 눈 역시 강렬한 빛을 발하였다.

　"가야지. 해야 할 일이 있어."

　"그게 뭔데?"

　"작은 나라를 되찾는 일!"

　독고향은 숨기지 않았다. 영강도 솔직하게 얘기해 줬으니 자신도 숨겨서는 안 되는 것이다.

　영강은 잠시 생각에 잠긴 눈치였다. '명(明)'이라는 강력한 왕조가 지배하는 중국 대륙에서 작은 나라를 되찾겠다는 말이 이해하기 힘들기도 했을 터였다.

　하지만 영강 역시도 믿기로 한 모양이었다.

　"언제?"

　라고 대뜸 물어왔다.

　"그래서 말인데, 저 닌자에게 좀 물어봐 주지 않겠나? 주모께서 계신 곳이 어디며, 안내해 줄 수 없겠느냐고."

　독고향의 어조가 조금 절박해졌다. 그만큼 매희와 남궁장후의 후손에 대한 안부가 궁금했다.

　"물어보는 건 어렵지 않지만, 스승께선 저자가 우리와 함께 있는 걸 별로 좋지 않게 생각하고 계시는 터라……."

　영강의 미간엔 곤혹스러움이 가득했다.

확실히 그의 말은 맞았다. 맨 처음 닌자가 깨어났을 때 도일은 분명히 말했었다. 같이 있을 수 없다고 말이다.

하지만 그 뒤로 도일은 닌자의 거취에 대해 전혀 언급하지 않았다. 그사이 마음이 변했거나, 그게 아니더라도 필요한 곳이 있을지 모른다는 판단을 했는지도 모를 일이다.

"어쨌든 물어봐 주게."

그 말에 영강은 닌자에게 다가가 일본말로 얘기를 나누기 시작했다.

할 일이 없어진 독고향은 주변을 둘러보았다. 어느새 마을을 벗어나 고갯길을 걷고 있는 중이었다. 일부러 도일은 큰길을 피하고 있는 듯했다. 보다 편한 길이 있음에도 소로를 택해 고개를 올라갔다.

그래서일까. 대로를 벗어나 조금밖에 걷지 않은 것 같은데도 주변은 울창한 삼목(杉木)의 그늘이 드리워져 있었다.

"좀 쉬었다 갈까?"

돌연 앞서 가던 도일이 걸음을 멈추며 일행을 둘러보았다. 그리곤 잘라낸 삼목의 그루터기에 엉덩이를 붙이고 앉았다.

솔직히 독고향은 이런 곳에서 쉬기 싫었다. 날씨는 맑았지만 대기는 차가운 싸늘한 늦가을이었다. 보다 햇살이 잘 드는 곳을 골라도 좋았을 터였다.

그렇다고 거절할 수도 없는 노릇, 독고향은 도일 옆의 그루터기에 가 앉았다.

"물어봤어?"

약간 떨어져서 자리 잡은 영강을 향해 독고향은 질문을 던졌다.

돌아온 것은 짜증 섞인 영강의 눈빛이었다. 아무래도 도일의 의중이 신경 쓰이는 모양이었다.

하긴 질문을 던졌던 독고향도 내심 아차 했었다. 닌자에 대한 도일의 생각을 뻔히 아는 까닭에서였다.

"괜찮다. 어차피 그는 알아야 하고, 경우에 따라선 도움도 필요할 터. 닌자의 얘기를 들려주어라."

유곽에서 싸준 보퉁이 속에서 물이 담긴 죽통을 꺼내 들며 도일은 제자를 안심시켰다.

"험험, 지금 자네 주모의 오라비가 시나노[信濃]에 있는 후까시[蒸し]성의 성주 대리(城主代理)로 있다고 하는군. 그녀도, 아니, 그분도 같이 계시다는군."

스승에 대한 송구함 때문인지 영강은 헛기침을 토했다. 또한 매희에 대한 호칭도 황급히 바꾸기까지 했다.

"안내해 줄 수 있다던가?"

사실 독고향으로선 가장 절박한 문제였다. 말도 통하지 않는 이국 땅에 어딘지도 모르면서 찾아갈 수는 없는 노릇인 것이다.

질문은 받은 영강은 다시 한 번 도일의 눈치를 살폈다. 아무래도 스승 앞에선 선뜻 꺼내기 어려운 얘기인 것 같았다.

"저, 그게… 조건이 있다."

"조건이라니?"

"저자도… 우리와 함께 다니고 싶다는 거야."

어렵게 꺼낸 영강의 말에 독고향도 도일의 눈치를 살필 수밖에 없었다.

그러나 도일은 이쪽의 얘기에는 전혀 신경 쓰지 않았다. 그저 죽통 속의 물을 시원하게 들이키고 있을 뿐이었다.

누구도 입을 열 수 없었다. 이 문제의 답을 내릴 사람은 도일뿐이기 때문이다.

"대신 나도 조건을 하나 걸겠네. 자네, 이 근처의 풀길(닌자들만 다니는 비밀 통로, 혹은 지름길)에 대해 잘 아나?"

독고향이야 알아들을 수 없었지만 도일의 이 말에 닌자는 고개를 번쩍 쳐들었다.

"너무 오래전에 알던 길이오. 지금쯤 어찌 변했을지, 발각되지 않았는지는 장담할 수 없소."

"흐음!"

닌자의 대답에 도일의 표정이 굳어졌다.

답답해진 독고향은 슬그머니 몸을 일으켜 영강에게로 다가가 그의 어깨를 가볍게 두드렸다.

그 뜻을 즉각 알아차린 영강은 두 사람의 대화를 간략하게 통역해 줬다.

"그래도 통행증 없이 관문에 부딪치는 것보다는 낫겠지. 안내해 주게."

"그럼 이 몸도 함께……?"

"같이 가도 좋네."

시원스레 대꾸한 후 도일은 몸을 일으켰다.

싱긋, 생전 웃어본 적이라곤 없을 것 같았던 닌자의 얼굴에 미소가 떠올랐다. 동행을 허락받은 기쁨의 표시였다.

그러나 정작 안도의 한숨을 길게 내쉰 사람은 독고향이었다. 누구보다 닌자의 존재가 절실하게 필요한 사람은 바로 자신이었던 것이다.

"생각보다 어려 보이는군."

내심을 숨기려는 듯 독고향은 엉뚱한 얘기를 꺼냈다. 방금 웃었던 닌자에 대한 얘기였다.

실제로 미소를 짓던 닌자의 얼굴은 무척이나 앳돼 보였다. 무표정일 때는 도무지 그 나이를 종잡을 수 없었는데, 방금 본 그 얼굴은 이제 겨우 십대 후반이나 이십 대 초반 정도로밖에는 보이지 않았다.

별다른 대꾸 없이 영강은 몸을 일으켰다. 그리곤 무언가를 물으려는 독고향에게 턱으로 어딘가를 가리켰다.

독고향은 재빨리 뒤를 돌아보았다. 어느새 닌자와 도일이 저만큼 걸어가고 있었다.

*　　　*　　　*

"왜 그들을 공격하지 않았나, 히사노[久野]?"

손목의 통증 때문에 가늘게 떨리는 음성으로 이세 도시죠는 자신을 치료하고 있는 여인에게 물었다.

"이길 수 없는 상대였어. 또, 내가 당했다면 지금 너 역시 무사하지 못했을 테고."

히사노의 대꾸는 어디까지나 침착했다.

이세는 어둠에 찌든 눈빛으로 히사노를 쏘아보았다. 마치 지난번 검비위사들의 죽음과 자신의 부상이 모두 그녀의 탓인 것처럼 여기는 태도였다.

그러나 히사노는 그 눈빛을 맞받지 않았다. 여전히 침착한 태도로 이세의 부상을 치료하고 있을 따름이었다.

"그건 그대로 좋아. 어쨌든 그자들이 우리가 쫓는 놈들이 맞을까?"

"맞겠지. 그들은 확실히 우리가 주군의 군자금을 운반하는 자들이라고 했어."

"도대체 놈들의 정체가 뭘까? 또, 배후엔 누가 있고?"

잘려진 자신의 손목보다 이세는 지난밤 마주쳤던 자들에 대한 궁금증이 더했다.

"뻔하겠지. 주군의 경쟁자들 중 하나겠지."

정말이지 히사노의 말투는 얄미울 정도로 침착했다.

"그게 대체 누구냐는 거지. 지금 세상에 주군의 출세를 시기하는 자가 어디 한둘일까?"

가늘게 떨리긴 했지만 이세의 목소리에서 흥분한 기색은 찾아볼 수 없었다. 원래 성격이 침착하거나 수련이 꽤 잘된 모양이었다.

"아케치 미쓰히데일 가능성이 농후한데 그놈은 아니라고 했으니……."

혼자 묻고 혼자 대답하며 이세는 말꼬리를 흐렸다. 현재 주군인 하시바 히데요시의 정적들 중 가장 눈에 띄는 자는 누가 뭐래도 아케치 미쓰히데였다.

하지만 지난밤 그놈들은 부정했었다. 아무리 어지러운 세상이라도 주군을 부정하는 무사들은 없기에 이세는 그 말을 믿었다.

"엉큼한 도쿠가와(德川)인가? 아니야, 그자는 주군이 계심으로 해서 오히려 덕을 본 자이다. 주군이 안 계셨다면 이번 서국(일본의 서쪽 지방) 정벌의 선봉에 섰을 것이다. 결코 주군께 해롭게 할 인물이 아니다."

이세의 자문자답은 계속되었다. 손목을 통해 전해지는 엄청난 고통을 그렇게라도 잊고 싶은 건지도 몰랐다.

히사노는 여전히 말이 없다. 하긴 어떠한 의견을 내놓아도 이세가

수긍하지는 않을 터였다. 차라리 입을 다물고 있는 게 편했다.

"그렇다면 역시 모리(毛利)인가?"

이세는 그럴 가능성이 가장 높다고 생각했다. 주군의 서국 정벌로 가장 많은 곤란을 겪고 있는 사람은 쥬우고꾸[中國:교토 서쪽의 대부분 지방]의 패자인 모리 씨였기 때문이다.

또한 지난밤의 놈들은 전적으로 주군의 군자금을 운송하는 수레만 탈취했었다. 얘기의 앞뒤가 착착 맞아떨어진다.

"으으음, 모리 놈! 감히 이런 비열한 수를 쓰다니……."

한번 생각이 그쪽 방향으로 흐르자 이세는 아예 모리 씨가 이 일의 배후라고 단정해 버렸다.

게다가 모리 씨는 주군의 주군, 즉 우대신(友大臣) 오다 노부나가[織田信長]의 가장 강력한 적수인 것이다.

"이제 어떡할 생각이야?"

붕대를 매는 것으로 치료를 끝낸 히사노가 그제야 이세를 직시하며 물었다.

"뭘 어떻게 해? 근방의 봉행과 관문의 수호직(守護職)에게 알려 놈들을 잡아야지!"

"그게 가능하리라고 생각해?"

여전히 얄미운 침착함으로 히사노는 이세의 말을 짓눌렀다. 그녀로선 드문 일이었다.

"여긴 주군의 영지가 아냐. 차라리 여기는 아케치의 입김이 강하게 작용하는 곳이지. 이런 곳에서 하시바님의 검비위사들인 우리가 활동하고 있다는 게 드러난다면 주군의 입장만 난처해지셔! 어제 일은 없었던 걸로 생각하는 게 좋겠어."

구구절절 이치에 닿는 히사노의 말이었다. 평소의 이세였다면 그 말을 납득했을지도 모른다. 그러나 손목이 잘리는, 무사로서 생명이 끝난 거나 마찬가지인 부상을 입은 지금 아무리 냉정한 성격이라도 이성적으로만 판단할 수는 없었다.

"그래서? 겨우 꼬리를 잡은 놈들을 이대로 놓치자고? 그래서 주군의 군자금을 계속 털리자고?"

지금까지와 달리 이세의 목소리에는 약간의 흥분기가 배어 있었다. 그 이유를 알고 있기에 히사노는 별로 상관치 않았다. 칼을 써야 될 오른손을 잃은 상실감과 또 고통을 덜어주기 위해 바른 미약(迷藥)이 혈관으로 침투해 그의 이성을 약간 마비시켰을 터였다.

"이대로 계속 놈들을 설치게 두면 주군의 꿈이 깨어질지도 모른다. 아니, 몇 년 연기 될지도 모른다!"

이세는 황급히 말을 바꾸었다. 흐려진 이성으로도 주군에 대한 불길한 발언은 하지 말아야 한다는 건 안 모양이었다.

"일본은 물론 명나라와 인도(印度), 그리고 남만(南蠻:일본에서 본 유럽. 주로 포르투갈을 지칭함)까지 발 아래 두실 주군의 웅대한 꿈!"

"놈들을 그냥 두자고 하지는 않았어."

이세의 언성이 점차 높아진다면 히사노는 오히려 더욱 침착해져 갔다.

"그, 그럼 우리가 직접 하자는 건가?"

뭔가를 암시하는 듯한 히사노의 말에 이세의 흥분은 조금 가라앉았다.

그러나 이내 난감한 표정을 지었다. 예상대로 자신과 히사노가 직접 놈들을 상대하자고 하면 그건 곤란한 일이다. 멀쩡한 상태에서도 졌는데 오른손이 없는 지금은 오히려 거추장스런 짐이 될 뿐인 것이다.

"우리가 나서서 될 일이었다면 벌써 지난밤에 놈들을 해치우고 말았을 거야."

"그, 그럼……?"

"이 근처에서 주군 휘하에 있는 닌자들이 몇 명이나 될까?"

"닌자들?"

이제 대화의 주도권은 완전히 히사노에게로 넘어갔다. 이세는 그저 멍하니 반문만 하고 있을 뿐이었다.

"지난밤 그 자릴 피하는 날 미행한 놈이 있었어. 자칫 눈치 채지 못했을 정도로 은밀하게 움직인 것을 보면 닌자가 분명해! 놈들 중에 닌자가 섞여 있다면 분명 닌자식으로 움직일 거야."

"그래서 닌자들을? 글쎄, 주군 휘하의 닌자라… 한 백여 명은 될 것 같군."

"당장 그들을 이리로 소집해. 방법은 알지?"

닌자들을 인간으로 취급하지 않는 무사들이 대부분이다. 히사노도 예외는 아니어서 지금까지 의도적으로 그들과의 접촉을 피하고 있었다.

하지만 지금은 어느 때보다 닌자들의 힘이 필요했다. 어차피 그들은 한 번 써먹고 버려도 그만, 소집 명령을 내리라고 말하는 히사노의 가슴속에선 양심의 가책 따윈 눈곱만큼도 없었다.

그 점에서 볼 때 예외적으로 이세가 닌자들과 교분이 있다는 게 천만다행이었다.

아즈찌 고개의 초입, 울창한 삼목림 속에서 희미한 오색 연기가 피어울렀다.

처음부터 흐릿한 연기였다. 그리고 정오에 가까운 시각인지라 연기는 거의 사람들 눈에 띄지 않았다.

하지만 그 연기를 볼 수 있는 사람들도 있었다.

그래서 여든 명에 가까운 하시바 가(家)의 닌자들은 아즈찌 고개로 속속 모여들었다.

닌자의 뒤를 따라가는 독고향은 감탄을 금할 수 없었다.

'길을 만드는 것도 아니고…….'

분명 닌자에게 길을 만들어낼 능력은 없을 터였다. 그러나 앞이 꽉 막힌 것처럼 보이는 막다른 절벽도 그가 접근하기만 하면 길을 열어주는 것 같았다.

"이게 풀길이라는 건가?"

영강도 놀라운 모양이었다. 독고향과 눈이 마주치자 나직한 탄성을 발했다.

"이런 속도라면 저녁이 되기 전에 아즈찌 관문(關門)을 통과할 수 있겠군."

낙관적인 표정으로 영강은 덧붙였다.

하지만 그건 영강의 희망에 불과했다. 말이 끝나자마자 앞서 가던 닌자가 걸음을 멈췄기 때문이다.

"무슨 일인가?"

긴장한 음색을 숨기지도 않고 도일은 나직이 물었다.

조용히 하라는 듯 손가락을 입술에 세우며 닌자는 재빨리 돌아왔다.

"이 길은 발각되었소."

"무얼 보고 그렇게 얘기하는가?"

닌자와 도일의 대화를 영강은 재빨리 독고향에게 통역해 주었다.

"납득하기 어려운 흔적이 발견되었소."

"짐승의 흔적일 가능성은 없나?"

충분히 가능성있는 도일의 반문이었다.

"짐승의 흔적은 절대 아니오. 누군가 의도적으로 정비를 한 것 같소."

"원래 풀길이란 건 주기적으로 정비를 하지 않나? 난 그렇게 알고 있네만……."

"맞는 말씀이오. 하지만 정비한 솜씨가 다르오."

"흐음!"

도일의 미간에 그늘이 드리워졌다. 닌자의 반응이 너무 예민한 것이 아닌가 싶기도 했지만 그냥 무시할 수도 없었다.

"다른 길은 없는가?"

최선이 아니면 차선이라도 찾아야 한다. 만약 다른 길이 없다면 관문을 정면으로 돌파할 수밖에 없다. 그것만은 피하고 싶었다.

"다른 길이 없지는 않소. 하지만 이 길이 발각되었다면 다른 길 역시 안전을 장담할 수 없소."

"일단 가보세. 그마저 발각되었다면 다른 방도를 찾아야겠지."

도일은 미련을 갖지 않았다. 어차피 닌자에게 의지해 풀길을 걸었으니 끝까지 그를 믿을 수밖에 없는 노릇이다.

일행은 다시 왔던 길을 되짚어갔다.

애당초 제대로 된 길이 아니었다. 한 번 지나쳤다고 해서 돌아가는 길이 쉬울 턱이 없다.

하지만 누구도 불만을 토로하지는 않았다. 힘들다고 느낄 수 있을 때가 좋다. 진짜 최악의 상황이라면 그것마저 느낄 여유가 없을 테니 말이다.

근 반 시진 가까이 왔던 길을 되돌아갔을 때 닌자는 방향을 틀었다. 왼쪽으로 그리 높지는 않지만 꽤 험해 보이는 절벽을 끼고 돌아가는 길이 나왔다.

자연 아까 갔던 길보다 더 험하고 걷기에 힘들었다.

또다시 닌자가 걸음을 멈추며 몸을 잔뜩 낮추었다.

일행들 역시 잔뜩 긴장한 속에서 최대한 웅크리며 사방을 살폈다.

"무슨 일인가?"

"쉬잇!"

도일의 질문에 닌자는 황급히 조용히 하라는 신호를 보냈다. 그리고는 바로 머리 위쪽을 가리켰다.

사람들의 시선이 일제히 닌자가 가리킨 곳으로 향했다. 별다른 것 없는 절벽의 연속이었다.

"바로 위가 아즈찌 관문이오."

자칫 들리지도 않을 정도의 낮은 목소리로 닌자는 속삭였다.

더욱 굳어진 눈빛으로 도일은 영강을 돌아보았다. 살펴보라는 의미였다.

이미 도일과의 사이에 말에 의한 의사 소통은 거의 필요없는 영강이
었다. 그의 눈빛을 받자마자 즉각 몸을 움직였다.

독고향도 영강의 뒤를 따랐다. 만약의 경우가 닥친다면 자신의 뇌격
이형은 상당히 유용하게 쓰일 터였다.

도일도 제지하지 않았다.

'최소한 방해는 되지 않을 정도로 내 몸이 회복됐다는 뜻이겠지.'

말리지 않는 도일의 심정을 독고향은 그렇게 이해했다.

바로 위라고 했지만 관문이 보이는 곳까지는 두어 길 높이의 절벽을
기어올라야 했다. 하긴 그 정도 높이의 절벽을 기어오르는 건 두 사람
에게 문제도 되지 않았다.

정작 어려운 점은 절벽을 구성하고 있는 게 단단한 화강암(花崗岩)이
아니라 푸석푸석한 사암(砂岩)이라는 것이었다.

자칫 무너져 내리기라도 한다면 곧장 발각되고 말 상황인지라 두 길
높이의 절벽을 오르는 것이 의외로 힘들었다.

이윽고 관문의 전경이 눈에 들어왔다. 이 장은 족히 되어 보이는 높
이의 목책(木柵)이 길게 이어져 있었고 군데군데 설치된 망루에는 창을
든 병사들이 연신 사방을 살펴보고 있는 중이었다.

활짝 열어젖힌 관문 앞에는 수호직인 듯한 자가 병사들을 거느리고
사람들의 통행증을 세심하게 검사한 연후에 통과시키고 있었다.

독고향은 은근히 걱정되었다. 목책이 끝없이 이어져 있을 것 같아서
였다.

목책을 돌아서 관문을 통과한다는 건 말도 되지 않는다. 어디까지
계속될지도 모르고, 또 언제 망루 위의 병사들에게 들킬지도 모르는 일
이다.

관문을 살피던 독고향의 눈에 이상한 광경이 목격되었다. 두 대의 우마차와 그걸 호위하듯 둘러싼 무사들의 모습이었다.

아니, 그것만이라면 특별히 이상할 것도 없다. 묘한 것은 그토록 엄격하게 통행증을 검사하던 수호직이 그들만은 쉽게 통과시켰다는 점이었다.

독고향은 영강을 돌아보았다. 그 역시 봤다는 듯 고개를 끄덕이더니 내려가자는 신호를 눈으로 보냈다.

오르는 것보다 내려가는 게 더 힘들었다. 순전히 발의 감각만을 의지해야 되는데, 일본식 짚신은 그런 점에서 별로 도움이 되지 못했다.

어쨌든 그들은 무사히 내려왔고, 영강은 재빨리 도일에게 달려가 방금 봤던 광경을 얘기했다.

"…하시바의 군자금을 운반하는 자들이 틀림없습니다!"

이 말을 끝으로 영강은 보고를 마쳤다.

"그런 것 같군. 또 함정일지도 모르지만 알고서야 놓칠 순 없지. 게다가 방향도 우리와 같은 것 같고. 좋아, 치자!"

두 사람의 대화를 듣고 있던 독고향은 문득 한 가지 사실을 깨달았다. 그들은 분명 조선인이다. 하지만 중화어로 얘기를 나누고 있었다. 다분히 자신을 배려한 행동이었다.

"최단시간 내에 관문을 통과해야겠다. 어서 안내를!"

영강과의 얘기가 끝나자마자 도일은 닌자를 재촉했다.

이번엔 영강이 통역해 주지 않았지만 그 표정만으로도 독고향은 충분히 그 의미를 짐작할 수 있었다.

일행은 재빨리 움직였다. 특히 닌자의 움직임은 영활하기 그지없었다. 가끔씩 모습을 드러냈다가 사라지는 망루 따위는 전혀 신경 쓰지 않는 모습이었다.

독고향은 닌자의 움직임에 재차 혀를 내둘렀다. 아무렇게나 마구 달려가고 있는 것처럼 보였지만 그가 지나가는 길은 망루에서 볼 때 사각 지대만을 이용했던 것이다.

어느 정도 안심한 독고향은 슬쩍 뒤로 처졌다. 맨 뒤에서 따라오던 영강과 자릴 바꾸기 위해서였다.

“먼저 가라.”

“싫다!”

예상대로 영강은 자리 바꾸길 거부했다. 이런 식으로 전진할 때는 맨 선두와 후미가 가장 위험하기 때문이다. 그 부담을 자신이 지겠다는 의지가 그의 두 눈에서 형형한 빛으로 묻어 나왔다.

“중국 무술엔 경공이란 게 있다. 만약 필요하다면 난 언제든 맨 앞으로 나실 수 있어.”

최대한 간략하게 독고향은 설명했다. 더 이상은 해줄 여유가 없었다.

잠깐 동안 독고향을 바라보던 영강은 이내 그를 지나쳐 달려가기 시작했다. 언쟁을 벌일 장소도 아니었고 시간도 없었다. 벌써 닌자와 도일은 훌쩍 멀어져 갔던 것이다.

독고향은 잠시 그 자리에 서 있었다. 그러다 영강의 뒷모습이 절벽의 그늘로 사라지기 직전 전력을 다해 뇌격이형을 펼쳤다.

역시 기대했던 속도는 나오지 않았다. 몸이 완전히 회복되지 않았다는 반증이다.

다시 한 번 뇌격이형을 펼치고서야 독고향은 영강을 따라잡았다.

툭!

영강의 등을 가볍게 쳤을 때 그는 해연히 놀란 표정으로 독고향을 돌아보았다.

기실 영강도 전력으로 질주했다. 독고향이 자신만만하게 얘기했던 경공이라는 걸 시험해 보고도 싶었고, 만약 따라오지 못한다면 다시 후미로 처질 생각이었다. 그래서 독고향이 가만히 서 있을 걸 알면서도 전력을 다해 달렸었다.

하지만 독고향은 너무도 쉽게 따라붙었다. 경공이라는 무공이 확실히 있긴 있는 모양이다.

독고향도 바로 이 점을 노렸었다. 자신의 몸이 어느 정도 회복되었는지도 알아볼 겸, 또 영강을 안심시키기 위해서였다.

이후 그들은 달리는 데에만 몰두했고, 이윽고 네 사람이 거의 한 덩어리가 되다시피 해서 움직였다.

길—길이라고 표현하기도 힘들었지만—이 우측으로 약간 휘어진 곳에 다다랐을 때 닌자는 걸음을 멈췄다.

"이 앞이 가장 힘든 곳이오. 아차 실수하면 들키거나 곧장 계곡 아래로 추락하게 되니 잘 보고 있다가 내 움직임을 그대로 따라 하시오!"

영강이 재빨리 닌자의 말을 통역해 주었다.

사람들이 자신의 말을 정확하게 이해했는지 확인한 닌자는 다시 전진하기 시작했다. 지금까지와는 달리 극히 신중한 움직임이었다.

그럴 수밖에 없었다. 지금까지는 시든 채 서로 엉킨 잡목이나 울퉁불퉁한 절벽 면의 그늘을 이용할 수 있었지만, 굽어진 길 끝에서 본 광경은 지금까지의 길이 얼마나 편했는지를 단적으로 보여주었다.

우선 어떻게 저렇게 지을 수 있었을까 싶을 정도로 목책은 절묘한 곳에 설치되어 있었다. 바로 절벽의 연장선상처럼 우뚝 버티고 서 있어 도저히 지나갈 수 있을 것 같지 않았다.

'대단한 건축술이로군!'

이 절벽이 무너지기 쉬운 사암이란 걸 이미 몸으로 겪어 아는 독고향이었다. 그 위에 달리 석축을 쌓지도 않고 곧바로 목책을 세웠다는 건 놀라운 일이 아닐 수 없다.

"자, 출발하겠소. 반드시 내가 딛는 곳만 딛고, 잡는 곳만 잡도록 하시오. 그럼!"

말을 끝내자마자 닌자는 곧장 몸을 날려 그나마 든든하게 디딜 수 있는 길에서 벗어났다.

독고향은 닌자의 움직임을 유심히 관찰했다. 얼핏 봤을 때 그는 마치 허공을 딛고 움직이는 것처럼 보였다.

'절벽 면을 저렇게 거칠게 디디면 무너질 텐데…….'

아무리 시력을 집중시켜 봐도 닌자가 뭘 딛고 뭘 잡으며 움직이는지 보이지가 않았다.

그건 두 번째로 목책 아래 절벽에 매달린 도일 때도 마찬가지였다.

행여 놓칠세라 영강이 재빨리 그 뒤를 따랐고, 이윽고 독고향도 그가 디뎠던 곳을 향하여 몸을 날렸다.

그리고 영강이 금방 딛고 지나간 곳에 발을 디뎠을 때,

'이, 이건?'

의외로 단단하게 발 밑을 받쳐 주는 뭔가에 독고향은 또 한 번 놀라고 말았다.

하지만 조금이라도 머뭇거릴 여유는 없었다. 앞 사람이 딛거나 잡은 곳을 정확하게 파악하자면 그가 움직일 때 거의 동시에 이쪽도 움직여야만 한다.

그 다음도 발로 딛고 몸을 날렸고, 세 번째는 손으로 잡아야 하는 곳이었다.

이제 독고향에겐 더 이상의 의혹은 없었다. 자신이 뭘 딛고 뭘 잡고 움직이는지는 중요하지 않다. 그저 무사히 이 관문만 통과하면 되는 것이다.

게다가 그 의혹도 이내 풀렸다. 처음으로 손을 사용해야 되는 곳에서 뭔가를 잡았을 때, 독고향은 이 풀길의 비밀을 알 수 있었다.

아무리 건축술이 뛰어나도 위태로운 사암 위에 이처럼 높은 목책을 세울 수는 없다. 아니, 세울 수는 있겠지만 그래 봐야 얼마 못 가서 무너져 버리고 만다. 지탱해 줄 뭔가가 있어야 된다는 얘기다.

이 목책도 마찬가지였다. 겉으로 보기엔 사암 위에 그냥 덩그렇게 서 있는 것 같았지만 알고 보니 연약한 지반을 꼼꼼하게 다져 놓았다.

'후후후, 꽤나 머리를 썼군!'

손가락 끝에 간신히 걸린 어른 팔뚝 굵기의 나무를 보며 독고향은 미소를 배어 물었다.

이 나무의 길이가 어느 정도인지는 짐작조차 되지 않는다. 하지만 절벽 면을 따라 약 일 장 정도의 폭으로 촘촘하게 박혀 있었다. 이게 지반을 단단하게 하는 역할을 하는 것이었다.

대부분의 나무는 그 끝이 절벽 면 깊숙이 파고들 정도로 박혀 있었다.

그러나 그중에는 지금 독고향이 잡고 있는 것처럼 끝까지 박히지 않아 그 끝을 조금 내밀고 있는 것도 없지 않았다. 바로 그런 것들이 닌자의 풀길로 이용되었다.

'그러니까 조금 많이 튀어나온 건 발로 디디고, 그럴 수 없는 곳은

손으로 잡는단 말이지!'

영강과 거의 동시에 몸을 움직이면서 독고향은 연신 고개를 끄덕였다. 그리고 이걸 발견하기 위해 얼마나 많은 노력과 희생이 따랐을까를 생각하며 새삼 숙연해지기도 했다. 이건 직접 몸으로 부딪쳐 보기 전에는 절대로 알 수 없는 것이다.

의문점이 전혀 없는 것도 아니었다. 왜 이곳만 절벽과 면해서 목책을 세웠나 하는 점이었다. 이왕 하려고 마음먹었다면 처음부터 끝까지 하는 게 일반적이지 않냔 말이다.

물론 비용과 노동력이 엄청나게 드는 일이란 건 안다. 하지만 그걸 아끼려고 한다면 이곳도 아예 짓지 말았어야 한다. 다른 곳처럼 그냥 편한 곳에 목책을 세워도 되는 일이었다.

독고향의 시선이 계곡 건너편으로 향한 건 그저 우연이었다. 동시에 왜 이곳만 이런 위태로운 곳에 목책을 세웠냐는 의문도 해소되있다.

계곡의 폭은 십여 장은 족히 넘어 보였다. 그리고 반대쪽은 삼목이 우거진 완만한 구릉이었고. 하지만 그 정상은 위로 불쑥 솟아오른 거대한 바윗덩어리였다.

'아하!'

그 바위를 본 순간 독고향은 왜 이곳에만 목책이 세워졌어야 했는지를 깨달았다. 다른 곳은 이쪽보다 지대가 낮았지만 그 정상 부분만은 훨씬 높았다.

관문이란 단지 교통의 요충지에만 세워지는 게 아니다. 군사적 거점이 되기도 하는 것이다. 그런 맥락에서 본다면 반대쪽에 훨씬 높은 지대가 있다는 건 이만저만한 부담이 아닐 수 없다.

그래서 이곳에만 절벽에 면해 목책을 세움으로써 높이의 불리함을 극복하고자 했을 터었다. 어쨌든 바위 위에다 관문을 설치할 수는 없는 노릇이니 말이다.

이제 거의 이 위태로운 길의 끝에 이른 모양이었다. 영강이 마지막으로 도약해 올라 저편의 절벽 그늘 속으로 사라지는 게 보였다.

아무 생각 없이 독고향도 몸을 날렸다. 그리고 영강이 디뎠던 곳에 발이 닿자마자 발끝에 힘을 가했다.

푹!

그 순간 독고향은 자신의 몸이 아래로 추락하고 있다는 걸 깨달았다.

어떻게 된 영문인지는 생각할 겨를이 없었다. 비록 높지는 않았지만 이처럼 맥없이 떨어졌다간 중상을 면하기 어렵다. 아니, 요행히 물에 떨어진다고 해도 물소리 때문에 들키기 십상이다.

독고향은 절벽 깊숙이 손을 찔러 넣었다. 쉽게 들어갔지만 또 쉽게 무너져 버려 별 도움이 되지 못했다.

'빌어먹을!'

절벽에 매달리길 포기한 독고향은 우선 최대한 몸을 가볍게 했다. 바닥에 닿을 때의 충격을 최소로 하기 위해서였다. 그리고 일행들이 어서 떠나길 기원했다. 다 같이 들키기 전에 말이다.

계곡 바닥의 울퉁불퉁한 바위들이 급속도로 가까워지고, 독고향이 어금니를 지그시 깨물었을 때,

사락!

뭔가가 손목에 휘감겨 왔다.

본능적으로 독고향은 그것을 꽉 움켜쥐었다. 설사 그게 살모사의 꼬리였다고 해도 어쩔 수 없었다.

다행히 그건 살모사의 꼬리가 아니었고, 바닥에 닿기 직전에 독고향의 추락은 멈춰졌다.

그제야 독고향은 그게 뭔지를 확인했다. 가늘지만 튼튼해 보이는 밧줄이었다.

시선을 들어 올려 독고향은 그 밧줄의 다른 쪽 끝을 누가 잡고 있는지 바라보았다. 닌자였다.

하긴 그게 누군지는 그리 중요한 일이 아니었다. 우선은 저 위로 올라가는 일이 급했고, 밧줄이 있는 이상 그건 별로 어려운 일이 아니었다.

마지막으로 독고향의 손을 잡아 길 위로 끌어 올리며 닌자는 나직이 한마디 했다.

독고향의 시선이 영상에게로 향했다. 통역하라는 의미였다.

"마지막에 디딘 나무가 썩은 모양이라는군. 아마 다시는 이 길을 사용할 수 없겠지."

고개를 끄덕이며 독고향도 한마디 했다.

"나라면 이 어려운 길보다는 차라리 계곡 건너편에서 길을 찾겠네. 그 편이 훨씬 쉬워 보이는군."

그 말에 영강이 한심스럽다는 눈길로 독고향을 쳐다보았다.

"아까 우리가 돌아왔던 길이 바로 반대쪽 길이라고 하더군."

"노닥거릴 시간 없다. 군자금을 운송하는 자들이 사카이에 닿기 전에 쳐야 한다!"

도일이 사람들을 채근했다. 아즈찌 관문을 통과한 이상 사카이는 지척인 것이다.

사람들은 다시 달리기 시작했다.

여전히 독고향이 맨 후미였지만 이내 도일이 다가와 합류했다.

"자넨 결코 죽어서는 안 되겠더군. 자넬 구하기 위해 닌자들이 무척 많은 희생을 치렀나 보네. 아까 자넬 끌어 올리며 저 닌자가 연신 중얼 거리더군. 여기까지 와서 죽게 해서야 체면이 서지 않는다고. 아무튼 조심하게. 나도 자네가 우리와 함께 다니다 불행한 일을 당하는 건 원 치 않네."

그 말을 끝으로 도일은 다시 속도를 높여 앞으로 나아갔다.

독고향은 그 자리에 우뚝 서버렸다. 자신의 두 어깨 위에 얼마나 많 은 사람들의 희생이 걸려 있었는지를 새삼 깨달은 탓이다. 세가령의 동료들, 그리고 닌자, 도일 사제들까지…….

원했든 원하지 않았든 간에 그 모든 건 빚이었다. 끝까지 살아남아 야 하는 이유가 또 하나 생긴 것이다.

눈빛을 엄하게 굳히며 독고향은 전력을 다해 뇌격이형을 펼쳤다.

하시바의 군자금을 운반하던 우마차는 걱정했던 것만큼 멀리 가지 못했다.

하지만 발견 즉시 덮치지는 않았다. 어쨌든 이곳은 대로상, 보다 으슥한 곳을 찾아 우마차를 앞질러 달려갔다.

"이쯤이 적당하겠군!"

대로가 샛길과 합류하는 곳에서 도일은 걸음을 멈췄다.

"대낮에 대로상에서 싸움을 벌일 수는 없다. 그러니 우선 우마차를 탈취해 이 샛길로 빠진다. 적들이 추적해 오면 으슥한 곳에서 처리하면 되고, 추적하지 않으면 그대로 우마차만 탈취한다. 명심해라! 대로상에서의 접전은 최소한으로 해야 한다. 우마차만 탈취하면 곧장 샛길로 달려야 한다."

"우마차의 탈취가 목적이라면 같이 움직일 필요는 없을 것 같소. 나

혼자 해보겠소."

도일의 행동 요령을 들은 독고향은 자신에 찬 어조로 말했다. 말이 끄는 것과는 다르겠지만 어쨌든 마차다. 그 방면엔 벌써 일가견이 있는 것이다.

도일은 독고향을 지그시 응시했다. 그러더니 영강더러,

"도와줘라. 우린 미리 적당한 곳을 물색해 매복하고 있겠다."

간단한 지시를 내린 후 곧장 샛길로 달려갔다. 닌자가 독고향에게 일별을 던진 후 황급히 뒤를 따랐다.

"어떻게 할 생각인가?"

두 사람이 사라지자 영강이 물었다. 말이 쉬워 우마차를 탈취해 샛길로 달린다는 거지, 실제론 그리 만만한 일이 아니었다.

"뭐, 소도 급하면 달리겠지."

사실 독고향이라고 뾰족한 계획이 있는 건 아니었다. 그저 자신의 마차 모는 기술을 믿고 나선 것에 불과했다.

하긴 차라리 그냥 무식하게 밀고 나가는 게 나을지도 모른다. 짧은 시간 안에 결정된 이런 일에는 그때그때 임기응변으로 대처하는 게 성공할 확률이 높을 수도 있을 터였다.

하지만 영강으로선 어이없는 답변이었다.

"정말 아무 계획이 없는 거야?"

재차 묻는 어조에 짜증이 섞여 나오는 건 당연했다.

"어떻게든 우마차는 내가 탈취하겠다. 하지만 소가 본격적으로 뛰게 하려면 아무래도 시간이 걸리겠지. 그때까지만 놈들을 차단해 줘."

별로 이렇다 할 계획도 아니었다.

그래도 아주 없는 것보다는 낫다 싶어 영강은 고개를 끄덕였다.

"온다!"

말과 함께 독고향은 재빨리 길옆 시든 잡목이 우거진 뒤로 몸을 던졌다.

아닌 게 아니라 우뚝 솟은 삼나무 숲 사이로 두 대의 우마차를 둘러싼 사람들의 행렬이 번뜩번뜩 보였다 사라지길 반복했다.

영강도 재빨리 길옆으로 몸을 숨겼다. 물론 독고향과는 반대쪽이었다.

우마차가 다가오길 기다리던 독고향은 아차 싶은 낭패감에 미간을 찌푸렸다. 깨닫고 보니 무기가 될 만한 게 하나도 없었기 때문이다.

독고향은 재빨리 영강이 숨은 곳을 향해 시선을 꽂았다. 지금이라도 그의 옆구리에 대도(大刀)와 나란히 차고 다니던 소도(小刀)를 달라고 할 참이었다.

그러나 영강은 이쪽을 향해 일별도 주지 않았다. 자못 긴장한 눈빛으로 우마차가 다가오는 곳만 뚫어지게 쏘아볼 뿐이었다.

작은 자갈을 주워 든 독고향은 영강을 향해 던졌다. 시간이 너무 촉박했다.

그제야 영강의 시선이 돌려졌고, 독고향은 미친 듯이 손짓을 해 보였다. 그의 옆구리에 차고 있는 소도를 달라는 의미였다.

도무지 무슨 뜻인지 알아듣지 못하겠다는 표정으로 영강은 독고향을 쳐다보았다. 그러다 검지손가락으로 관자놀이를 가리키며 빙빙 돌려댔다.

'미쳤냐?

라는 뜻이었다.

'이런 빌어먹을!'

독고향의 미간이 꽉 구겨졌다. 성질 같아선 당장 달려가거나 더 큰 돌멩이라도 던지고 싶었지만 그럴 수도 없었다.

치밀어 오르는 울화를 간신히 추스른 후 독고향은 다시 한 번 손짓, 몸짓을 해 보였다.

그러나 영강은 시선을 돌려 버렸다. 그러면서 손가락으로 한곳을 가리켰다.

어쩔 수 없이 독고향도 영강이 가리키는 곳을 바라보았다. 어느새 우마차가 부쩍 가까워져 있었다.

이젠 방법이 없다. 맨몸으로 부딪쳐야만 한다.

영강을 향해 다시 한 번 인상을 찌푸려 보인 후 독고향은 우마차의 행렬에 신경을 집중시켰다.

'스물한 명이군!'

두 대의 우마차 전후좌우에 다섯 명씩, 그리고 인솔자 하나를 포함하여 호위무사들은 총 스물한 명이었다.

맨 처음 독고향의 앞을 지나간 것은 인솔자와 다섯 명의 무사들이었다.

그 뒤를 이어 첫 번째 우마차가 지나갈 때까지 독고향은 꿈쩍도 하지 않았다.

'언제?' 라고 묻는 영강의 시선이 건너왔지만, 그것마저 무시해 버린 독고향은 두 번째 우마차가 눈앞을 지나갈 때 드디어 몸을 움직였다.

슛!

비록 완전히 회복된 몸 상태는 아니었지만 뇌격이형은 만족할 만한 속도를 내주었다.

우마차 옆에서 걷던 호위무사 중 한 명은 무슨 일이 났는지 알아채기도 전에 옆구리에 꽂고 있던 대도를 검집만 남기고 빼껴 버렸다.

단지 그것뿐이었다면 그는 오늘 운이 좋았을 터였다.

싸악!

일단 허공을 가른 그 칼은 그자의 목숨까지 잘라 버리고 곧장 수레를 끄는 소의 엉덩이도 살짝 베었다.

음머어!

"앗, 괴한(怪漢)이다!"

"쳐랏!"

깜짝 놀란 소가 기다란 울음과 함께 펄쩍 내달리기 시작한 것과 호위무사들이 독고향을 발견한 것은 거의 동시였다.

자신을 향해 달려드는 호위무사들에게 독고향은 신경도 쓰지 않았다. 이제 막 날리기 시작한 소의 잔등을 훌쩍 넘어 반대 편으로 넘어갔다.

착지와 동시에 소와 함께 달리며 독고향은 아주 오랜만에 환류연참을 시전했다.

"컥!"

"아악!"

미처 대비하지 못했던 두 명이 시린 칼날 아래 고혼이 된 것을 보며 독고향은 소의 고삐를 쥐곤 잔등 위에 올라앉았다.

"랴하, 이랴!"

독고향은 수중의 칼로 연신 소의 엉덩이를 가볍게 베었다.

무우, 음무어!

놀란 소가 미친 듯이 질주하다 앞에 있던 우마차에 부딪치기 직전 독고향은 소의 고삐를 왼쪽으로 강하게 당겼다.

왈그락, 삐익!

바퀴가 금방이라도 부서질 듯 불길한 소리를 냈지만 방향은 확실히 전환되어 아슬아슬하게 충돌만은 피할 수 있었다.

그 다음부터는 쉬웠다. 갑작스런 혼란에 앞의 소도 놀라 날뛰기 시작했고, 그 고삐마저 잡아채는 걸로 독고향은 두 대의 우마차를 수중에 넣었다.

"잡아라!"

"소를 베어라, 소를!"

호위무사들은 연신 고함을 질렀지만 독고향으로선 물론 알아들을 수 없었다. 지금 독고향의 뇌리에 떠오르는 생각은 오직 한 가지뿐이었다.

'빌어먹을! 대체 뭐 하는 거야?'

자신이 움직이는 것과 동시에 영강도 행동을 개시할 줄 알았다. 하지만 그는 아직 움직일 기미도 없었기에 독고향은 짜증이 치밀었다.

이제 호위무사들은 소를 베어넘기려고 했다. 그래야 적어도 수레는 건질 수 있기 때문이다.

그러나 한번 흥분해 날뛰기 시작한 소를 어떻게 한다는 건 무척이나 어려운 일이다. 앞을 막아섰던 자들도 황급히 물러서기 바빴다.

"크아악!"

"앗, 여기도 한 놈… 큭!"

돌연 후미에서 비명성이 터져 나왔다. 비로소 영강이 움직이기 시작한 것이다.

이제 독고향은 다른 곳엔 전혀 신경 쓰지 않았다. 오로지 우마차 모는 데만 전력을 기울였다.

사실 샛길은 두 대의 마차가 나란히 달리기엔 좁았다.

왈그럭, 터더텅!

길 밖으로 밀려난 바퀴는 금방이라도 부서질 듯 요란하게 삐걱거렸
다.

우마차를 조종하면서 독고향은 내심 놀라고 있었다. 우선 둔할 거라
고만 생각했던 소의 속도가 놀라웠다. 물론 말에 비할 바는 아니지만,
정상적인 길이 아님을 감안할 때 확실히 나름대로의 장점임은 분명했
다.

"크아악!"

"잡아라! 놈들은 둘뿐이다! 쳐랏, 쳐!"

뒤에선 연신 비명과 호위무사들의 고함 소리가 들려왔다. 영강이 마
차에 바짝 붙어 달리면서 따라붙는 놈들은 하나씩 베어넘기는 중이었
다.

'대체 어디에 매복해 있는 거야?'

시간이 많이 걸린 건 아니지만 전력 질주 했던 걸 생각하면 꽤 많은
거리를 이동했을 터였다. 그러나 매복해 있겠다던 도일과 닌자는 흔적
도 찾을 수 없었다. 이제 곧 따라잡힐 판인데도 말이다.

'우마차를 버릴까?'

순간적으로 독고향은 이런 생각까지 떠올렸다. 어차피 소들은 미치
기 일보 직전이라 지쳐 쓰러질 때까지는 이대로 달려갈 터, 우마차를
버리고 영강과 더불어 적을 맞아 싸우는 것도 하나의 방법이 될 수 있
다.

두 대의 수레에 실려 있을 엄청난 금은이 아깝지 않은 건 아니다. 그
러나 애당초 돈이 목적이 아닌 바에야 그리 미련 둘 것도 없다.

"하압!"

돌연 찢어지는 듯한 기합성과 함께 선뜻한 한기가 뒤에서 밀려들었다.

'훗!'

다급하게 호흡을 끊으며 독고향은 소 잔등 위에서 그대로 누워버렸다.

패액!

표적을 잃은 칼날이 애꿎은 허공만 자르고 지나쳤고, 수레에서 몸을 띄운 듯한 호위무사 한 명을 향해 독고향은 수중의 칼을 휘둘렀다.

그 결과를 확인하지는 않았다. 칼에 전해진 무게감으로도 이미 놈의 육신이 양단됐다는 걸 안 독고향은 황급히 뒤를 돌아보았다.

언제까지나 따라올 줄 알았던 영강이 저만치 뒤처져서 놈들과 대치하고 있었다.

이젠 더 이상 머뭇거리고 있을 수가 없었다. 독고향은 우마차를 버리기로 했다.

마침 왼쪽은 급경사를 이뤄 아래로 푹 꺼지는 곳이었다. 울창한 삼목에 가려 그 아래가 보이진 않았지만 얼마 전 지나왔던 계곡이라는 건 충분히 짐작할 수 있었다.

일단 결정되자 독고향은 망설이지 않았다. 두 개의 고삐를 강하게 왼쪽으로 당겼고, 우마차의 방향이 바뀌자마자 뛰어내렸다.

쿠, 쿠웅, 왈그럭, 그극!

요란한 소리와 함께 우마차는 급경사의 구릉 아래로 미끄러져 내렸다.

소들도 더 이상 뛰지 못했다. 마차와 함께 아름드리 삼목에 부딪치며 그저 아래로 굴러 떨어지기만 했다.

와장창, 왕창!

지금까지보다 훨씬 큰 소리와 함께 수레가 박살나고 말았다. 동시에 사방을 휘황하게 밝히는 금빛 광채, 수레에 실려 있던 금엽들이 사방으로 마구 비산하며 뿜어낸 것이었다.

물론 독고향의 눈에는 그런 것들이 들어오지도 않았다. 우마차가 시야에서 사라진 것을 확인한 순간 독고향은 곧장 영강을 향해 달려갔다.

사력을 다해 뇌격이형을 펼친 독고향의 눈에 영강의 모습이 보였다. 막 한 놈을 베어넘겼고 다른 놈을 향해 칼을 휘두르고 있었다.

하지만 영강에게는 위험이 먼저였다. 그의 배후에서 한 놈이 막 칼을 찔러 넣고 있었던 것이다.

독고향의 눈에서 불길이 확 시펴졌다.

"타잇!"

우렁찬 기합성을 토하며 수중의 칼을 힘차게 던졌다.

'제발!'

주먹을 움켜쥐고 독고향은 내심 빌었다. 이젠 속도의 싸움이다. 자신이 던진 칼과 영강의 배후를 노리는 놈의 칼 중 어느 것이 빠르냐가 관건이었다.

다행히 행운은 이쪽 편이었다. 놈의 칼이 영강의 몸에 닿기 직전, 오히려 놈은 허공을 움켜쥔 채 거꾸러졌다. 독고향이 던진 칼이 가슴을 꿰뚫고 삐죽이 그 끝을 내민 탓이었다.

놈이 바닥에 쓰러진 것과 독고향이 영강과 등을 맞대고 선 것은 거의 동시였다.

갑자기 뛰어든 독고향 때문에 놀란 탓인지 적들은 주춤 공격을 멈추었다.

"그 소도를!"

"뭐?"

"쓸데없이 차고 다니는 그 작은 칼을 달라고!"

독고향은 소리를 질렀고, 그제야 겨우 영강은 그 뜻을 알아차리고 소도를 칼집째 건네주었다.

"저기 바닥에 떨어진 긴 칼을 쓰는 게 더 낫지 않나?"

통상 소도는 최악의 경우 자결하기 위한 용도로 쓰인다. 적과 싸우는 데엔 별 효용이 없다는 얘기다. 그래서 영강이 이렇게 물었던 것이다.

"아니, 난 이게 좋아."

적염비에 비할 바는 아니지만, 또 한 자루뿐이지만 독고향은 소도가 좋았다.

"제법 했군!"

포위하고 있는 적들의 숫자를 헤아려 본 독고향은 새삼 영강의 무예에 감탄할 수밖에 없었다.

"뭐가?"

말뜻을 못 알아들은 영강은 의아한 듯 되물었다.

"그 짧은 시간 동안 열 놈이나 베었군!"

지금 포위하고 있는 놈들은 모두 일곱, 독고향이 총 네 명을 베었으니 영강이 열 명을 처리했다는 계산이 나온다.

"시시한 놈들이었어!"

별 대수롭지 않다는 투로 영강은 대꾸했다.

“하긴······.”

독고향은 고개를 끄덕여 수긍했다. 제 손에 죽은 네 놈의 무공도 시답잖았고, 지금 포위하고 있는 놈들도 두려움에 떨고 있었다. 확실히 지난밤의 검비위사들에 비해서는 형편없었다.

“쳐, 쳐랏! 물러서지 마랏!”

인솔자인 듯한 자가 연신 호위무사들을 독려했다. 하지만 정작 그자는 뒤로 멀찍이 물러서 있었다.

그 순간 독고향은 최초로 죽일 자를 정했다. 바로 인솔자였다. 그자만 죽여 버리면 다른 놈들은 따로 손을 쓰지 않아도 해결될 것 같았다.

결정되면 망설이지 않는 게 독고향의 버릇.

“간다!”

한마디 외쳤을 땐 벌써 뇌격이형을 펼쳐 포위망을 지나치고 있었다.

“어헉!”

독고향의 표적이 된 인솔자는 다급한 경악성을 토했다. 그리고는 수중의 칼을 마구 휘둘렀다.

팩, 패액!

제법 날카로운 파공성이 났지만 놈의 칼은 독고향의 머리카락 하나 자르지 못했다.

“우와와아악!”

한 번의 칼질이 고스란히 빗나가자 놈은 등을 보이며 달아나기 시작했다.

하지만 상대가 나빴다. 뇌격이형이라는 희대의 신법을 펼치는 자의 손에서 달아난다는 건 바닷물이 마르길 기다리는 것과 마찬가지다.

파앗!

바닥을 한 번 차는 걸로 독고향은 벌써 놈의 배후에 따라붙었다. 그리고 휘둘러진 소도…….

그걸로 끝이었다. 인솔자가 등을 보인 순간 다른 놈들도 모두 달아나 버렸던 것이다.

툭!

소도에 잘려진 인솔자의 목이 바닥을 굴렀다. 하지만 동체는 그대로 몇 걸음 더 달려가다 허무하게 처박혔다.

"근데 자네 스승은 대체 어떻게 된 건가?"

달아나는 자들은 쫓을 생각도 않은 채 독고향은 약간의 짜증을 부렸다.

영강 역시 어두운 낯빛이었다.

"혹시 무슨 일이라도……?"

말꼬리를 흐리며 독고향과 눈이 마주친 순간 영강은 갑자기 샛길을 달려가기 시작했다.

독고향도 그 뒤를 따랐다. 부정하려고 해도 까닭 모를 불안감이 진득하게 늘어붙었다.

짧은 초겨울의 해는 벌써 서편 하늘로 뉘엿하게 기울어지고 있었다.

제4장

사선(死線)

숲 속은 어둠이 일찍 내린다. 해가 졌다 싶더니 곧장 발치께에서부터 짙은 밤 그늘이 피어올랐다.

달이 뜨지 않은 건 아니었다. 그러나 초이틀의 눈썹처럼 날카롭게 휘어진 달빛으로 삼목 우거진 숲 속까지 비출 수는 없었다.

그 어둠 속에서 독고향의 눈빛은 긴장으로 무겁게 가라앉았다. 아직 도일이나 닌자의 흔적은 찾지 못했다. 그들을 찾기 위해 뛰어든 이 숲 속에서 터질 듯한 살기를 느껴 걸음을 멈출 수밖에 없었다.

'영강은 어디로 갔을까?'

사람을 찾을 땐 흩어져서 움직이는 게 효과적이다. 그래서 두 사람은 각기 길을 나눠 도일과 닌자를 찾기로 했던 것이다.

물론 찾았을 때 서로 연락할 방법은 미리 약속해 뒀다. 하지만 이런 분위기에선 도저히 할 수 없었다.

　도대체 이 숲 속에 뭐가 있는지 독고향은 진심으로 궁금했다. 이 너른 공간을 가득 채운 살기로 인해 대기마저 짜부라들 것처럼 짓눌렸다.

　그냥 무시해 버릴 수도 없었다. 거미줄처럼 진득하게 늘어붙는 이 살기는 외면한다고 해서 피할 수 있는 성질의 것이 아니었다.

　마음을 정한 독고향은 보다 더 상황에 집중하기로 했다. 깨닫고 보니 전에 대해본 적이 없는 아주 이질적인 살기였다.

　그렇다면 이 숲 속에는 일본인 무사들이 있다는 의미였다. 그것도 한두 명이 아닌 수십 명에 달하는.

　어쩌면 무사들이 아닌지도 모른다. 이 살기에는 뭔가 음침하고 어두운 느낌이 강했다. 그렇다면 결론은 하나다.

　'닌자!'

　살기를 풍기는 자들의 정체를 알았다고 해서 해결될 것은 아무것도 없었다. 진정 문제가 되는 것은 저들이 무엇을 노리고 있느냐는 점이었다.

　만약 닌자들이 다른 것을 노리고 이 숲 속에 매복해 있다면 자신은 괜히 뛰어든 불청객에 지나지 않는다. 조용히 떠나면 그만인 것이다.

　그러나 만에 하나 저들이 자신들을 노리는 자들이라면 얘기는 달라진다. 떠난답시고 섣불리 움직였다간 어떤 치명적인 공격을 당할지 모르는 일이다.

　'꿀꺽!'

　마른침을 삼키던 독고향은 그 소리가 너무나 크게 느껴져 화들짝 놀랐다.

　사실 독고향은 시험해 보고 싶었다. 닌자들이 노리는 게 정확하게 자신들인지 아닌지를 말이다. 그러나 선뜻 실행에 옮길 수는 없었다.

몸이 정상이라면 뇌격이형을 제대로 펼칠 수 있겠지만, 그렇지 못한 현 상태로선 다분히 승률 낮은 도박일 수밖에 없다.

독고향은 최대한으로 기를 억눌렀다. 이 숲 속으로 들어왔을 때 이미 노출되었겠지만 그래도 최선은 다해야 한다.

돌려줄까 하다가 그대로 가지고 온 영강의 소도가 상당한 위안이 되었다. 수중에 제대로 된 무기 하나 없었다면 상당히 난감했을 터였다.

문득 독고향은 숲을 채운 살기가 크게 일렁거리는 것을 느꼈다.

하지만 독고향은 미동도 하지 않았다. 아니, 오히려 몸과 마음에 자리한 긴장감을 더욱 느슨하게 풀려고 노력했다.

이건 어쩌면 닌자들이 의도적으로 그런 건지도 모른다. 괜히 동요되어 섣불리 움직였다간 큰 낭패를 볼 수도 있다.

이게 오판이었음은 이내 드러났다.

퓨퓨퓨퓻!

예리한 파공성과 더불어 별 모양의 암기가 빽빽하게 날아들었다.

이제 더 이상 기를 숨기고 어쩌고 하는 건 어리석은 짓에 불과하다.

"차앗!"

맑은 기합성과 더불어 독고향은 전력으로 뇌격이형을 시전했다. 목표는 전면 이 장여 떨어진 아름드리 나무였다.

맨 처음 파공성이 들렸을 때 독고향은 봤다. 그 나뭇가지 위에서 반짝이는 빛이 순간적으로 나타났다 사라지는 것을 말이다.

나무가 커다랗게 확대되었을 때 독고향은 힘껏 바닥을 박차고 허공으로 몸을 뽑아 올렸다.

퓨퓨퓨퓻!

쓰걱, 싹!

파공성과 더불어 섬뜩한 절단음이 허공에 뜬 독고향에게 따라붙었다.

그 모든 걸 독고향은 무시했다. 지금이라도 몸을 틀어 암기를 막을 수도 있었지만, 그래 봤자 그 많은 것들로부터 온전히 안전할 수는 없다. 그럴 바엔 차라리 최대한 빨리 움직이는 게 낫다.

목표로 잡았던 나뭇가지가 바짝 다가왔을 때 독고향은 수중의 소도를 크게 휘둘렀다. 나뭇가지와 그 위에 있을 적을 한꺼번에 베어버리려는 의도였다. 그러나,

카각!

소도는 어른 허벅지 굵기의 나뭇가지를 자르지 못한 채 깊숙이 박혀버렸고,

뜨끔!

왼쪽 어깨엔 침으로 찌르는 듯한 날카로운 통증이 느껴졌다.

그것만이 아니었다. 나뭇가지에서 불쑥 튀어나온 예리한 낫이 독고향의 목을 노리고 날아들었다.

"훗!"

다급한 호흡을 끊어 삼킨 독고향은 나무에 박힌 소도의 손잡이를 강하게 잡아당기며 다리를 한껏 위로 차올렸다.

쓰읏!

간발의 차이로 낫은 스치고 지나갔고, 다리를 위로 한 독고향의 신형은 허공 높이 솟구쳤다.

쓰윽, 싸각!

그 순간에도 가슴 시린 절단음은 끊이지 않았다.

하긴 그런 데 신경 쓸 여유는 없었다. 지금 당장 착지할 곳을 걱정해

야 될 형편이었다. 아니, 내려설 곳은 있었다. 문제는 그곳이 낮으로 공격해 왔던 닌자가 있는 곳이라는 점이었다.

"이걸 잡게!"

돌연 도일의 목소리가 들린다 싶더니 뭔가가 날아오는 게 보였다.

독고향은 재빨리 낚아챘다. 가느다란 나뭇가지였다.

하지만 그걸로 충분했다. 살짝 당기는 것만으로도 방향은 크게 바뀌었고, 무사히 바닥에 내려설 수 있었다.

철펑!

'물이 고였나?'

바닥에 착지할 때 물소리가 들렸기에 독고향은 자신이 작은 웅덩이에 떨어진 줄 알았다.

하지만 뭔가 달렸다. 그걸 확인이라도 시켜주려는 듯 후각을 마비시킬 깃처럼 강한 피 냄새가 후욱 풍겨져 왔다.

싹, 싸각!

그 순간에도 절단음은 끊이지 않았다.

순간 독고향은 깨달았다. 이 숲을 채웠던 살기는 비단 닌자들의 것만은 아니었다. 그 속에는 도일을 비롯한 일행들의 것도 녹아 있었던 것이다.

그 팽팽한 기세의 균형을 깨뜨린 것은 바로 독고향 자신이었다. 아무것도 감지하고 못하고 이 숲으로 뛰어든 순간부터 자신도 모르는 사이에 적의 표적이 됐었고, 마침내 공격당했다.

하지만 도일 등도 그때를 노리고 있었을 터였다. 독고향을 공격하기 위해 적들은 움직였고 필연적으로 행적이 노출됐으리라.

그걸 놓치지 않고 도일과 영강은 노출된 적들에게 공격을 가했을 것이고, 결과는 독고향의 코를 간질이는 지독한 혈향으로 남아 있다.

'기분이 별로군.'

본의 아니게 자신은 미끼가 됐었다. 방금 죽을 위기에서 벗어난 것은 그렇다 쳐도 좋은 기분이 될 수가 없었다.

어쨌든 이런 피구덩이 속에 오래 서 있을 수는 없는 노릇, 독고향은 전신의 촉각을 곤두세워 사방을 살폈다. 여전히 터질 듯한 살기만 감지될 뿐 바람조차 얼어붙은 듯 움직이는 것은 그 무엇도 감지되지 않았다.

독고향은 은밀하게 움직이기 시작했다. 상당히 위험한 행동이었지만 적들도 선뜻 공격할 순 없을 터였다. 그랬다간 다시 역습당할 게 뻔하기 때문이다.

발걸음이 막 세 걸음째를 내디뎠을 때,

턱, 촤르륵!

뭔가가 발 아래로 떨어져 내렸다.

'이건?'

지독한 어둠 속이었지만 독고향은 그게 뭔지 알아보았다. 불과 조금 전에 자신의 목을 노렸던 낫이었다. 손잡이에 긴 철삭(鐵索)이 연결되어 있었기에 그런 독특한 소리를 내며 떨어져 내린 모양이다.

독고향은 고개를 들어 나뭇가지를 쳐다보았다. 여전히 박혀 있는 소도를 제하면 다른 건 아무것도 보이지 않았다.

소도를 발견한 독고향의 눈에 기광이 일렁거렸다. 이 위험한 숲 속에 무기도 없이 다닌다는 건 아무래도 꺼림칙했다.

그러나 선뜻 몸을 날려 소도를 뽑아올 수도 없었다. 허공으로 떠오르는 순간 자신은 다시 표적이 될 터이고, 두 번 다시 생각하기 싫은 그 무지막지한 암기 공세를 또 겪게 될 게 뻔했다. 땅 위를 은밀히 움직이는 것과는 완연히 다른 것이다.

새삼 시큰거리기 시작한 왼쪽 어깨의 통증을 의식하며 독고향은 갈등에 잠겼다.

영강의 눈빛을 발견한 것은 바로 그때였다. 그리 멀지 않은 곳, 그러나 일부러 찾는다고 해서 쉽게 눈에 띄지 않는 모습으로 그는 서 있었다.

독고향의 시선이 영강의 눈과 나뭇가지에 박힌 소도 사이를 빠르게 왕복했다. 물론 빼내오고 싶다는 의미였다.

뭐 큰 기대를 하고 있는 건 아니었다. 우마차를 습격하기 직전 그토록 요란한 손짓 발짓에도 영강은 그 뜻을 알아차리지 못했었다.

하지만 이번엔 달랐다. 독고향의 의도를 정확히 알아차린 듯 영강은 짧고 힘차게 고개를 끄덕였다.

그로써 결정되었다. 아직도 위험은 산재해 있지만 영강을 믿고 소도를 빼오겠다고 독고향은 결심했다.

하겠다고 마음먹으면 조금도 망설이지 않는 게 독고향의 성격이었다.

"하압!"

맑은 기합성과 함께 독고향의 신형이 화살처럼 빠르게 앞으로 서너 걸음 달려갔다.

퓨퓨퓨풋!

예의 암기들이 재차 허공 속으로 꽂혀들었고, 앞으로 치닫던 독고향의 신형은 돌연 위로 솟구쳐 올랐다.

동시에 영강도 움직이기 시작했다.

'성공이다!'

소도의 손잡이를 잡고 힘껏 뽑아낸 독고향은 회심의 미소를 지었다. 즉흥적으로 떠올린 자신의 계획이 한 치의 오차도 없이 들어맞은 것이다.

처음 앞으로 쏘아진 듯 달려나간 게 이 속임수의 핵심이었다. 서로가 무형의 기세만으로 존재하는 정물(情物)의 세계를 뒤흔들어 놓음으로써 적의 혼란을 유발시킨다. 그리고 목적한 바를 성취한다.

이번에도 적들은 몇 명인가 희생되었다. 독고향에게 암기를 던지느라 노출된 놈들의 틈을 헤집은 영강의 칼 때문이었다.

일단 소도를 수중에 넣은 독고향은 더 이상 방어적이지 않았다. 뇌격이형을 연속으로 펼쳐 의심되는 곳은 마구 들쑤시고 다녔다.

그처럼 무모한 행동을 한 데에는 뇌격이형에 대한 자신감이 바닥에 깔려 있었다. 아까 나무 위의 적을 공격하기 위해 허공에 몸을 띄울 때에야 어쩔 수 없이 느려졌지만, 단지 지상 위에서 움직인다면 놈들의 암기도 따라오기 힘들 정도의 빠르기를 자랑하기 때문이다.

과연 효과는 금방 나타났다. 독고향의 돌출 행동에 놈들은 당황했고, 그만큼 쉽게 도일이나 영강의 칼날 아래 속절없이 스러져 갔다.

문제는 그게 오래 지속되지 못한다는 점이었다. 독고향의 체력이 급격히 바닥을 드러낸 탓이었다. 아무리 도일의 신묘한 침술 덕에 상당히 좋아졌다고는 해도 여전히 독고향은 회복 단계에 있는 환자였다.

게다가 뇌격이형은 체력이 많이 소모되는 신법이다. 몸이 정상일 때에도 연속적으로 펼치기엔 무리가 없지 않았었다.

누구보다 독고향 자신이 그 점을 가장 잘 알고 있었다. 하지만 그는 멈추려 하지 않았다.

‘씨를 말린다!’

그의 대뇌를 지배하고 있는 생각은 오직 이 한 가지뿐이었다.

으드득!

어금니를 짓깨물며 막 또 한 번의 뇌격이형을 펼치려는 순간,

턱!

뒤를 따르며 노출된 적을 베던 영강이 독고향의 뒷덜미를 낚아챘다. 그리고는 거대한 나무 아래로 몸을 던졌다.

독고향은 저항하고 싶었다. 그러나 바닥을 보이는 체력으로는 달리 어찌해 볼 도리가 없었다.

하긴 바닥에 쓰러져 있으니 편하기는 했다. 바로 옆에 잘려진 인간의 육신이 나뒹굴고 비릿한 피 냄새가 비위를 자극하는 게 거슬렸지만, 아주 못 견딜 것도 아니었다.

문득 독고향은 등에서 뭔가가 꼼지락거리는 걸 느꼈다. 바로 영강의 손가락이었다.

의아한 눈빛으로 그를 쳐다봤지만 영강은 사방을 경계하느라 눈을 마주치지는 않았다. 다만 손가락은 여전히 독고향의 등에서 꼼지락거리며 움직이고 있었다.

‘글자!’

그랬다. 지금 영강은 손가락으로 독고향의 등에 대고 글자를 쓰고 있었다. 속삭이는 소리까지 위험하다고 판단하고서 선택한 최선의 의사 소통 방법이었다.

—수고했다. 좀 쉬어.

영강이 독고향의 등에 쓴 내용이었다.

독고향도 황급히 영강의 등에 대고 글자를 써 내려갔다.

—적은 누구고, 모두 몇 명?

—닌자들이 분명해. 확실치는 않지만 백여 명 정도.

— 자네 스승과 닌자는?

위급했던 순간에 나뭇가지를 던져 줬던 도일을 떠올리며 독고향은 물었다. 영강이라면 그가 어디쯤 있는지 알고 있을 터였다.

—몰라. 하지만 살아 계시는 건 분명해. 내가 죽이지 않은 자들도 여럿 쓰러져 있었어.

잠시 침묵이 흘렀다. 낙관적인 영강의 대답이었지만, 그 속에 스며 있는 불안감을 눈치 채지 못할 독고향이 아니었다.

사실 독고향도 내심 불길한 생각을 가지고 있었다. 나뭇가지를 던져 줬던 그 자리에서 얼마 동안 자신은 별로 움직이지 않았었고, 그건 도일도 마찬가지였으리라.

하지만 그 주변은 온통 닌자들의 살기로 범벅되어 있었을 뿐, 도일 특유의 철혈무인 기질은 전혀 느껴지지 않았었다.

뭔가 위로의 말을 해서 영강을 안심시켜 주고픈 독고향이었다. 그러나 달리 위로의 말도 떠오르지 않았기에 독고향은 우선 궁금증부터 풀기로 했다.

─적들은 얼마나 남았나?
─정확한 것은 몰라. 그래도 절반 이상은 죽였어.
─그럼 우린 이긴다!

이렇게 쓴 뒤 독고향은 영강의 등을 힘주어 꾹 눌렀다.
영강의 고개가 돌려졌다. 두 사람의 눈이 마주치자 씨익 미소를 지었다. 가지런한 이가 어둠 속에서 유난히 희게 보였다.

─여기서 기다려. 최악의 경우엔 시체로 위장해라.

이렇게 적은 후 영강은 사방을 세심하게 경계하며 조심스레 움직였다.
같이 움직이고 싶었다. 그러나 독고향은 그러지 않았다. 그래 봐야 부담스런 짐밖에 되지 않는다는 걸 잘 아는 까닭에서였다.
영강이 사라지고 난 후 독고향은 몸을 돌려 아예 바닥에 등을 대고 편안하게 드러누워 버렸다. 이왕 이렇게 된 거 확실하게 쉬어둬야 한다. 그래야 체력이 조금이라도 빨리 회복된다.
까마득하게 솟아 있는 삼목의 꼭대기에 별 하나가 걸린 듯 꼼짝도 않고 반짝이고 있었다.
그리고 보니 여윈 빛줄기나마 뿌려주던 쪽달도 져버렸고, 그 별만이 독고향이 볼 수 있는 유일한 빛이었다.
그러나 독고향은 눈을 감음으로써 그 빛을 부정했다. 그리고 조용히 호흡을 가다듬었다. 숨 한 번 들이쉴 때마다 어둠이 몸속으로 녹아들어 왔으면 좋겠다고 생각했다.

지금은 빛보다 어둠이 더 절실하게 필요한 때인 것이다.

싹, 스걱!

여전히 인간의 육신을 베어내는 소리는 소름 끼치는 정적에 휩싸인 숲 속에 울려 퍼졌다.

더욱 섬뜩한 것은 단 한 마디의 비명도 들려오지 않는다는 점이었다.

완전히 어둠에 동화된 하시바 가의 닌자 총책(總責) 나카야 이스케[中屋伊助]는 지금 벌어지고 있는 일을 도무지 믿을 수가 없었다.

긴급 소집령을 보고 동원된 숫자가 무려 여든 명, 그들 개개인의 능력은 고오가[甲賀] 닌자패들 중에서도 인정받는 자들뿐이었다.

하긴 오늘 밤 동원된 자들만 그런 건 아니었다. 교토, 오사카, 사카이 일대에서 활동하는 고오가 닌자들은 하나같이 우수했다.

이 지방, 특히 오사카는 주군인 하시바 히데요시가 꿈속에서조차 욕심을 내는 땅이다.

하지만 이곳은 단바[丹波], 사카모도[板本]의 팔십만 석 영주인 아케치 미쓰히데의 입김이 강하게 작용하는 곳이다.

상황이 이러하니 만에 하나라도 하시바 가의 닌자들이 이곳에서 활동한다는 게 알려지면 두 사람의 입장은 미묘해진다. 그래서 일급닌자들만 파견되어 활동하고 있는 것이다.

'그런데 이게 뭐야?'

그 일급닌자들이 단 네 명을 처치하지 못하고 지리멸렬해 가고 있다. 동원된 여든 명 중 벌써 쉰 명 이상이 희생되었다.

할 수만 있다면 이스케는 이라도 갈고 싶었다. 그렇게라도 해야 끓어오르는 노기가 조금은 진정될 것 같았다.

그러나 성질대로 행동한대서야 고오가 닌자 총책의 자격이 없다. 당장이라도 폭발할 것 같은 노기를 이스케는 애써 가라앉혔다.

효과는 금방 나타났다. 진정해야 된다는 생각만으로 벌써 이스케는 평소의 냉정한 이성을 회복했다.

'이대로 밀어붙이느냐, 물러서느냐?'

냉정해진 이스케의 뇌리에선 이미 수하들의 희생 따윈 하얗게 망각되었다. 그건 이미 지나간 일에 불과한 것이다. 중요한 것은 앞으로 어떻게 대처하는 게 현명한가 하는 점이다.

이스케는 물러서고 싶었다. 쉰 명 넘게 희생되면서도 처치하지 못한 적이라면 나머지 수하들로도 어떻게 해볼 수 있는 상대가 아니다. 잠자코 물러서는 게 긴 안목으로 봤을 때 결국 이기는 길일 수도 있다.

문제는 오늘 소집령을 내린 사람이 주군의 가장 큰 총애를 받고 있는 시동(侍童) 이세 도시죠라는 데 있다. 이대로 물러가겠다고 했다간 하시바 가에 고용되어 있는 고오가 닌자들이 모두 해고될는지도 모른다.

'또 그 계집도……'

히사노의 존재를 떠올리자 애써 냉정을 되찾았던 이스케의 속이 또다시 부글부글 끓어오르기 시작했다.

평소 닌자들을 발가락 사이의 때만큼도 못하게 여기는 계집이었다. 여기서 물러서면 또 얼마나 더 심하게 경멸하겠는가.

하지만 그 출신을 생각한다면 그녀의 태도를 이해 못할 것도 없었다. 이 시대 최고의 병법가(兵法家:당시 일본에서는 뛰어난 검술가들을 이렇게 불렀다)로 일컬어지는 야규우[柳生] 가의 후예인 것이다.

세간에서는 그녀를 두고 이렇게 말하기도 했다. 야규우 가의 차차기(次次期) 당주감은 그 오빠가 아니라 바로 야규우 히사노 그녀라고.

실제로 야규우 가 내부에서도 그녀가 남자로 태어나지 않았음을 한탄했다는 얘기가 나돌 정도로 히사노의 칼 솜씨는 빼어났다.

어쨌든 그녀를 떠올림으로써 이스케의 마음은 굳어졌다.

'강행한다!'

설사 아직 살아남은 닌자들이 전원 옥쇄(玉碎)해도 상관없다. 나른 건 몰라도 히시노에게 더 이상의 모멸을 당할 수는 없다.

'우선 저놈부터!'

이스케는 살며시 시선을 돌려 지척지간에 누워 있는 자를 노려보았다. 한 손엔 소도를 단단히 움켜쥐고 있었지만, 눈을 감고 방심한 채 누워 있어 쉽게 처치할 수 있을 것 같았다.

천천히, 아주 천천히 이스케는 바닥을 기기 시작했다.

허연 창자를 드러낸 시체 중 하나가 서서히 움직인 것이다.

씰룩!

문득 독고향의 콧잔등에 가녀린 주름이 잡혔다가 다시 펼쳐졌다. 거미줄처럼 극히 가벼운 뭔가가 살짝 스치고 지나간 듯한 간지러움, 그러나 결코 좋은 기분은 될 수 없는 그런 느낌 탓이었다.

전신에 퍼져 있는 독고향의 신경이 서서히 조여지기 시작했다. 긴장이었다. 이런 느낌이 들었을 때 그 다음이 좋았던 적은 여태 단 한 번도 없었다.

지금도 마찬가지일 터, 독고향은 동원할 수 있는 모든 감각 기관을 작동시켜 사방에 경계망을 펼쳤다.

딱히 수상쩍은 낌새나 기세는 감지되지 않았다.

'너무 예민해진 건가?'

조금 전에 느꼈던 기분에 대해 독고향은 약간의 회의를 품었다. 그게 진정한 위험 신호였다면 지금쯤 고막에는 요란한 경고음이 들려야 했다.

그런데 느낌만 있고 경고음은 없다.

이건 좀 이상하다. 생각처럼 너무 예민하게 반응한 건지, 아니면 닥쳐올 위험이 너무도 치명적이라 감각 기관이 제대로 감지하지 못했을 수도 있다.

독고향은 후자를 택했다. 낙관과 비관이 있을 때 늘 낙관을 버렸기에 생명을 구했던 경우가 한두 번이 아니었다.

싸삭!

눈을 뜨는 것과 동시에 독고향은 수중의 소도로 크게 열십 자를 그으며 몸을 일으켜 앉았다.

역시 아무것도 없다. 혹시나 싶어 휘두른 소도에도 걸린 건 없었고 눈으로 둘러본 주변도 전혀 변하지 않았다.

그러나 불쾌한 기분만은 여전했다. 아직 위험이 끝나지 않았다는 의미였다.

독고향은 다시 한 번 주변을 세밀히 살폈다. 처음처럼 육신이 잘려

나간 시체들이 뒹굴고 있었고, 올려다본 나무 위에도 누군가 있는 기척
은 전혀 없었다.

동공이 서서히 확대되고 있다는 걸 독고향은 여실히 느낄 수 있었
다. 의지와는 상관없이 위험을 감지한 본능이 저절로 반응하는 현상이
었다.

피부도 따끔거리기 시작했다. 전신에 퍼져 있는 모든 모공을 예리한
바늘로 마구 찔러대는 것 같았다.

문득 독고향의 두 손이 가늘게 떨리기 시작했다. 두려움이었다. 여
지껏 한 번도 대면해 보지 못했던 궁극의 공포 앞에서 그는 떨고 있는
것이다.

한편으론 야릇한 투지도 솟구쳐 올랐다. 육신을 떨게 만드는 공포의
강도가 크면 클수록 그에 반발하는 오기도 강해졌다.

꽈악!

수중의 소도를 강하게 움켜쥐며 독고향은 일어섰다. 어딘가에 은신
해 자신을 지켜보고 있을 적들의 눈 따위는 신경 쓰지도 않았다. 이 숲
전체에 퍼져 있을 놈들보다 지금 지척에서 느껴지는 위험이 훨씬 더
컸기 때문이다.

'어디 있나?'

크게 소리치고 싶은 말을 독고향은 목구멍 깊숙이 눌러놓았다. 또르
르, 쌀쌀한 날씨임에도 불구하고 땀 한 방울이 귀밑머리 아래로 굴러
내렸다.

그 자리에서 천천히 한 바퀴 돌면서 독고향은 다시 한 번 사방을 세
밀히 살폈다.

조금 전과는 확실히 느낌이 달랐다. 음영 짙은 나무 그림자 속에 누

군가가 있는 것 같았고, 주변에 나뒹굴고 있는 시신들의 위치가 조금 변한 것 같기도 했다.

독고향은 세차게 고개를 가로저었다. 이렇게 편집적으로 사물을 바라보다간 당하기 십상이다. 보다 넓은 시야로 주변을 살펴야 한다.

그렇다고 마음이 편해진 건 결코 아니었다. 오히려 점점 더 주변이 변했다는 생각만 강해졌다.

차라리 독고향은 눈을 감아버렸다. 그 편이 주변 상황을 보다 정확하게 파악할 수 있을 것 같아서였다.

이제 더 이상 독고향은 감각 기관에 의지하지 않았다. 온몸이 촉각이 되어 바람의 냄새까지 맡을 수 있을 것 같았다.

이스케는 또다시 좌절감을 맛봐야 했다. 형편없이 지쳐 있어서 가장 손쉽게 처치할 수 있을 것 같아 접근했던 자였다.

하지만 그자는 결코 호락호락하지 않았다. 오히려 자신이 발각된 게 아닌가 하는 초조함을 느껴야 할 정도였다.

이스케에게 있어 이런 상황은 그리 많지 않았었다. 아니, 거의 전무하다시피 했다. 노렸던 표적을 앞에 두고 이처럼 망설이는 경우를 말함이다.

이건 바람직한 경우가 아니다. 표적을 덮칠 때는 거침없고 일말의 자비도 없어야 한다. 멈칫거리게 되면 벌써 그 일을 절반쯤 실패한 것이다.

그러나 이대로 물러설 수는 없다. 벌써 수하들의 절반 이상을 잃는 패배를 맛봤다. 다시 반복할 수는 없는 노릇이다.

그렇다면 남은 건 하나, 이스케는 방법을 바꾸기로 했다.

이제 이스케는 더 이상 움직이지 않았다. 호흡까지 철저히 통제해 육신을 진짜 시체와 같은 상태로 만들었다.

아무것도 하지 않은 건 물론 아니다. 죽은 것처럼 위장하기 위한 허연 내장들, 그중 하나가 꿈틀거리나 싶더니 마치 굼벵이처럼 느리고 은밀하게 땅 위를 기어가기 시작했다.

'서둘러선 안 된다!'

이건 난전(亂戰)이 아니었고 자신들 역시 전닌(戰忍:전쟁에 종사하는 닌자)이 아니다. 인내라는 가장 익숙한 방법으로 싸워야 승산이 있다.

다행히 끊이지 않고 들려오던 절단음들은 이제 잦아들었다. 수하들도 나름대로 잘 은신해 있는 것 같았다.

이처럼 은밀히 진행되는 정적인 싸움이라면 얼마든지 자신있다. 시간이 얼마나 걸리든 닌자들은 참아낼 수 있을 터였다.

진작에 이랬어야 했다. 수적 우세를 믿고 성급하게 달려들 것이 아니라 처음부터 이렇게 은밀한 싸움을 벌였어야 했다.

그러나 지금은 모두 지나가 버린 일, 후회만 하고 있다면 오히려 일을 망치고 만다.

이스케는 더욱 엄격하게 자신의 신체 기능을 통제했다. 그리고 내장—실제로는 삭도(索刀:줄칼)—을 조종하는 데에만 전념했다.

시간이 지날수록 독고향의 전신에서 흘러내리는 식은땀의 양이 많아졌다.

기실 독고향은 그 자리에 털썩 주저앉고 싶은 심정이었다. 연이은 뇌격이형의 시전으로 벌써 체력은 바닥났고 이젠 심혼까지 고갈되기 직전이다. 두 다리로 버티고 서 있다는 게 신기할 정도였다.

또 한 가지 독고향을 괴롭히는 건 어깨의 통증이었다. 감각을 최대한 발휘하여 사방의 기척을 감지하는 건 좋지만, 그만큼 육신은 고통에 민감하게 반응했다.

실제로 독고향은 놈들의 암기에 독이 발라진 것이 아닐까 생각했을 정도였다. 그만큼 아팠다.

정말 암기에 독이 발라져 있었다 해도 독고향은 믿지 않기로 했다. 그보다 훨씬 큰 위험에 직면한 지금 그런 사사로운 것까지 편집적으로 집착하다 보면 적에게 당하기 전에 스스로 무너져 버리기 때문이다.

재차 마음을 다잡고자 호흡을 조절하는 순간, 돌연 독고향은 감고 있던 눈을 번쩍 떴다. 눈동자 가득 짙은 의혹이 깃들어 있었다.

'사라졌다!'

정말이었다. 지금까지 영혼과 육신을 옭아매고 있던 음습한 살기가 갑자기 씻은 듯 사라져 버렸다.

이걸 어떻게 해석해야 될지 몰라 독고향은 당혹스러웠다. 적이 물러간 것일까? 가장 바라는 바였다.

그러나 그 반대의 경우도 배제할 수 없다. 놈은 보다 치명적인 일격을 가하기 위해 여태 드러내 놓았던 독니를 슬그머니 가렸는지도 모를 일이다.

늘 그렇듯 독고향은 비관적이었다. 적의 살기에 대항해 꼿꼿이 곤두섰던 감각 기관들은 대상이 사라지자 일제히 축 늘어져 버렸고, 육신은 한층 더해진 피로감을 호소하려는 듯 일제히 비명을 질러댔다.

그대로 주저앉고 싶다는 욕망이 그 어느 때보다 강해졌다.

하지만 독고향은 자세를 흩트리지 않았다. 신체의 모든 부분이 휴식을 요구하고 있었지만 한 가닥 의지만은 그 모든 걸 거부하며 그를 지탱시켜 주었다.

'살아야 한다!'

빚이랄 것까진 없지만 남궁장후에게 돌려줘야 할 것이 있다. 아무것도 한 게 없었던 자신에게 그는 고맙다고 말한 후에야 죽었다. 그때나 지금이나 그 말을 들을 자격은 없다.

하지만 이미 들었다. 들은 이상 그에 합당한 대가를 치르고 자격을 갖춰야 한다. 그게 남자라는 이름을 갖고 세상에 태어난 자들의 어깨 위에 실린 업(業)이다.

지금까지는 그 자격을 갖추는 일이 절망적이었다. 아니, 제 한 몸 추스르지도 못해 아예 잊고 있었다. 매희의 소식을 듣기 전까지는.

이제 남궁장후에게 자식이 생겼다. 그 후손에게 세가령을 돌려줘야만 한다. 버리든 취하든 그건 그 후손의 문제, 자신은 그저 할 일만 다 하면 된다.

그 일을 버려두고 여기서 죽을 순 없다.

친위대원들을 비롯해 먼저 죽어간 숱한 사람들의 원한도 있다.

남궁장후보다는 자신에게 복종했고, 그랬기에 웃으며 죽어간 그들…….

이백 년을 남궁씨 보호 아래 붙박여 살았었기에, 혹은 대륙을 떠돌다 더 이상 갈 곳이 없어 들어와 살았었기에 정이 들었고, 그 정 때문에 목숨조차 미련없이 던져 버린 세가령의 사람들.

그 원한을 남겨두고 여기서 죽을 순 없다.

그리고 잃어버린 십칠 년의 기억.

왜 자신이 태어나면서 꼭두각시로 키워져야 했는지 알지도 못한 채 여기서 죽을 순 없다.

“흐으으으으……."

돌연 독고향의 입에서 흐느낌 같기도 하고 고통에 찬 신음성 같기도
한 기괴한 소리가 흘러나왔다.

그 순간 주변의 분위기가 일변했다. 한 치 앞도 분간하기 힘든 어둠
과 조각조각 잘려져 죽은 시체들이 함부로 나뒹굴고 있는 곳, 그래서
참혹스러웠지만 귀기(鬼氣)가 서려 있지는 않았었다. 서로가 상대를 죽
이기 위함이었지만, 어쨌든 그 속에선 산 사람들이 움직이고 있었으니
깐 말이다.

그러나 독고향의 입에서 괴성이 새어 나온 순간 주변은 소름 돋는
귀기로 가득 차기 시작했다.

“흐으으으으으……."

괴성은 그치지 않았고, 종내는 독고향의 눈에서도 새파란 귀화(鬼火)
가 피어올랐다.

문득 이스케는 웃고 싶어졌다. 표적의 입에서 괴성이 흘러나온 직후
였다.

그때부터 주변에 음산한 귀기가 서리는 걸 모르지는 않았다.

하지만 별로 신경 쓰지는 않았다. 필요하다면 더 강한 귀기를 언제
라도 풍겨낼 능력이 있기 때문이었다.

표적이 드디어 미쳤다고 이스케는 생각했다. 오랜 시간 지속된 대치
로 영혼과 육신의 진력이 송두리째 고갈되어 마침내 주체할 수 없는
광기에 휩싸였다고 여겼다.

무리도 아니다. 실제로 이스케는 그런 자들을 심심찮게 봤었다. 아
무리 이름난 사무라이[侍]라도 사흘만 이렇게 대치하면 미치거나 폐인

이 되곤 했었다.

그래도 이스케는 방심하지 않았다. 표적의 숨통을 완전히 끊어놓기 전에는 안심이란 말은 떠올려서도 안 된다.

창자로 위장한 삭도는 어느덧 독고향의 뒤꿈치까지 접근해 있었다.

거기서 삭도는 방향을 바꾸었다. 지금까지는 바닥을 기었지만 이젠 머리를 쳐드는 뱀처럼 위로 천천히 솟구치기 시작했다.

이때만큼은 이스케도 아랫배에 지그시 힘을 가했다. 만약 여기서 발각된다면 지금까지의 노력이 모두 허사가 되고 만다. 가장 중요한 순간인만큼 어쩔 수 없이 긴장되었고, 또 그만큼 짜릿하기도 했다.

배후에 닥친 위기도 모른 채 표적은 여전히 괴성만을 발하며 서 있다. 두 눈에선 시퍼런 광기까지 번뜩이는 게 그냥 둬도 제 풀에 죽을 것 같았다.

그렇게 되도록 놔둘 순 없다. 이제 곧 전율할 정도로 짜릿한 쾌감이 삭도를 통해 전해질 터인데 그걸 놓칠 순 없다.

이윽고 삭도는 독고향의 뒷머리에 위치한 뇌해혈과 한 치 정도의 간격을 두고 멈췄다.

'잘 가라!'

비로소 미소를 배어 물며 이스케는 속으로 되뇌었다. 곧 엄청난 쾌감을 전해주고 죽을 자이기에 이 정도 인사는 해주는 게 예의다.

그리고 이스케는 오른손과 연결된 삭도에 힘을 가했다.

아니, 그건 이스케의 착각이었다. 삭도에 힘을 가하기 직전, 표적의 수중에 들린 소도 끝이 살짝 떨렸었고,

번쩍!

번개보다 빠른 빛줄기가 이스케의 동공으로 곧장 쏘아져 들어왔다.

이스케가 삭도에 힘을 가한 것은 바로 그 직후였다.

하지만 그때는 이미 늦은 뒤였다. 정수리부터 사타구니까지 정확하게 양단된 육신에서 어디론가 전할 수 있는 힘 따위는 없는 것이다.

투둑!

여전히 미소를 배어 문 채 이스케의 육신은 무너져 내렸다. 두 조각으로 갈라졌기에 그 미소마저 반쪽짜리가 되어버렸다.

이미 죽어버린 이스케에게 있어 작은 위안거리가 있다면, 그의 육신이 무너지기 전에 독고향이 먼저 쓰러졌다는 점이었다.

그리고 또 하나, 이스케도 모르고 혼절한 독고향도 알 턱이 없겠지만 환허삼절의 마지막 초식인 유섬이 또 한 번 펼쳐졌었다.

"버러지 같은 것들······."

독고향을 업은 도일 일행이 숲 밖으로 나오는 걸 본 히사노의 표정은 말처럼 벌레를 입 가득 씹은 것 같았다.

도일 일행을 보고 한 소리는 아니다. 무려 여든 명이나 동원되고도 겨우 네 사람을 처치하지 못한 고오가 닌자들에게 한 욕이었다.

그러나 이내 히사노의 입가엔 녹을 듯한 미소가 피어올랐다.

"저 남자··· 확실히 강하군. 내 기대를 저버리지 않았어!"

"뭐? 너, 그럼 일부러······?"

히사노의 말을 듣고 있던 이세는 믿을 수 없다는 표정으로 그녀를 노려보았다.

"그래, 맞아. 난 일부러 저 남자를 상대하지 않았어. 아직은 좀 더 강해져야 할 것 같아서."

히사노의 눈은 도일의 등에서 잠시도 떨어지지 않았다.

"너, 너, 그러고도 살아남길 바라느냐? 당장 저놈들을 죽이지 않으면 주군께 보고하겠다!"

평소의 그답지 않게 이세는 거품이라도 내뿜을 것처럼 흥분했다. 그녀에게 속았다는 생각이 그렇게 만든 것이다.

"맘대로 해. 하시바 가의 검비위사 따윈 어떻게 돼도 좋아. 애당초 하고 싶지도 않았던 걸 하도 와달라고 사정해서 갔던 거야."

어느새 도일 일행의 모습은 사라져 버렸지만 그쪽을 바라보는 히사노의 눈빛은 꿈을 꾸듯 몽롱하게 젖어들었다.

"난 강한 사람이 좋아. 이 히사노와 더불어 생사를 가늠할 수 없는 싸움을 할 수 있는 사람이."

눈빛과는 달리 히사노의 음색엔 진한 허무가 잔뜩 묻어 있었다.

"하지만 아직은 아니야. 좀 더 강해져야 돼. 그래야 이 히사노와 싸울 수 있어. 그때까지 난 그를 지켜줄 거야. 간혹 단련도 시키면서."

어느새 동녘 하늘이 희뿌옇게 눈을 뜨고 있었다.

그러나 히사노는 조금도 움직이지 않고 도일이 사라진 방향을 언제까지라도 바라볼 것처럼 서 있었다.

독고향이 눈을 떴을 때는 벌써 한낮이었다.

"또 신세를 진 것 같군."

걱정스런 표정으로 보고 있는 영강을 본 독고향의 첫마디였다. 의외로 그 목소리는 밝았고 힘이 실려 있었다.

"스승님의 말씀이 맞았군. 푹 쉬고 나면 괜찮아질 거라고 하시더니… 다행이다. 일어날 수 있나?"

"물론이지!"

말처럼 독고향은 가뿐하게 몸을 일으켰다.

개울가였다. 물소리가 한가롭게 들려오고 물결에 반사된 햇살에 눈매를 좁히게 되는 그런 곳이었다.

"대단하더군. 중국 무술은 다 그런가?"

"뭐가?"

독고향은 영강의 말뜻을 얼핏 이해하지 못했다. 기억해 보면 자신이 한 일이라곤 또 한 번의 신세를 졌고 뇌격이형을 펼쳐 적의 매복을 뒤흔들어 놓은 게 다였다.

근데 영강의 표정을 보면 결코 그 일을 얘기하는 것 같지는 않았다.

"그 왜 마지막에 적의 대장을 죽였던 그, 그 검법……."

영강은 말을 더듬거렸다. 뭔가 적당한 표현을 떠올리려 했지만 딱히 그때의 상황에 맞는 말이 생각나지 않았다.

"내가 어쨌기에?"

뭔가 짚이는 게 있어 독고향은 황급히 물었다.

"사실은 나도 잘 모르겠어. 자넨 거의 움직이지도 않았는데 적의 대장이 두 조각나 버리더군."

'유섬이었군!'

그게 아니라면 영강만한 칼잡이가 '모르겠다'는 말을 할 턱이 없다.

"언제 기회가 되면 다시 한 번 보여주겠나? 좀 자세히 보고 싶어!"

부탁하는 영강의 눈엔 기대의 빛이 가득했다.

독고향은 답답했다. 펼치고 싶다고 해서 펼칠 수 있는 유섬이 아니었다. 자신도 어떻게, 또 어떤 상황에서 나오는지 제대로 알지 못하고 있는 것이다.

"나도 보고 싶어."

그 답답함을 독고향은 이 한마디로 표현했다. 그리고 그건 사실이었다. 차라리 누가 눈앞에서 유섬을 펼쳐 보인다면 그것에 대해 보다 많이 알 수 있을 터였다.

물론 영강으로서는 전혀 이해가 되지 않는 말이었다.

그러나 말은 이해되지 않아도 독고향의 표정에 실린 답답함을 읽었기에 더 이상 묻지 않았다.

"자, 우선 먹어두라구!"

영강은 유곽에서 싸준 도시락 하나를 내밀었다.

도시락을 받은 독고향은 성급하게 먹기 시작했다. 어제 아침 이후로 아무것도 먹은 게 없었기에 딱딱하게 굳은 주먹밥도 꿀맛 같았다.

"참, 그 일은 미안했다."

죽통의 물로 메인 목을 달랜 독고향은 문득 생각났다는 듯 말했다.

"뭐가?"

"우마차를 버린 거."

정말로 독고향은 그 일이 미안했다. 너무 엄청난 금액이었던 것이다.

"난 또 뭐라고. 신경 쓸 거 없어. 어차피 우리가 갖자고 턴 것은 아니야."

또 하나의 주먹밥을 집어 들던 독고향의 손이 뚝 멈췄다. 확실히 이들은 돈에 구애받는 사람들이 아니었다. 그렇다면 다른 사연이 있어 목숨까지 잃을지도 모르는 그 일을 했을 터, 그 이유를 알고 싶었다.

"무슨 사연이 있는 모양이지? 제대로 알아들을 순 없었지만 한 사람의 이름이 자주 반복되는 걸 보니 특정인의 물건만 터는 것 같던데……."

독고향은 우회적으로 물었다. 직접 대놓고 물었을 때 만약 대답할 수 없는 사정이 있다면 서로가 어색해질 터였다.

"하시바 히데요시의 군자금만 털고 있다네. 위험한 자라서. 하긴 그 자보다 더 위험한 자도 없진 않지만."

'역시 대답이 곤란한 건가?'

계속 말꼬리를 흐리는 영강의 대꾸가 독고향의 신경을 따끔하게 건드렸다.

독고향은 시선을 돌려 주변을 살펴보았다. 이미 겨울로 접어들어 식은 햇살이었지만, 이마에 와 닿을 때는 따스하게 느껴졌다.

그리고 도일의 모습이 보였다. 가에는 벌써 살얼음이 끼기 시작한 개울물, 차갑기 그지없을 그 물속에 허리까지 담근 채 그는 서 있었던 것이다.

'수련 중이군!'

독고향의 눈에 빛 무지개가 서렸다. 도일이나 영강의 칼 솜씨는 익히 알지만 수련하는 모습은 처음이다. 무인으로서 관심이 갈 수밖에 없었다.

호기심 서린 독고향의 시선을 의식한 탓은 분명 아니리라. 하지만 도일은 기대에 부응하기라도 하는 것처럼 바로 그 순간 칼을 뽑았다.

촤악!

돌연 개울물이 쫙 갈라지며 도일의 칼이 허공으로 불쑥 솟구쳤다. 허리에 찼던 칼을 뽑아 곧장 올려 벤 것일 터였다. 그 칼이 다시 비스듬히 내려 베어지며 또다시 개울물을 갈랐다.

그 동작을 도일은 끝없이 반복했고, 점차 독고향의 얼굴은 굳어져 가기 시작했다.

'전혀 흔들리지 않는다!'

아무리 칼이 날카롭다고 해도 물을 자를 수는 없다. 하지만 독고향의 눈에는 지금 도일이 분명 개울물을 잘라내는 것처럼 보였다.

물론 착시 현상(錯視現象)이다. 그걸 모르는 독고향은 아니다.

물에는 저항이 있다. 하긴 저항이야 허공을 베어도 미세하게나마 느껴진다. 사람이나 사물도 마찬가지다.

하지만 이 경우라면 조금 생각해 볼 필요가 있다. 허공이야 언급할 가치도 없지만, 사람이나 혹은 다른 사물을 베는 것과 물을 베는 건 천양지차가 있다.

사람이나 사물을 베는 건 그야말로 찰나지간이다. 바로 베는 순간에만 저항이 느껴지고, 또 그때에만 힘을 집중해도 된다.

물은 다르다. 무한하게 이어져 있다고 해도 과언이 아니고, 또 그 속의 흐름이 항상 일정하다고도 할 수 없다.

바로 무한한 시간 동안 칼날을 그어야 하고, 흐름의 변화에 따라 힘의 강약을 조절해야 한다는 의미다.

새삼 그 사실을 떠올리며 독고향은 도일의 칼날을 예의 주시했다. 거기서 비산하는 물방울은 단 하나도 없었다.

칼날이라고 해서 어찌 물방울이 묻지 않을까. 단지 그만큼 빠르거나, 혹은 정교하게 잘랐기에 튈 만한 물방울은 애당초 다 떨어져 나갔을 거라고 독고향은 생각했다.

"스승께서 수련하시는 걸 보면 늘 기가 질려. 난 언제나 저리될지⋯⋯."

약간의 회의감까지 느껴지는 영강의 말이었다.

하긴 스승의 저런 모습에 회의감이 들지 않는다면 그게 오히려 이상할 터였다.

"언젠가 스승께서 불꽃을 베시는 걸 봤었다. 비록 짧은 시간이었지만, 그 칼날 끝에서 타 들어가는 불꽃을 보며 난 황홀해지기까지 했었지. 근데 스승님은 오히려 한숨을 쉬시더군. 아직 멀었다고 하시면서."

믿기 힘든 얘기였다. 불꽃은 물과는 또 다르다. 그 자체를 잘라낸다는 것도 어려운 일이지만, 잘려진 채 탄다는 소리는 진짜 말도 안 된다. 불꽃이란 연소물(燃燒物)이 있어야만 타기 때문이다.

하지만 독고향은 일말의 의심도 없이 영강의 말을 받아들였다. 자신에게도 도저히 상식적으론 설명하기 힘든 유섬이 있다는 이유만은 결코 아니었다. 도일만한 칼잡이라면 설사 혼백을 벤다 하더라도 믿을 수 있을 터였다.

"어깨는 좀 어때?"

영강이 이렇게 묻지 않았다면 독고향은 자신이 부상당했었다는 사실조차 까맣게 모를 뻔했다.

독고향은 왼쪽 팔을 크게 돌려보았다. 아직도 약간의 통증이 남아 있었지만 움직이는 데 크게 불편할 정도는 아니었다.

"괜찮군."

"그나마 암기에 독이 발라져 있지 않아서 치료가 쉬웠어."

그 말에 독고향은 그저 고개만 끄덕였다. 설사 중독되었더라도 이들은 거뜬히 치료했을 거라는 믿음 때문이었다.

"근데 닌자는?"

확실히 독고향은 정신을 차린 이후 닌자를 본 기억이 없다. 아니, 생각해 보니 그는 일행이 싸움에 휘말릴 때면 늘 모습을 감추곤 했었다.

"조사해 볼 게 있다면서 어젯밤의 그 숲에 갔다 오겠다더군."

"끔찍할 텐데……."

솔직히 여태까지 닌자에 대한 독고향의 감정은 그리 나쁜 편이 아니었다. 오히려 좋다라고 해도 좋았다.

그러나 어젯밤의 그 지독한 격전을 치른 지금 예전처럼 결코 호감 어린 시선으로만 그들을 대할 수는 없을 것 같았다.

그렇다고 자신을 구해서 일본까지 데려온 그 닌자까지 싫어졌다는
건 물론 아니다.

"그러고 보니 이름도 물어보지 않았군."

하기야 물어볼 생각이 들었더라도 그건 못했을 터였다. 무엇보다 서
로 말이 통하지 않았다.

"카즈키[和樹]라고 하더군."

언제 그들끼리는 서로 통성명도 하고 그랬나 보다. 영강은 곧장 닌
자의 이름을 가르쳐 주었다.

"기억하기도, 부르기도 힘든 이름이로군."

독고향은 약간 불만스럽다는 듯 내뱉었다. 확실히 타국 말을 익힌다
는 건 어렵기만 했다. 그런 맥락에서 독고향의 눈엔 도일과 영강이 사
뭇 신기하게 느껴졌다. 여러 나라 말을 익히면서 언제 무공을 또 그렇
게 수련을 했는지… 다시 생각해 보니 질리기까지 하는 사람들이었다.

이 기회에 타국 말도 좀 익혀두자고 독고향이 생각하고 있을 때,

"끝내셨나 보군."

돌연 영강이 품속에서 수건을 꺼내며 몸을 일으켰다.

돌아보니 도일이 물속에서 나오고 있었다. 품이 넉넉한 일본식 무사
복(武士服)이 전신에 쫙 달라붙어 조금 어색한 모습이었다.

제자가 내민 수건으로 물기를 대충 제거하며 도일은 독고향을 향해
물었다.

"좀 어떤가?"

"좋아졌소. 이렇게 번번이 신세만 져서야 어디……."

솔직한 심정을 밝히는 독고향의 얼굴이 조금 붉어졌다. 도일이 자신
을 치료해 준 게 벌써 몇 번째인가 말이다.

"어젠 우리가 자네에게 신세를 졌지. 정말 빠르더군."

도일은 오히려 독고향의 뇌격이형을 칭찬했다.

"스승님, 이쪽으로!"

어느새 영강이 모닥불을 피워놓고 도일을 불렀다. 차가운 날씨인지라 물에 젖은 스승을 염려하는 마음이 역력했다.

"그래, 확실히 날씨가 추워졌어."

한마디 하며 도일은 영강이 피워둔 모닥불 곁으로 가 앉았다. 그리고는 곧장 칼을 뽑아 물기를 닦아내기 시작했다. 그전에 칼집을 거꾸로 세워두는 것도 잊지 않았다.

'춥지도 않나? 저 나이에…….'

벌써 마흔은 훌쩍 넘긴 것처럼 보이는 도일이었다. 아니, 설사 젊은 사람이라 하더라도 이런 날씨에는 제 몸부터 먼저 말리는 게 인지상정이다.

그런데 도일은 대충의 물기만 제거한 후 칼 손질부터 시작한다.

무인으로서의 그의 마음가짐에 새삼 혀를 내두르며 독고향도 모닥불 옆으로 갔다.

"카즈키가 늦는군."

여전히 칼 손질을 늦추지 않으며 도일이 한마디 던졌다. 그가 한 번 입을 열 때마다 이상한 무게감이 주변을 압도하는 것 같았다.

겨울 해는 걸음이 빠르다. 처음 정신을 차렸을 때는 한낮이더니, 벌써 서쪽으로 성큼 기울어지고 있었다.

"그러게 말입니다. 아무리 사카이가 자유 도시라지만 너무 늦게 들어가면 의심을 살 텐데……."

염려스럽게 말꼬리를 흐리며 영강도 뒤를 돌아보았다. 아마 그쪽에 어젯밤의 격전을 치른 숲이 있는 모양이었다.

"조선이란 어떤 나라요?"

뜬금없는 질문이 독고향의 입에서 흘러나왔다. 적어도 도일과 영강이 듣기엔 그랬다는 얘기지 물은 본인은 진정으로 궁금한 점이었다.

"갑자기 그건 왜 묻나?"

도일이 차분한 어조로 되물었다. 같이 생활한 지 며칠이 지난 뒤에야 조국에 대한 질문은 받는다는 게 조금 의아해진 것도 사실이었다.

"난 이 세상에 조선이라는 나라가 있는지도 몰랐소. 그런데 도 대협(都大俠) 같은 무인이 배출된 걸 보면 이상하기도 하고……."

"하하하!"

그답지 않게 도일은 소리 내어 웃으며 독고향의 말을 잘랐다.

"오해하지 말게. 나 정도 되는 사람은 우리 나라에는 이 개울가에 널려진 자갈만큼이나 많다네. 아쉽게도 그들이 대우받지 못하는 나라가 되긴 했지만."

진정으로 아쉬운 듯 말꼬리를 흐리는 도일의 표정엔 씁쓸한 그늘이 스치고 지나갔다.

영강의 표정이 문득 시무룩해졌다. 스승의 입에서 저런 소리가 나왔으니 그럴 만도 했다.

이내 영강은 품속을 뒤져 고려여관에서 죽은 조선인의 망건을 꺼내 만지작거렸다. 죽기 전에 이 속에 스승에게 전해져야 될 밀서가 있다고 했으니 시간나는 대로 살펴봐야만 한다.

독고향으로선 말문이 막혔다. 물론 도일의 겸손에서 나온 말이겠지만, 그래도 그만한 사람이 당당하게 말할 정도면 조선엔 진정한 무인들이 많은 모양이었다.

"한때 우리 나라도 당당한 숭무정신(崇武精神)이 만연해 있던 적이 있었다네. 자네에겐 미안한 얘긴지 모르겠지만, 중국 대륙을 호령했던 고구려(高句麗)가 있었고, 일본에 무사 정신을 가르친 백제(百濟)의 싸울아비들이 있었다네. 결국 반도를 통일한 신라(新羅)에는 화랑(花郞)들이 있었고. 가끔씩 나는 그 시대에 태어나지 못한 것이 아쉬워질 때가 있다네."

어느새 도일은 칼 손질을 모두 마쳤다. 그러나 여전히 손잡이를 움켜쥔 채 그 날을 빤히 들여다보고 있었다.

"하긴 그보다는 그 많은 무예들이 모두 절전된 것이 더 아쉽긴 하지. 신라의 검술이야 본국검(本國劍)이라는 이름으로 전해지지만, 난 그보다는 백제도(百濟刀)를 되찾고 싶네. 그래서 이 땅에 와 있는 것이고!"

자신의 의지를 되살리기 위함이었을까. 말을 맺는 도일의 어조에는 강한 힘이 실려 있었다.

"아, 스승님!"

별안간 영강의 놀란 목소리가 터져 나왔다. 그리고는 들고 있던 망건을 번쩍 쳐들었다.

"찾았습니다, 찾았어요!"

수중의 망건을 마구 흔들며 영강은 같은 말을 반복했다. 그 속의 밀서를 찾아냈다는 얘기였다.

"오, 찾았느냐? 어디 보자!"

약간은 그늘이 져 있던 도일의 표정이 활짝 펴졌다. 오랫동안 찾지 못할 거라고 생각했던 밀서가 의외로 빨리 발견됐기 때문이었다.

하지만 그때에도 도일은 칼을 놓지 않았다. 아직 칼집 속의 물기가 완전히 제거되지 않았기에 지금 꽂았다간 여태까지의 손질이 헛수고가 되고 만다.

"보십시오!"

영강은 망건의 한쪽 끝에 있는 작은 보푸라기를 잡아당겼다.

그게 바로 이 망건의 비밀이었다. 그저 아주 미세한 흠에 불과해 보였지만, 잡아당기자 끊어지지도 않고 딸려오면서 빠져나간 곳에 글자가 나타나기 시작했다.

—왜국은 지금 통일이 되어도 외국에 출병할 여력이 없는 것으로 판단됨. 하니 괜한 분규를 일으켜 나라끼리의 마찰을 일으키지 말고 속히 귀국할 것.

망건 밀서의 내용이었다.

물론 독고향이야 그 내용을 알 길이 없었지만, 갑자기 굳어진 두 사람의 표정으로 결코 좋은 소식이 아님을 짐작할 수 있었다.

"스승님……."

심하게 일그러진 얼굴로 영강은 도일을 바라보았다.

"그래, 아무래도 조정(朝廷)에서는 동인(東人)들의 의견을 채택했나 보구나."

도일의 어조에서도 실망감이 역력하게 배어 있었다.

"무슨 일이야?"

답답해진 독고향은 영강에 대놓고 물어볼 수밖에 없었다.

"나라의 일이라 함부로 발설할 수 없네. 양해하게."

딱딱한 어조로 영강은 대꾸했다.

독고향은 그저 고개를 끄덕일 수밖에 없었다.

“아니다. 얘기해 줘도 될 것 같구나. 어차피 중국도 등한시할 수 없는 문제니, 이 참에 알아두는 것도 좋겠지.”

의외로 도일의 생각은 영강과 조금 다른 것 같았다.

“자, 우선 다들 앉거라. 지금 일본은 내전 중이다. 곧 통일이 될 기미가 보이지. 문제는 그 다음인데……!”

말을 잇던 도일이 튕기듯 몸을 일으켜 뒤로 돌았다. 실로 전광석화 같은 움직임이었다.

도일만이 아니었다. 독고향도 재빨리 움직였고, 영강도 칼자루를 움켜쥔 채 잔뜩 도사렸다. 언제라도 일전을 불사할 수 있는 태세들이었다.

이유는 한 가지였다. 은밀하게 접근해 오는 기척, 그게 이들을 긴장시켰던 것이다.

하지만 그 긴장감은 길지 않았다. 이들의 기세에 눌리듯 모습을 드러낸 자는 카즈키였기 때문이다.

카즈키는 나타나자마자 도일에게 빠르게 뭔가를 얘기했다.

“미행자가 있는 것 같다는군. 아주 강한 자라 흐릿한 느낌만 알 수 있다고 하네.”

여전히 긴장을 풀지 않은 채 영강이 통역을 해주었다.

‘미행?’

독고향은 고개를 갸웃거렸다. 자신을 포함해서 이만한 역량이 있는 자들이 느끼지 못하는 것을 카즈키는 어떻게 알았단 말인가?

그러나 그 의문은 곧 접어둬야 했다. 이어진 도일의 말 때문이었다.

“서둘러 사카이로 들어가는 게 좋겠다. 미행이 붙었다면 빨리 그동안 탈취한 황금을 빈민들에게 나눠 주고 교토로 향하는 게 좋겠다.”

말이 끝났을 땐 이미 도일은 수중의 칼을 칼집에 꽂은 후였다.

"방금의 얘기는 천천히 하도록 하세."

성큼 앞장서 걸으면서 도일은 독고향의 의문을 채 풀어주지 못한 게 미안스럽다는 듯 또 한마디 했다.

이제 막 시작된 석양이 개울가의 하얀 돌들을 붉게 물들이기 시작한 시각이었다.

제5장

항구(港口)

사카이 항구에서 밤의 흔적을 찾는 건 거의 불가능해 보였다. 밝디 밝은 등불이 줄지어 밝혀져 있어, 여기가 과연 치열한 내전 중인 나라인지 의심스러웠다.

단지 그뿐이었다면 독고향은 그리 놀라지도 않았을 것이다. 이 정도야 세가령의 연평부 거리에서도 얼마든지 볼 수 있던 광경이다.

정작 놀란 건 사람들이었다. 그것도 생전 처음 보는 파란 눈동자에 황금빛 머리카락을 가진 자들이었다.

"저, 저들은 대체……?"

"응, 남만인들이야. 사카이 항구에선 자주 볼 수 있지."

몇 번 그들을 본 적이 있는 영강이 재밌다는 표정으로 설명을 해줬다.

하지만 자못 여유로워 보이는 그도 사실은 처음으로 남만인들을 봤을 땐 독고향보다 더 놀랐었다. 오죽했으면 괴물이라고 소리까지 쳤을까.

겉모습으로야 두 사람의 차이는 분명했지만, 그들에게는 한 가지 공통점이 있었다. 내심 바짝 긴장한 채 주변을 경계하며 걷고 있다는 점이었다.

기실 그들은 도일과 카즈키와는 떨어져 목적지로 향하고 있는 중이다. 미행이, 그것도 흔적만 희미하게 알 뿐 실체는 짐작조차 할 수 없는 강자라고 했다. 이렇게 떨어져 행동하는 게 따돌릴 가능성이 높을 터였다.

물론 싸우게 된다면 불리하다. 그러나 여기는 사카이, 수많은 사람들이 오가는 곳에서 공공연히 싸움을 걸어오지는 못할 게 분명하다.

문제는 이렇게 흩어졌을 때 미행자를 따돌리지 못한다면 아무런 의미가 없는 일이 되고 만다. 경황이 없는 중이라도 긴장을 늦출 수는 없는 노릇이다.

독고향은 연신 사방을 두리번거렸다. 특히나 남만인들과 지나칠 때마다 놀란 표정으로 그들의 모습이 사라질 때까지 지켜보기도 했다.

영락없는 촌놈의 행동이었다. 게다가 옆구리에 그 흔한 대도(大刀) 한 자루 차고 있지 않으니, 독고향의 행동을 본 사람들은 연신 킬킬거렸다.

하지만 그런 어리숙한 행동이 모두 계산된 것들이었다. 자연스럽게 주변을 둘러보기 위함이었다.

과연 얼마 지나지 않아 독고향은 이상한 행동을 보이는 자를 찾아낼 수 있었다. 팔짱을 낀 모습이 다소 어색하게 보였지만, 왠지 눈에 익다는 느낌이 드는 자였다.

아직 영강에게는 알리지 않았다. 지금은 짐작일 뿐이라 확신이 필요했기 때문이다.

"저쪽으로 갈까?"

돌연 독고향은 영강을 떠밀며 작은 골목길로 방향을 꺾었다. 너무 갑작스러웠기에 그 수상한 자는 충분히 당황할 터였다.

유곽 골목이었다. 길가에 늘어선 유녀들의 호객 행위를 빌미로 독고향은 자연스레 뒤쪽을 살폈다.

'아니?'

독고향의 표정이 미미하게 굳어졌다. 분명 뒤를 따르고 있어야 될 수상한 자의 모습이 보이지 않았다. 시간상으로 분명 그자도 이 골목으로 접어들었어야 했는데도 불구하고 말이다.

'잘못 봤나?'

그렇진 않다고 생각했다. 비록 위험 신호처럼 요란한 경고음은 없었지만 독고향은 자신의 감을 믿었다.

'미행자는 둘 이상이다!'

순간적으로 깨닫고는 독고향은 더욱 너스레를 떨었다. 말도 통하지 않는 유녀들을 슬쩍 건드려 보기도 하고, 건물에 붙은 옥호나 등롱(燈籠)을 손가락으로 가리키며 크게 웃기도 했다.

왜 독고향이 이런 행동을 하는지 영강은 진작부터 알고 있었다. 그래서 잠자코 골목길로 따라왔고, 또 그의 행동에 동조해 주기까지 했었다.

이윽고 저만치 골목의 끝이 보였을 때 독고향은 어깨동무를 하는 것처럼 영강을 강하게 끌어당겼다. 동시에 그의 손가락이 재빨리 움직였다.

─넌 오른쪽, 난 왼쪽. 백 보를 걷고 다시 돌아와 만나자!

숲 속의 격전 때 서로의 등에다 글로 써서 의사를 전달했던 바로 그 방법이었다.

굳이 영강의 대답을 기다릴 필요는 없었다. 골목이 다시 대로와 합류하는 지점에서 독고향은 망설임없이 왼쪽으로 방향을 잡았다.

물론 영강은 반대쪽이었고, 예의 수상한 자가 그 뒤를 따라붙었다.

독고향은 재빨리 거리 전체를 훑어보았다. 서 있다가 갑자기 움직이는 자, 혹은 반대로 뭔가를 하는 체하며 그 자리에 서 있는 자, 누구를 부르는 것처럼 다른 방향으로 몸을 트는 자들이 없는지 살펴보았다.

딱 두 사람이 있었다. 한 명의 예의 그 수상한 자였고 다른 한 명은 유녀 차림으로 유지우산(油紙雨傘)을 들고 있는 여인이었다.

독고향은 그녀를 똑똑히 기억할 수 있었다. 유곽 골목을 빠져나오기 직전 마지막 집에서 그녀는 나왔던 것이다.

영강과의 약속대로 독고향은 거리를 따라 걸어가기 시작했다.

스치듯 한 번 살펴본 이후 독고향은 그녀를 두 번 다시 보지 않았다. 그러나 그녀가 뒤를 따른다는 사실은 분명히 알 수 있었다.

'확실하다!'

이제 조금 더 가서 반대쪽으로 방향을 바꿨을 때 그녀가 어떤 행동을 하는지, 미행자가 더 있는지의 유무도 알 수 있을 터였다.

'아흔아홉, 백!'

정확하게 백 보를 센 뒤 독고향은 갑자기 몸을 돌려 지금까지 지나왔던 길을 되짚어갔다.

순간적으로 여인의 얼굴에 당혹감이 스쳐 가는 걸 독고향은 놓치지 않았다.

하지만 그녀는 곧 대담하게 행동했다. 독고향의 행동을 비웃는 것처럼 생긋 미소 짓더니 이내 그에게 다시 따라붙었다.

이제 그녀는 펼쳐 어깨에 걸친 유지우산을 빙글빙글 돌리기까지 했다. 비도 없는 맑은 날씨인데도 불구하고 말이다.

그 사실이 독고향을 더욱 긴장시켰다. 저건 두 가지 의미로 생각되었기 때문이다.

첫째는 미행자가 더 있다는 가능성을 보여준다. 그녀가 자신의 이목을 이토록 집중시킨다면 또 다른 자는 훨씬 편히 뒤를 밟을 수 있을 터였다.

두 번째는 그녀에게 충분한 자신이 있다는 의미였다. 이미 은밀한 미행은 탄로났지만 어떤 경우라도 놓치지 않을 자신, 설혹 정면으로 싸우더라도 지지 않을 자신이 있지 않고서야 저런 행동을 취할 수 없다.

첫 번째 가능성을 독고향은 배제해 버렸다. 만약 또 다른 미행자가 있다면 그녀는 영강을 따라간 자처럼 그냥 스쳐 갔을 것이다.

대신 그녀는 노골적으로 따라붙기 시작했다. 여태 감지되지 않던 위험 신호가 손가락 끝의 신경부터 짜르르 울리기 시작했다.

'그럼 영강에겐?

과연 몇 명의 미행자가 붙었을까? 자신처럼 하나뿐일 가능성이 컸지만 장담할 수는 없다.

만약 그쪽에 여러 명의 미행자가 붙었다면 영강과는 만나지 않는 편이 나을지도 모른다. 차라리 저 여자 하나를 따돌리는 게 쉬운 일일 터였다.

문제는 저 여자를 따돌린다 쳐도 독고향으로선 도일과 만나기로 한 장소를 찾지 못한다는 점이다. 말도 글자도 모르는 타국 땅에서 겪어야만 되는 난제였다.

저쪽에서 사람들 틈에 영강의 모습이 보였다.

독고향은 날카로운 눈으로 영강의 주변을 살펴보았다. 미행자 한 명뿐 별달리 수상쩍어 보이는 자는 없었다.

이윽고 영강과 눈이 마주치자 독고향은 슬쩍 여자가 있는 곳으로 눈빛을 흘렸다.

영강은 즉각 알아차렸다. 그 역시 독고향 주변을 샅샅이 살펴보는 눈치더니 미미하게 고개를 끄덕였다.

두 사람이 만났을 때 그들은 자연스레 방향을 꺾었다. 이 대 이의 싸움이라면 해볼 만하다는 판단에서였다.

두 사람이 간 곳은 마침 부둣가였다. 많은 배들에서 밝힌 불빛으로 휘황하게 밝았지만, 조금만 벗어나자 어둡고 음침한 그런 곳이었다.

영강은 일부러 이곳을 택했다. 사카이의 지리를 어느 정도는 꿰고 있는지라 여기가 싸우기에 가장 좋다는 걸 평소부터 잘 알고 있었다.

"왜 우리를 미행… 아니, 너희들은?"

적당한 곳에 이르자 몸을 돌려 미행자를 추궁하려던 영강은 깜짝 놀라고 말았다. 그들의 정체가 바로 이세 도시죠와 야규우 히사노였기 때문이다.

독고향의 반응도 별반 다르지 않았다. 히사노야 알아볼 턱이 없었지만, 팔짱을 낀 자가 일전에 자신의 눈앞에서 영강과 싸우는 걸 봤었던 것이다.

'그래서 눈에 익은 느낌이었군!'

즉각 알아보지 못한 독고향은 가볍게 자책하며 혀를 깨물었다. 고통이 심했었고 또 도일이 말한 '칼의 베기'에 대한 생각으로 머리 속이 꽉 차 있었지만, 그래도 한 번 봤던 사람을 제때 알아보지 못한 건 실수라는 말로 그냥 쉽게 넘길 수 없는 문제였다.

"이 손목을 잊지 않았겠지? 오늘 그 빚을 톡톡히 갚아주마!"

팔짱을 풀어 천으로 싸맨 손목을 내밀며 이세는 어금니 사이에서 한번 갈려서 나오는 듯한 어조로 내뱉었다.

영강이 재빨리 통역을 해줬지만 독고향의 귀에는 들어오지도 않았다. 이세가 손목을 내민 순간 퍼뜩 뇌리를 스쳐 간 한 가지 생각 때문이었다.

'그럼 저 잘려진 손목 때문에?'

미행할 때 팔짱을 낀 이세의 모습은 어딘가 어색했었다. 그게 저 잘려진 손목 때문이라면 이건 생각해 볼 여지가 있다.

신체에 이상이 있으면 사람의 자세는 어떻게든 변할 것이다.

'독특한 무공에도 독특한 신체적 특징이 있지 않을까?'

지금 독고향의 뇌리를 채운 생각은 바로 이거였다. 특히나 유섬을 어떻게든 재현해야 한다는 생각은 절박했다.

차착!

쇠끼리 얽히는 소리가 들리지 않았었다면 독고향은 계속해서 이 생각에 매달려 있었을는지도 모른다.

퍼뜩 고개를 쳐들어 보니 영강과 이세는 서로의 칼을 맞댄 채 힘겨루기를 하는 중이었다.

아무래도 영강이 유리한 싸움이었다. 그는 두 손, 이세는 한쪽 손뿐이었으니까.

그래도 이세는 결코 밀리지 않았다. 손 대신 팔뚝 전체를 칼등에 대고 전력을 다해 영강을 밀어내려 하고 있었다.

'여자는?'

독고향은 급히 시선을 돌려 여인을 찾았다.

그녀는 두 사람의 싸움에는 관심도 없다는 눈빛으로 오히려 독고향에게 미소를 던졌다.

결코 예쁜 얼굴은 아니라고 독고향은 생각했다. 하지만 중국과는 또 다른, 독특한 이국의 매력은 한껏 풍겨져 나왔다.

그 생각을 떨쳐 버리며 독고향은 눈빛을 굳혔다. 지금 영강과 싸우는 자보다 이 여인이 더 위험할 것 같아서였다.

무공이 강한 여자들은 독고향도 많이 봐왔다. 그러나 눈앞의 이 여인처럼 침착한 행동을 보이는 여인은 극히 드물었다.

어째든 같은 편이 싸우고 있다. 그것도 지극히 불리한 싸움, 도와주거나 적어도 약간의 동요는 있어야 한다.

하지만 그녀는 적인 독고향을 향해 웃고만 있다. 그게 묘하게도 가슴을 짓눌러 왔다.

"내 이름은 히사노, 그대의 이름은?"

마침내 히사노의 입이 열렸다.

당연히 독고향으로선 알아들을 수 없었다. 그러나 느낌만으로도 그녀가 뭘 얘기하는지 알 수 있었다. 아주 말을 못하는 맹목과도 곧잘 의사 소통을 했던 그였다.

"독고향."

무뚝뚝한 그의 목소리에 비해,

"또꼬햐향?"

고개를 갸웃거리며 따라 하는 히사노의 음성은 귀엽다 못해 깜찍하기까지 했다.

하지만 바로 그 순간 독고향은 등줄기를 타고 소름이 쭉 끼치는 걸 느꼈다. 단지 발음의 차이에 지나지 않았지만, 자신의 이름이 이상하게 불리자 까닭 모를 섬뜩함이 밀려들었다.

저절로 옆구리의 소도로 움직이려는 손을 독고향은 애써 자제했다.

"쥬고쿠진[中國人]?"

연신 고개를 갸웃거리며 히사노는 재차 물었다.

이번엔 눈치 빠른 독고향도 알아들을 수 없었다. 다만 그녀의 행동 하나, 말 한마디에 자칫 빨려들 것만 같은 자신을 추스르기에 급급했다.

'사술(邪術)인가?'

이런 생각이 들 정도로 히사노는 매혹덩어리였다.

"카잣!"

갑자기 들려온 이세의 외침이 아니었다면, 어쩌면 독고향은 스스로 무너져 버렸을지도 몰랐다.

재빨리 돌아본 싸움터에선 승부가 결정되기 직전이었다. 피가 배어져 나오는 옆구리를 움켜쥔 이세가 비칠거리며 물러서고 있었다. 이제 영강이 한칼만 더 날리면 그는 확실히 끝장날 터였다.

'끝났군!'

또한 이 경우 영강은 상대를 완전히 죽여주는 게 자비라고 생각하는 사람이었다. 더 이상 두고 볼 것은 없었다.

이제 내 차례라 생각하며 히사노에게 시선을 돌린 순간,

번쩍!

섬뜩한 날빛[刃光]이 곧장 독고향의 정수리를 노리고 파고들었다.

옆구리의 소도를 빼서 그 빛을 막은 건 순전히 본능적인 행동이었다. 대체 그 정체가 뭐고, 이걸로 수비가 가능한지를 따질 겨를이 없었기 때문이다.

쨍!

날아드는 속도에 비해 의외로 그 빛에 실린 힘은 작았다. 소도에 닿자마자 화들짝 놀란 새처럼 튕겨 나갔다.

"핫!"

놀람에 찬 기합성을 터뜨린 건 오히려 영강이었다. 독고향의 소도에 튕겨 나갈 것 같았던 히사노의 대도가 곧장 그에게로 날아들었던 것이다.

막 이세를 향해 칼을 날렸던 영강이었다. 생각지도 않았던 히사노의 대도가 날아들자 당황할 수밖에 없었다.

하지만 그 역시 많은 사선을 넘어온 칼잡이, 이세를 향했던 칼을 쥔 손목을 강하게 비틀었다.

단순하고 빠른 동작이었다. 또한 유효 적절한 대응이기도 했다. 아래로 향했던 칼의 방향이 확 틀어지며 히사노의 대도와 강하게 부딪쳤다.

차앙!

칼의 길이나 빠르기, 그리고 섬세함에선 히사노가 나을지 몰라도 힘에선 단연 영강이 앞섰다.

두 개의 칼이 부딪친 순간 히사노의 신형이 휘청 하며 옆으로 중심

을 잃었다. 강한 반탄력을 견디지 못한 탓이었다.

당연히 그녀의 허리는 훤하게 비어버렸다.

그 기회를 놓칠 영강이 아니었다. 한 발짝 크게 내디디며 어느새 머리 위로 들어 올린 칼을 그녀의 옆구리에 찍으려는 찰나,

"잠깐!"

독고향이 강한 어투로 영강을 제지했다.

"이건 내 싸움이다!"

그의 제지에 허공에서 칼을 멈춘 영강은 잠시 어이없다는 표정이었다. 이제 곧 끝날 싸움을 일부러 자청해 맡을 필요가 과연 있는 것인지……

그러나 영강은 이내 고개를 끄덕이며 물러섰다. 애당초 이 대 이의 싸움이었다. 이세를 물리친 마당에 자신이 히사노까지 맡아 싸운다면 공평하지 못하다.

독고향의 말을 통역해 주며 영강이 한 걸음 물러섰을 때,

쉬잇!

섬뜩한 파공성과 함께 서늘한 한기가 영강의 정강이를 스치고 지나갔다. 히사노가 휘두른 중도(中刀)가 만들어낸 현상이었다.

예리하게 잘려진 바지를 보며 영강은 등골을 타고 흐르는 전율을 느꼈다. 그대로 공격을 계속했다면 히사노의 옆구리를 찍었으리라. 그리고 베어버리면 그만이었다.

하지만 그 순간 자신은 다리 병신이 되었을 수도 있었다. 목숨과 다리 하나의 교환이라면 해볼 만한 승부였지만, 그래 봐야 득 될 게 전혀 없다. 싸움이란 장사꾼들의 수판놀음이 아닌 것이다.

천천히 중도를 갈무리하며 히사노는 독고향을 노려보았다. 조금 전

과 같은 귀엽고 깜찍했던 모습은 어디에도 보이지 않았다.

"야규우 가(家) 신인류(新陰流)는 출신을 모르는 자는 베지 않는다. 어느 유파냐?"

말과 함께 아직도 손에 들고 있던 대도로 히사노는 중단세(中段勢)를 취했다.

영강이 재빨리 통역을 했다.

"얼어죽을 소리 말라고 전해. 싸움에 유파가 다 무슨 소용이야? 정 알아야겠다면 무투류(武鬪流)라고 전해줘!"

영강으로선 독고향의 말을 액면 그대로 전할 수 없었다. 그 역시 무인이란 무엇보다 예(禮)를 중시해야 된다고 스승에게 배웠기 때문이다.

하지만 무투류라는 말은 확실히 전했다. 체면과 격식을 존중하는 일본 무사들의 성미를 잘 아는 탓이었다.

"부토류? 처음 듣는군. 좋아. 이제 시작하자!"

즉석에서 지어낸 무투류란 말에 잠시 생각에 잠겨 있던 히사노는, 그러나 다시 눈에 힘을 주었다.

독고향도 마찬가지였다. 뇌격이형을 펼침과 동시에 환류연참을 시전하기 위해 막 발에 전력을 집중한 순간,

"싸움이다, 싸움!"

"웬 놈들이 이 사카이에서 칼질이냐? 당장 물러가랏!"

꽹꽹꽹꽹꽹꽹!

갑작스런 고함 소리와 함께 요란한 꽹과리 소리가 울려 퍼졌다. 동시에 부산하게 달려오는 사람들의 발자국 소리에 주변이 삽시간에 소란스러워졌다.

"불조심 순라꾼과 낭인(浪人)들이로군. 너희들, 오늘 운이 좋았다!"

싸움의 기세를 돋울 때에도 빠른 히사노였지만 물러갈 때는 더 빨랐
다. 한마디 남기자마자 쓰러진 이세를 부축해 삽시간에 어둠 속으로
빨려들고 말았다.

"저들과도 싸워야 할까?"

손에 손에 칼을 뽑아 들고 흡사 개미 떼처럼 몰려드는 낭인들을 바
라보며 영강이 나직이 물었다. 질문이었지만, 그 속에는 일전도 불사
한다는 서릿발 같은 각오가 서 있는 게 여실히 느껴졌다.

이럴 때 독고향은 다분히 현실적이다. 적이 아닌 이상 서로 힘들여
싸울 필요가 없다는 생각이었다.

"뭐 하러?"

짤막한 한마디와 함께 히사노가 사라졌던 곳과는 반대 방향으로 냅
다 달리기 시작했다.

영강도 그 뒤를 따랐음은 물론이다.

독고향과 영강, 히사노가 피했던 싸움은, 그러나 그들이 사라진 뒤
에 더욱 치열하게 벌어졌다. 바로 낭인들끼리의 칼부림이 그것이었다.

그 싸움의 이유는 칼 한 자루를 얻기 위함이었다. 이세가 떨어뜨리
고 간 바로 그 대도가 전혀 엉뚱한 목숨들을 여럿 앗아갔다.

다행히 도일 측에는 미행자가 붙지 않았다.

당연히 독고향과 영강이 약속 장소에 도착했을 때 도일과 카즈키는 먼저 와 기다리고 있었다.

술집과 여관을 겸업하고 있는 곳 같았다. 각양각색의 사람들이 모여 하루치의 피로를 한잔 술로 달래고 있는 중이었다.

분명 중국과는 다른 광경이었다. 하지만 독고향은 비슷하다는 느낌이 들었다. 겉모습만 다를 뿐 사람이 살아가는 그 속내는 어디나 유사할 테니 말이다.

"늦었습니다."

가벼운 사과의 말과 함께 영강과 독고향은 도일의 맞은편에 자리 잡았다.

탁자 위에는 간단한 안주와 술병이 놓여져 있었지만, 달리 마신 흔적은 없다. 제자의 안위가 염려스러워 도착할 때까지 뭐 하나 먹고 마실 수가 없었을 터였다.

"미행이 그쪽으로 붙었나 보구나."

"그놈들이었습니다."

확인차 묻는 도일의 말이 채 끝나기도 전에 영강은 성급하게 내뱉었다.

"그놈들이라니?"

"살아남은 하시바의 검비위사들 말입니다."

"흐음, 그래서 놈들이 그쪽으로 붙었구나."

"네? 그래서라니요?"

의외의 말에 영강의 표정이 잠시 멍해졌다. 마치 미행이 자신들에게 붙을 줄 미리 알고 있었던 것처럼 들리지 않는가.

그러나 다음 순간 뇌리를 퍼뜩 스치는 생각에 저도 모르게 고개를 끄덕였다. 이세의 손목은 바로 자신에게 잘린 것 아니던가. 그 복수를 하고 싶었을 터였다.

그래도 너무 무모했다. 이세의 좌수도(左手刀)도 빼어났지만, 무엇보다 부상이 완치되기도 전에 도전을 해왔다는 건 아무래도 이해하기 어려웠다.

고개를 갸웃거리는 영강을 보며 독고향은 혼잣말처럼 조용히 내뱉었다.

"그 여자를 믿었겠지. 히사노… 라고 했나?"

"뭐?"

영강의 눈에 강한 반발의 빛이 튀었다. 자신의 칼에 히사노 역시 베이기 직전이었던 것을 빤히 봤으면서 저런 소리를 하니 당연한 반응이었다.

"여자라… 그녀 이름이 히사노?"

두 사람의 대화에 도일이 끼어들었다.

"네, 스승님. 야규우 가의 히사노라면서……."

"야규우 가? 신인류의 그 야규우 가 말이냐?"

갑자기 도일은 언성을 높였다. 대답하던 영강이 흠칫 놀랄 정도였다.

평소답지 않게 흥분한 도일의 모습에 놀란 건 비단 일행들만이 아니었다. 벅적거리던 술집 안이 삽시간에 조용해졌다.

"아, 미안하오. 미안합니다."

자신의 실태를 깨달은 도일은 연신 사방을 둘러보며 사과를 했다.

그러나 도일이 한 가지 간과한 사실이 있었다. 사람들이 조용한 건 그의 고함보다는 야규우 가문이라는 이름이 가진 위력 때문이었다.

실제로 사람들은 하나둘 일어나 도일의 눈치를 살피며 슬금슬금 술집을 빠져나갔다. 대부분 장사꾼이나 일꾼 차림이었다.

칼 찬 무사들 몇몇은 그래도 남아 있었다. 그리고 그들이 도일을 바라보는 시선은 극명한 대비를 이루었다. 호기심과 그와는 상반되는 강렬한 적의(敵意)를 가진 두 부류였다.

"허어 참! 내가 실수를 했군. 아직 수련이 부족한 탓이야."

나가는 사람들의 뒷모습을 보면서 도일은 뼈아픈 자기 반성을 했다.

남아 있는 다섯 무사들의 눈치를 가장 민감하게 알아챈 사람은 카즈키였다.

"귀하(貴下) 탓이 아닙니다. 야규우 가문을 입에 올리는 건 금기시되다시피 해서……."

도일의 귀에 바짝 대고 낮게 속삭였지만 독고향과 영강 모두 들을 수 있었다.

여태 묵묵히 듣고만 있던—사실은 알아듣지 못했지만—독고향은 눈으로 영강에게 그 뜻을 물었다. 그리고 답을 듣자마자 곧장 술집에 남은 무사들을 살펴보았다.

'확실히 야규우 가의 위력은 대단한 모양이군!'

비단 극명하게 갈린 무사들의 표정 때문만은 아니었다. 당장 도일만 해도 그 이름에 평상심을 잃고 흥분하지 않았던가.

"야규우 가문이 그토록 대단합니까?"

영강이 약간은 의아한 듯한 어조로 물었다.

"일본 최고의 도법명가(刀法名家)이다!"

도일의 대답은 짧았다. 그리고 뭔가를 생각하는 듯 무겁게 눈을 감았다.

"일본 최고? 별로 강하지 않던데……."

"아니, 그녀는 강했다!"

독고향이 성급하게 영강의 말꼬리를 낚아챘다.

"우리 둘이 한꺼번에 덤볐다면 몰라도, 일 대 일이라면 승산이 없었어!"

"뭐?"

일그러진 영강의 입매에 강한 분노가 스쳤다. 독고향만 아니었다면 단칼에 끝냈을 텐데, 그땐 말려놓고 이제 와 딴소리를 하니 하등 이상할 것도 없었다.

"아니, 내 눈엔 분명 그녀의 중도가 더 빨랐다!"

독고향의 어조는 냉정했다. 이게 영강의 자존심을 얼마나 상하게 하

는지 잘 알지만, 자존심이 목숨 걸린 승부에서 이기게 해주는 건 절대
아니다.

"그녀의 옆구리에 가벼운 찰과상은 입힐 수 있었겠지. 대신 다리 하
나는 내줬을 거고."

"그건 네가 말려서……."

"그만!"

점점 흥분의 도를 더해가는 영강을 도일이 무거운 어투로 제지했다.
그리고 독고향에게 시선을 보냈다.

"야규우 가문의 칼, 그 특징을 말해 주겠나?"

아무래도 직접 칼을 나눴던 영강은 흥분으로 인해 상대방의 칼 솜씨
를 제대로 파악하기 어렵다. 그 점은 옆에서 본 독고향이 더욱 정확하
게 알 터였다.

"모르겠소!"

독고향의 대답은 실망스러웠다. 하지만 그게 정확한 얘기이기도 했
다.

"빠르고 가벼웠소. 하지만 그 정도 특징이야 흔하디흔한 것, 어떻게
그런 칼을 쓸 수 있었는지는 보지 못했소."

그랬다. 독고향이 본 것은 히사노의 칼뿐, 그녀의 손이나 몸의 움직
임은 전혀 보지 못했었다.

"흐음!"

도일의 미간에 깊은 그늘이 드리워졌다. 단지 빠르고 가볍다는 말로
는 야규우 가문 도법의 특징을 알 수 없기 때문이다.

"뭐, 급할 건 없겠지. 그들이 우리 뒤를 미행하기 시작했다면, 조만
간 다시 부딪칠 때가 있겠지."

가볍게 마음먹자고 도일은 생각했다. 한 가문의 도법이 어디 한 번 본 것과 몇 마디 말로 그 특징을 표현할 수 있겠는가.

"아무튼 오늘은 여기서 쉬고, 내일 중으로 여기 일을 처리하고 교토로 가도록 하자. 자, 들게!"

장난감처럼 자그마한 잔에 술을 따른 도일은 독고향과 영강에게 권했다.

독고향은 천천히 술잔을 입으로 가져갔다. 중국 술처럼 화끈하고 독하지는 않았지만, 따뜻하게 데워서 그런지 짜릿한 맛은 식도 전체를 통해 진득하게 들러붙었다.

지금 독고향은 한 번 막았던 히사노의 칼을 다시 떠올리려고 필사적이었다.

'그 기묘한 빠름을 이해할 수 있다면……?'

어쩌면 유섬을 제대로 완성시킬 수 있을지도 모른다.

'아니, 다르다!'

히사노의 칼만으로는 유섬을 완성시킬 수 없겠다는 생각이 곧장 독고향의 뇌리에 떠올랐다.

유섬은 눈으로 보이는 그런 무예가 아니다. 시전하는 자신도 어떻게 그게 펼쳐지는지 모를 정도로 빠른 초식이다.

"고민이 있나?"

갑작스런 도일의 질문에 독고향은 퍼뜩 눈을 들어 그를 바라보았다.

"하긴 많은 생각이 필요할 테지. 영강에게 대충의 얘긴 들었네. 무의식 중에 무술을 펼친다고?"

"무의식……."

저도 모르게 독고향은 도일의 말을 따라 했다. 과연 무의식이었을까?

순간적으론 아니라는 거부 반응이 들었다. 유섬을 펼칠 때면 늘 주체할 수 없는 살기가 가슴속에서 들끓고 있었으니까.

그러나 거듭 생각해 보면 도일의 말이 맞을 수도 있다. 어쨌든 알고 펼치는 건 아니다. 다시 말해 마음과 몸이 저절로 반응하는 것이다.

"예전에 어떤 달인(達人)으로부터 무의식의 의식에 대해 들은 적이 있었다네."

"무의식의 의식?"

묘한 말이었다. 말을 꺼낸 도일의 표정이야 어떻든 들은 독고향의 얼굴은 곤혹 그 자체로 심하게 일그러졌다.

"즉, 본능이란 얘기지. 무술이든 다른 어떤 것이든 한 가지에 통달하게 되면 그 다음부터는 몸과 마음의 수련이 아니라 본능에 각인시키게 된다는 거였네. 의식의 수련이 아니라 본능을 첨예하게 단련해 간다는 거였지."

잠시 말을 맺으며 도일은 작은 잔의 술을 한꺼번에 털어 넣었다.

"물론 이해하기 어렵겠지. 나도 전혀 이해되지 않았으니까. 하지만 요즘은 조금 알 것 같네. 상대가 칼 손잡이를 잡는 순간 어느 방향으로, 어떤 빠르기로 날아올지 어느 정도는 예측이 가능하니까."

'정말일까?'

독고향은 여전히 반신반의였다. 본능을 단련시킨다는 말도 금시초문이고, 상대가 초식을 펼치기도 전에 그 경로를 예측한다는 것도 액면 그대로 믿기는 힘들다.

전적으로 부정만 하는 것도 아니었다. 확실히 유섬을 펼칠 때의 자신은 거의 무아지경이다. 오로지 살기 하나만 지닌 채 다른 모든 것은 잊어버리는 것이다.

살기는 물론 의지다. 상대를 죽여야만 한다는 생각이다.

그러나 한편으론 본능적으로 끓어오르는 살기도 없지 않다. 비근한 예로 생전 처음 보는 사람에게도 까닭 모를 증오가 치미는 경우도 있지 않은가.

"역시 모르겠소!"

침음성을 토하며 독고향은 고개를 가로저었다. 그러면서 바깥으로 돌린 시선에 묘한 광경이 잡혔다.

일본 술집의 창은 특이하다. 마치 울타리처럼 각목을 다섯 치 정도 간격으로 꽂아두고, 위아래로 오르내릴 수 있는 판자가 창을 대신한다는 식이다. 당연히 지금은 영업 중이라 판자가 올려져 바깥 광경이 훤히 보였다.

불과 조금 전까지 사람들이 가득 차 있던 거리였다. 한데 지금은 일반인들의 모습은 보이지 않았고, 우마차를 호송하는 군인들이 엄격한 열을 지어 지나가고 있었다.

독고향은 도일을 바라보았다. 비록 완전무장을 갖춘 군인들이 우마차를 호위한다는 게 달랐지만, 하시바의 군자금을 운반할 때와 비슷한 광경이기 때문이다.

"저건 총을 운반하는 행렬일세."

독고향의 의문을 들기라도 한 것처럼 도일이 설명해 주었다.

"이곳 사카이 항구는 총의 주산지일세. 또 외국의 배를 통해 신식 총이 새로 수입되기도 하고."

고개를 끄덕이는 순간 독고향의 뇌리로 번쩍 한 가지 생각이 스치고 지나갔다.

자신에게는 할 일이 있다. 남궁장후의 후손으로 세가령을 다시 잇게

해야 한다는 것, 하지만 혼자서 설쳐 봐야 그건 요원한 일이다.

'만약 총이 있다면?'

총의 위력은 벌써 싫도록 실감한 터이다. 그걸 만족할 만큼 가져갈 수 있다면 승산은 충분할 것 같았다. 이신이 죽기 전에 사천당가에 가져다 주라고 부탁했던 도면도 잃어버린 지금, 이 문제는 더욱 절실하게 다가왔다.

"신식 총… 구할 순 없는 건가?"

자신도 모르게 독고향은 제 속에 있는 말을 나직하게 내뱉었다.

"살 수는 있겠지. 여기는 사카이니까 돈만 있다면 뭐든 거래가 가능한 곳이네."

"신식 총도 말씀이오?"

역시 지나가는 투로 나직이 되뇌이는 도일의 말을 독고향은 재빨리 낚아챘다.

"실제로 여기서 총을 구해 가는 사람들 중엔 각 지방의 영주들은 물론 농민 폭도들도 있다네."

"그럼 살 수도 있단 말이지, 신식 총을……."

독고향은 계속해서 그 말만 되풀이했다.

하지만 이내 그 총을 살 수 없는 현실을 깨닫고는 미간을 찌푸렸다. 수중에 돈이 한 푼도 없었다.

도일은 말없이 독고향의 표정을 살폈다. 그리고 그가 무엇 때문에 고민하는지도 충분히 알 수 있었다.

"돈이 필요한 게로군."

주변에 알아들을 만한 사람이 독고향과 영강뿐인데도 도일의 음성은 극도로 낮아졌다.

"필요한 만큼의 총을 구입할 만한 돈이야 내가 얼마든지 대줄 수 있네."

"정말입니까?"

도일과는 달리 독고향의 언성은 높았다. 그러나 실책을 깨닫고는 황급히 주변을 살폈다.

여전히 무사 다섯은 그 자리를 지키고 있었다. 다행인지 어떤지는 알 수 없지만, 표정도 처음 야규우라는 이름을 들었을 때와 별반 달라지지 않았다.

"하시바의 군자금을 턴 돈을 우리가 어디에 쓸 거라고 생각했나? 조금 전에 얘기했던 폭도들에게 대주고 있네."

"사부님!"

도일의 말에 영강은 표정까지 싹 변했다. 이야말로 자신들의 커다란 비밀이었던 것이다.

"그럼 내게도 그 돈을 아무 조건 없이 주시겠다는……?"

차마 뒷말을 잇지 못하는 독고향이었다. 너무 염치가 없었기 때문이다.

"주고말고! 하지만 그 총을 무사히 일본 밖으로 가지고 나갈 자신이 있나?"

이 말에 독고향의 미간은 또다시 강한 주름을 그렸다. 확실히 일본 밖으로 총을 가지고 나가는 문제는 커다란 난제다. 그 훌륭한 병기를 외국으로 유출시킬 나라는 어디에도 없을 터였다.

기실 표정이 일그러진 건 영강이 독고향보다 더 심했다. 사부가 너무 쉽게 자신들의 정체를 노출시킨 게 아닌가 하는 우려 탓이었다.

그 점도 도일은 예민하게 간파해 냈다. 그래서 부드러운 어조로 영강을 달랬다.

"괜찮다. 어차피 이 나라에 있어봤자 우리 조선이나 명나라를 치는 흉물로 쓰일 터, 미리 빼낼 수만 있다면 그것도 좋은 일이지."

완전히 납득한 것은 아니지만, 어느 정도 수긍은 했는지 영강은 그 제야 고개를 끄덕였다. 그리고 눈앞의 술잔을 비웠다.

그걸로도 도일은 만족한 모양이었다. 곧장 독고향에게 시선을 옮겨 말을 이었다.

"하긴 당장 그 방법을 찾으라는 것도 무리겠지. 그럼 시간을 두고 차차 강구해 보기로 할까? 허헛, 엉뚱한 곳에서 재미있는 일을 찾았 어."

가벼운 너털웃음으로 마무리 짓는 도일에게로 영강의 시선이 퍼뜩 머물렀다 다시 돌려졌다.

"이렇게 하자. 사카이의 일은 잠시 미뤄두기로 하고, 우선 교토로 가서 임현(任玄)이부터 만나기로 하자. 그 아이라면 뭔가 생각이 있을지도 모르니……."

탁!

다소 거칠게 술잔을 내려놓음으로써 영강은 도일의 말을 잘랐다. 여전히 그의 얼굴엔 뿌루퉁한 기색이 남아 있었다.

"허허허, 영강은 아직도 불만을 삭이지 못했나? 자, 들어보자. 뭐가 그리 불만인가?"

확실히 영강은 불만이었다. 스승이 자신들의 정체를 은근히 비춘 것도 모자라 이젠 교토에 심어둔 임현의 정체까지 노출시킨 것이다.

하지만 그걸 곧바로 입으로 말할 수는 없었다. 독고향이나 카즈키를 바로 옆에 두고 그들에 대한 불만을 토로한다는 건 영강의 성격상 못할 짓이었다.

물론 조선말로 하면 된다. 독고향이나 닌자가 알아듣지 못할 테니 말이다.

'그 역시 사람을 속이는 짓에 불과한 것…….'

씁쓰레한 미소와 함께 영강은 고개를 가로저었다.

그렇다고 스승의 직접적인 질문을 받고도 마냥 입을 다물고만 있을 수도 없는 노릇, 그의 입에서 생각과는 전혀 다른 말이 토해져 나왔다.

"야규우 히사노와의 승부는 도저히 승복할 수 없습니다!"

그러면서 자신이 졌을 거라고 얘기했던 독고향을 매의 눈으로 쏘아보았다.

"야규우 가문이라면 이 스승으로서도 꺼려지는 상대다. 물론 언젠가는 상대해야겠지만. 그리고 그 여식에 대한 소문도 익히 듣고……."

"묻겠소!"

갑자기 들려온 말에 도일은 말을 끊었다.

돌아보니 술집에 남아 있던 다섯 무사들 중 한 명이 도일 일행에게 양손으로 무릎을 짚은 채, 허리를 숙이고 있었다. 그 일행인 듯한 자가 허둥지둥 그 옆에 와 섰다.

"미카와[三河] 고토류[古刀流]의 계승자 도다 아키[戸田安藝], 여러분들께 여쭐 게 있어 실례를 무릅쓰고 찾아왔소!"

그 목소리가 터무니없이 컸던 탓인지 돌연 술집 안에는 야릇한 긴장감이 떠돌았다.

이젠 뭐라 할 것도 없이 영강이 낮은 소리로 통역해 주었다. 그러나 독고향은 그 말보다 슬그머니 술집을 빠져나가는 나머지 세 명 중 한 명에게 더 많은 신경이 쓰였다.

　분명히 이 둘과는 다른 일행이었고, 야규우라는 이름에 강한 적대감을 드러냈던 자들 중 하나였다.

한 명이 완전히 술집을 빠져나갔다.

그 일행인 듯한 두 명은 아직도 적대감 어린 시선으로 이쪽을 쏘아보고 있었지만 독고향은 더 이상 신경 쓰지 않았다.

'확실히 괴상한 상투야!'

스스로를 도다 아키라고 밝힌 자의 새파랗게 밀어버린 앞이마를 바라보며 독고향은 고소를 지었다.

확실히 독고향에게 있어 일본인들은 이질적이다. 상투만이 아니다. 작고 오종종한 체구에, 그러나 싸울 때의 기백만큼은 어색할 정도로 강했다.

또한 그들의 정신 상태도 사뭇 이해하기 어렵다. 한쪽에서는 내전으로 연신 총을 구한다, 병력을 동원한다 하고, 다른 쪽에선 유곽에서 기녀들을 끼고 질탕한 밤을 새우곤 한다.

그에 비해 조선인들은 한결 친근하게 다가온다. 외양이나 생각하는 것들 모두가 전혀 이질적인 것만은 아니다.

단지 지리적인 거리감 때문만은 아닌 것 같다. 그보다는 훨씬 더 근원적인 이유가 있을 터이지만 잠깐의 생각으로 그 답을 얻을 수는 없는 노릇이기에 독고향은 다시 영강의 통역에 귀를 기울였다.

"들자니 여러분들의 얘기 속에 야규우 히사노라는 이름이 자주 들렸소. 대놓고 묻겠으니, 어디 가면 그 여자를 찾을 수 있겠소?"

아마 다른 말은 알아듣지 못했으리라. 그러나 그 이름만은 똑똑히 들은 듯 도다 아키는 절박한 어조로 물었다.

"그런 이름의 여자 분을 만난 적은 있소. 하지만 어디서 찾을 수 있을지는 우리도 모르오."

도일 대신 영강이 나서 대꾸했다. 어쨌든 히사노와 칼을 나눈 사람은 자신인 것이다.

"그보다 무슨 이유로 그녀를 찾으시오? 고토류의 계승자라면 결코 가벼운 이름은 아닐 터인데, 이런 모습은 조금 뜻밖이오."

도다 아키가 미처 뭐라 대꾸하기도 전에 도일이 다시 나섰다. 일문의 계승자 신분으로 여자나 찾고 다니는 그 꼴을 은근히 질책하는 어조가 역력했다.

과연 도다의 안색이 붉어졌다. 그러나 이내 결심한 듯 고개를 번쩍 쳐들며 입을 열었다.

"야규우 히사노는 어릴 적부터 가문끼리 약정된 내 정혼녀요! 근데 그녀의 재주가 워낙 출중하여 시기하는 자가 많아 어느 날 집을 나가버렸으니……."

도다는 더 이상 말을 하지 못했다. 차마 이름난 무사의 신분으로 정혼녀를 찾아 떠돌고 있다는 얘기는 할 수 없었던 탓이다.

"흐음, 그 소문이라면 익히 들었소. 안타까운 일이구려."

진실로 도일의 어조에는 위로의 마음이 가득 담겨 있었다.

"그러니 말씀해 주시오. 어디로 가면 그녀를 만날 수 있겠소?"

"그건 내 제자가 미리 말씀드리지 않았소. 우리도 모르오. 하지만 우리와 다니다 보면 혹 만나실 수 있을지도 모르겠소."

"스승님!"

탈선에 가까운 도일의 말에 영강의 어조가 조금 높아졌다. 스승에게 나름대로의 깊은 뜻이 있겠지만, 아직 젊은 혈기로는 선뜻 이해되지 않는 점이 많아서였다.

언성을 높인 건 비단 영강만이 아니었다. 도다 역시 도일의 손을 잡을 듯 다가오며 소리쳐 물었다.

"그 말이 정말이오? 아참, 내 정신 좀 보게. 오늘 밤 어디서 묵을 예정이시오? 이 근처에 내가 임시로 쓰고 있는 집이 있는데 그리로 가십시다. 자, 안내하겠소!"

영강이 달리 무슨 말을 할 틈도 없이 도다는 기어이 도일의 손을 잡아끌었다. 그가 한 말을 철회하지 못하게 하려는 의도가 다분히 보이는 행동이었다.

미소를 지으며 도일은 그 손에 이끌려 몸을 일으켰다. 아마도 도다의 말에 따르려는 모양이었다.

영강도 더 이상 제지하지 않았다. 스승이 저렇게까지 하는 데에는 뭔가 생각이 있다는 걸 깨달은 탓이었다.

그 일에 대해선 독고향도 별로 신경 쓰지 않았다. 다만 조금 전에 술집을 빠져나갔던 자가 어떤 일을 꾸밀지 걱정이었다. 그 일행은 아직도 흉악한 눈빛으로 자신들을 지켜보고 있지 않은가.

그리고 독고향의 우려는 그들이 밖으로 나갔을 때 현실로 나타났다. 한 떼의 낭인들이 앞을 막아섰던 것이다.

"웬 놈들이냐?"

도다가 한 걸음 앞으로 쓱 나섰다. 스무 명이 넘는 낭인들이었지만 여차하면 혼자서 상대하겠다는 기세였다.

"여기서 말썽을 일으키기는 싫다. 따라오겠느냐?"

낭인들의 우두머리인 듯한 자가 커다란 목소리로 외쳤다. 그의 눈은 도다가 아니라 도일에게 꽂혀 있었다.

"좋다. 앞장서라!"

촌각도 생각하는 기색이 없이 도다는 시원스레 대꾸했다. 그리고는 도일을 향해 목소리를 낮췄다.

"귀하들은 이 도다의 귀한 손님들, 예서 잠시만 기다려 주시오. 무례한 낭인들을 처리하고 난 뒤 다시 모시러 오겠소."

어쨌든 상대는 스무 명 이상, 자신감의 표출이라고 보기엔 지나치게 오만한 도다의 말이었다. 아직 세상의 무서움을 제대로 알지 못하는 것 같았다.

"어디 그럴 수야 있겠소? 보아하니 이들은 귀하가 아니라 우리들에게 볼일이 있는 것 같은데……."

"야규우 가문과 관계있는 자라면 누구도 예외일 수 없다!"

도일의 말을 낭인 우두머리가 다시 자르고 나섰다.

"역시 이 싸움은 제가 맡겠습니다. 여기서 야규우 가문과 가장 밀접한 관련이 있는 사람은 저니까요."

한발도 물러서지 않는 도다였다.

물론 이 말을 그대로 들어줄 도일이 아니었다.

"어쨌든 장소를 옮깁시다. 사람들이 불안해하고 있소."

아닌 게 아니라 술집 주인뿐만 아니라 지나가던 사람들까지 후닥닥 몸을 피하고 있었다. 개중에 구경 좋아하는 사람들 몇몇이 이쪽을 기웃거리고 있긴 했지만.

"어디로 가겠느냐? 앞장서라!"

도다가 터무니없이 큰 소리로 외치자마자,

"따라오너라!"

낭인 우두머리는 몸을 돌렸다. 그리고 나머지 낭인들은 도일 일행을 포위하듯 둘러싸고 움직였다.

낭인들이 싸울 장소로 택한 곳은 역시 바닷가였다. 조선창(造船廠) 근처라 밤이 되자 인적이 드문 곳이었다.

여기 도착하자마자 독고향은 해연히 놀라고 말았다. 어둠이 깔린 바다 위, 그 속에 웅크리고 있는 괴물 때문이었다.

사실 그게 말 그대로의 괴물은 아니었다. 그러나 달리 표현할 길이 없었다. 태어나서 이처럼 큰 배는 처음 보는 독고향의 눈에는 적어도 그렇게 비쳤다.

"저, 저게 도대체……?"

"남만선이라고 한다네. 일본의 패자(覇者) 오다 노부나가의 야망이지."

손가락으로 배를 가리키며 벌린 입을 다물지 못하는 독고향에게 도일이 설명을 해줬다.

"남만선? 야망?"

도무지 알아듣지 못할 소리라 독고향이 고개를 갸웃거리고 있을 때,

"아무래도 저 친구 혼자 이 싸움을 책임질 모양이군. 구경하면서 듣게. 고토류의 칼 솜씨를 보는 것도 흔한 일은 아니니 좋은 공부가 될 걸세."

도일은 싸움판을 턱짓으로 가리켰다.

싸움은 이미 시작되었다. 아니, 벌써 서너 명의 낭인들이 바닥을 뒹굴고 있었다.

얼핏 봤을 때 도다의 칼 솜씨는 평범 그 자체였다. 피하고 자른다는 그 두 가지에만 충실한 것 같았다.

그러나 자세히 보자 그 두 가지 동작에 하나의 공통점이 있었다. 자신에게 공격한 자는 절대로 먼저 베지 않는다는 것.

칼 솜씨야 그렇다 쳐도, 도다의 몸놀림은 확실히 예사롭지 않았다. 좌우로, 혹은 한 바퀴 회전하며 자신을 공격하는 상대의 칼을 피한 순간, 여지없이 그 주위에 있던 낭인들 중 한두 명은 꼭 바닥을 굴렀다.

"일본에도 천황이란 작자가 어엿이 있다네."

그 와중에 도일은 입을 열었다.

"하지만 실권이 없지. 백 년이 넘도록 계속된 내전이라 힘이 모든 것에 우선시된다네. 현재는 그중에서 오다 씨가 가장 강력한 힘으로 통일을 주도해 나가고 있지."

싸악, 써걱!

"크아악!"

얘기하는 중간중간에 예리한 절단음과 단말마의 비명이 끼어들었다.

"문제는 현 오다 가의 당주인 노부나가의 야심에 있네. 그자는 일본

의 통일만으로 만족할 자가 아닐세. 저처럼 큰 남만선을 만드는 것도 세계의 바다를 지배하기 위함일세. 그렇게 된다면 최초로 희생되는 나라가 어디겠나? 바로 조선일세! 또 중국도 그냥 지나치진 않겠지.”

“흐음…….”

도일의 말에 독고향은 침음성을 발했다. 그 말은 전혀 틀린 게 아니었다. 지금도 중국의 남동 해안은 왜구들의 노략질로 피폐해져 있다.

그나마 천주부나 장주부는 세가령의 힘 덕분에 왜구의 피해가 거의 없었지만, 다른 곳은 거의 속수무책으로 당하고 있는 실정이었다.

그런데 만약 일본의 정규군이 쳐들어온다면 과연 막아낼 힘이 있을까? 독고향은 어렵다고 생각했다. 한두 척 움직이는 왜구들도 당해낼 힘이 없는데 어찌 대군을 막아낼 수 있겠는가!

“우린 그 일을 막고자 왔네. 막지 못한다면 최대한 그 시기를 늦추고, 또 이들의 힘을 할 수 있는 데까지 약화시키기 위해 각 도장을 찾아다니는 거고. 그동안에 나라에서 대비를 했으면 좋겠지만 그것도 기대하기 어려울 것 같네.”

그 말을 듣고 있는 사이 독고향은 미약한 위기감을 느꼈다. 도일은 말 중에서 그들의 정체가 조선의 세작임을 노골적으로 얘기했던 것이다.

말할 것도 없이 세작의 정체는 철저한 비밀에 부쳐져야 한다. 그걸 얘기한다는 건 여차할 땐 가차없이 없애 버리겠다는 뜻과도 상통한다.

문득 싸우는 소리가 조용해졌다. 깨닫고 보니 벌써 낭인들 중에 서 있는 자는 아무도 없었다.

“지체했습니다. 어서 따르시도록!”

호흡 하나 흐트러짐없는 어조로 도다가 다가오며 말했다.

"목숨을 끊어주시오. 그게 자비요."

아직도 바닥을 뒹굴며 신음하는 자들이 많다. 도일은 그들을 완전히 죽여주라고 도다에게 말했다.

이 말에도 독고향은 고개를 갸웃거렸다. 문득 맹묵을 떠올린 탓이었다.

맹묵도 죽이려고 마음먹은 상대는 철저하게 죽였었다. 특히나 불구로 살 수밖에 없는 상태라면 일말의 망설임도 없었다.

분명 맹묵과 도일은 다르다. 하지만 '자비' 라는, 고통없이 죽여준다는 하나의 명제에는 둘 다 비슷하게 충실했다.

도다는 흠칫 굳어진 듯한 눈치였다. 그 표정엔 망설임이 역력했다. 그러나 이내 도일이 말하는 자비에는 동조할 수 없다는 듯 고개를 가로저었다.

"미카와 무사는 생명을 가볍게 여기진 않소. 그러나 회생불능의 부상자라면……."

말꼬리를 흐리며 도다는 일행인 듯한 자에게 눈짓을 보냈다. 아마도 하인인 모양이다.

도다의 눈짓을 받은 하인은 곧장 칼을 빼 들고 부상자들 사이로 뛰어들었다. 그리고 그들을 분류해 회생불능인 자들의 목숨을 거두어주었다.

"자, 그럼 가시지요."

그 일이 끝나자 도다는 다시 앞장서서 일행을 안내했다.

조선창의 거대한 괴물인 남만선이 내려다보는 가운데 신음 소리는 밤새 끊이지 않았다.

다음날 도일이 독고향을 데려간 곳은 사카이 항구의 구석진 곳에 위치한 대장간이었다.

땅, 따앙, 땅, 땅!

쇠를 두드리는 망치 소리가 한가롭게 들리는 사이를 헤집고 도일은 성큼 안으로 들어갔다.

"잘 있었나?"

도일의 음성은 결코 높지 않았다. 그러나 그 순간 대장간 안의 소음은 일제히 숨을 죽인 것 같았다.

독고향은 어리둥절했다. 아무리 봐도 지금 쇠를 두들기고 있는 대장장이는 도일보다 훨씬 나이가 들어 보이는 노인이었다. 그럼에도 말을 놓았다.

"어, 어떻게 여긴……?"

도일의 말은 중국어였다. 독고향의 편의를 위해 일부러 그런 것이었지만 돌아온 노인의 대답은 분명 조선어였다.

"여긴 대체 어쩐 일이오? 이렇게 직접 나타나다니… 미쳤소?"

노인은 자신의 실책을 깨달았는지 황급히 중국어로 다시 물었다. 노기가 가득한 어조였다.

"부탁이 있어서 왔네."

"부탁?"

"우리가 돌아올 때까지 이 친구를 좀 돌봐주게. 중국인일세."

"안 되오!"

너무나도 간단하고 단호한 대꾸였다.

독고향의 의혹은 증폭되었다. 노인은 일견 도일에게 적의를 띤 것처럼 보였다. 그런데 자신을 부탁하고 있다.

"그러지 말고 들어주게. 여기서 부리는 점원처럼 가장하면 될 터!"

도일의 어조도 조금 강경해졌다. 아니, 서서히 명령조로 바뀌어갔다.

"그리고 그가 하고자 하는 일을 도와주게. 당분간은 폭도들에게 자금을 대는 일은 중단하도록!"

"쯧쯧쯧!"

도일의 어조가 바뀌자 노인은 어쩔 수 없다는 듯 혀를 차며 고개를 가로저었다.

"언제 돌아오시오?"

간접적으로 독고향을 맡겠다는 뜻까지 은근히 내비쳤다.

"오늘이 열하루니까, 늦어도 원단(元旦)까지는 돌아오겠네."

"임현이도 함께 오시겠구려."

"그럴 생각이네. 자, 그럼 부탁하네."

짧게 한마디 던진 후 도일은 곧장 몸을 돌렸다. 지금쯤 도다의 집에선 그와 영강의 출발 준비를 마쳐 뒀을 터였다.

"이런 일은 처음이겠지? 저쪽에 앉아 구경이나 하게."

도일의 모습이 사라지자 노인은 독고향에게 구석진 곳을 가리켰다.

독고향은 순순히 그 말에 따랐다. 그리고 찬찬히 실내를 둘러보았다.

일반적인 대장간은 아니다. 주로 무구(武具)를 만드는 곳인 듯 여러 가지 병기와 갑옷 등이 쭉 전시되어 있었다.

'저 노인이 혼자?'

앙상하게 드러난 팔, 그러나 망치질에는 아직도 강한 힘이 남아 있는 노인을 바라보며 독고향은 생각에 잠겼다. 부리는 점원이 있다고 도일이 말했으니 혼자는 아닐 터였다.

그래도 이 많은 걸 만들어내려면 무척이나 많은 힘이 들었으리라.

'과연 저 노인에게 총을 구입하는 걸 도와달라고 해도 될까?'

기실 독고향이 교토에 따라가지 않고 사카이에 남은 건 바로 이 이유 때문이었다.

물론 안전을 생각한다면 같이 움직이는 게 좋다. 말도 통하지 않는 곳에 혼자 남는다는 건 별로 현명하지 못한 일이다.

하지만 독고향은 급했다. 한시라도 빨리 남궁장후의 후손을 데리고 돌아가고 싶었다.

이제 젖먹이에 지나지 않을 아기를 찾는 건 그리 서둘지 않아도 좋다. 어차피 젖 뗄 때까진 엄마 품에 있어야 하고, 또 그 애가 어디로 도망가지는 못할 터였다.

하지만 총은 문제가 다르다. 한꺼번에 수백 정의 총을 산다면 당장 여러 영주들의 의심을 받는다. 조금씩 사 모아야 한다. 시간이 걸리는 일이다.

돈은 걱정하지 않아도 좋았다. 도일이 조건없이 전액 부담하겠다고 했으니 말이다.

'배도 알아봐야겠고…….'

총만 구한다고 해결될 일이 아니다. 그걸 싣고 갈 배도 구해야 한다.

사실 이게 가장 어려운 문제였다. 돈은 얼마든지 있으니 총이야 조금씩 사 모으면 된다. 그러나 전란에 휩싸인 나라에서 배를 구한다는 건 여간 힘든 일이 아니다. 이미 징발되었거나, 또 언제 징발당할지 모르기 때문이다.

설혹 배를 구하더라도 문제는 남는다. 사카이가 비록 외국 배가 드나드는 곳이긴 하지만, 출항과 입항에 있어 엄격한 검사를 받는다. 총을 싣고 나가다가는 어떤 일을 당할지 알 수 없다.

돌연 독고향은 세차게 머리를 흔들었다. 이 모든 건 아직 시간이 있는 일이다. 그보다 당장 해결해야 될 문제가 떠올랐다.

'말부터 좀 배워야겠군.'

그렇다. 아무리 저 노인이 자신을 적극적으로 돕는다 해도 말이 전혀 통하지 않고서는 아무것도 할 수 없는 것이다.

'노인에게 부탁하긴 그렇고, 카즈키라면……?'

생각이 거기에 미쳤을 때 독고향은 다시 고개를 갸웃거렸다. 카즈키의 모습이 보이지 않았다는 걸 깨달은 탓이었다.

독고향은 기억을 더듬었다. 정확하게 어젯밤 술집에서 나왔을 때부터 그의 모습은 보이지 않았다.

그러나 별로 걱정하지는 않았다. 싸움이 일어날 기미라도 보이면 카즈키는 늘 모습을 감추곤 했으니까 말이다.

신경 쓰이는 건 혹시라도 카즈키가 도일 일행을 따라간 게 아닐까 하는 점이었다. 그렇다면 어쩔 수 없이 노인에게 말을 가르쳐 달라고 부탁하는 수밖에 없을 터였다.

'괜찮을까?'

이제 독고향은 교토로 떠난 도일 일행을 걱정하기 시작했다. 도다 아키라는 만만찮은 실력과 신분의 무사가 동행하고 있긴 하지만 무사히 다녀온다는 보장은 없다.

그제야 비로소 독고향은 왜 도일이 그처럼 넉넉하게 시간을 잡았는지 알게 되었다. 모르긴 해도 사카이와 교토는 유람 삼아 다녀도 닷새면 충분히 왕복할 수 있다고 들었다. 그걸 이십 일로 늘려 잡은 건 그

간에 혹 있을지도 모를 돌발 사태까지 예측한 것일 터였다.

땅, 따앙, 땅!

한없이 이어질 것 같던 노인의 망치질 소리가 문득 멈췄다.

흠칫 놀란 독고향이 바라보니 노인의 어깨가 긴장으로 딱딱하게 굳어져 있었다.

'왜?'

라는 의문이 떠오름과 동시에 독고향은 그 답을 알았다. 누군가 은밀히 대장간 안으로 스며들고 있었던 것이다.

'카즈키!'

그게 누군지 독고향은 금방 알 수 있었다. 하지만 노인이 어떤 반응을 보일지 몰라 두고 보기로 했다.

"일행이 있었나?"

독고향 쪽은 쳐다보지도 않고 노인이 물었다. 정확한 중국어였다.

"그렇소."

"닌자인 모양인데, 기어나오라고 해. 쥐새끼처럼 움직이는 건 맘에 안 들어!"

노인치고는 거친 언사였다.

독고향은 고개를 가로저었다.

"난 일본말을 모르오. 노인장이 대신하시오."

그 말에야 비로소 노인은 시선을 돌려 독고향을 쳐다보았다. 이런 자를 맡기고 갔나 하는, 한심스럽다는 눈빛이었다.

그러다가 이내 천장 한구석에 대고 짤막한 일본말로 외쳤다.

동시에 카즈키의 모습이 천장에 뚝 떨어져 내렸다. 뭐가 그리 좋은지 싱글벙글 웃는 얼굴이었다.

땅, 따앙, 땅, 땅!

노인의 망치질은 계속되었다. 그리고,

"거기 있는 쇳조각들을 여기 갖다 넣어! 설마 공짜로 밥 얻어먹겠다는 건 아니겠지?"

노인은 빼액 소릴 질렀다.

그때부터 독고향과 카즈키는 눈썹이 휘날리도록 대장간 안을 뛰어다녀야만 했다.

제6장

매입(買入)

원단 전에는 돌아온다던 도일 일행은, 그러나 열흘이 지나도록 오지 않았다.

독고향으로선 애가 타는 일이었다. 그들과 상의할 일이 생긴 탓이다.

지난 한 달간 독고향에겐 많은 변화가 있었다. 우선 일본말을 어느 정도 할 수 있게 되었고, 또 그토록 원하던 총을 구입할 수 있는 줄을 발견해 접촉하는 중이었다.

바로 그 총의 구입 건으로 도일이 필요했다. 뭐든 도와주라고 노인에게 말했지만 돈의 출납은 그의 소관이 아니었다.

'당장 오늘 밤 만나기로 했는데…….'

총을 팔기로 한 상인의 중개인과는 오늘 밤 약속이 되어 있었다. 적어도 선금은 줘야 한다는 의미였다.

독고향은 노인을 쳐다보았다. 벌써 몇 차례 애길 했지만 그는 요지 부동이었다. 도일이 곧 온다는 게 그 이유였다.

'그게 벌써 열흘 전!'

그래도 도일은 올 기미를 보이지 않았다.

물론 도일을 믿지 못하는 건 아니다. 그는 어떠한 난관이라도 헤치고 반드시 돌아올 것이다. 요는 독고향의 입장이 그 언젠가를 믿고 한가하게 기다릴 수 없다는 점이었다.

'다시 한 번 말해 볼 수밖에.'

달리 수단이 없다고 생각한 독고향은 저만치 앉아 도시락을 먹고 있는 노인에게로 다가갔다.

"안 돼!"

독고향이 미처 무슨 말을 하기도 전에 노인은 고개부터 가로저었다.

"허어, 내가 무슨 얘기를 할 줄 알고……."

"돈을 달라는 거겠지! 하지만 못 줘. 난 폭도들에게 자금 지원하는 걸 중단하라는 애길 들었지, 자네에게 돈을 주라는 애긴 듣지 못했어."

"뭐든 도와주라고 하셨잖소?"

"도왔네. 자네가 원하는 물건을 구할 수 있는 줄을 대줬잖는가! 그럼 내 할 일은 다 했네."

독고향은 기가 막혔다. 정말 이처럼 융통성없는 늙은이를 만나기도 어려울 터였다.

"정말 그걸로 노인의 할 일을 다 했다고 믿는 거요?"

아직까지 노인의 이름도 모르는 독고향이었다. 또한 여전히 고집을 피우고 있는 영감에게 고운 언사가 나갈 리 없었다.

"이제부터 네놈 일이야. 그놈들에게 강제로 물건을 뺏든 어쨌든."

채 말도 맺지 않고 노인은 주먹밥을 우걱우걱 먹기 시작했다.

돌연 독고향의 눈빛이 묘하게 변했다.

"그래, 강탈도 하나의 방편이란 말이지? 그럼 이것도 방법이 될 수 있겠지!"

말과 동시에 독고향은 곧장 뇌격이형을 펼쳐 노인을 덮쳤다.

"컥!"

막 노인의 목구멍을 타고 넘어가려던 주먹밥의 잔해가 곧장 입 밖으로 뿜어져 나왔다. 독고향에 의해 울대를 잡힌 까닭이었다.

"좋은 방법을 얘기해 줬소, 노인! 자, 돈은 어디 있소? 다 달라는 건 아니오. 선금으로 줄 금 백 냥만 있으면 되오."

"끅, 끄으윽!"

독고향의 요구에는 제대로 대꾸도 못한 채 노인은 금방이라도 숨넘어갈 듯한 소리를 목구멍 깊숙한 곳에서 토해냈다.

"백 냥이오!"

다시 한 번 세차게 노인을 흔든 후 독고향은 던져 버리듯 노인의 목을 놓았다.

"쿨럭, 쿨럭, 컥!"

한참 동안 매운 기침을 하던 노인은 이윽고 눈을 들어 독고향을 쏘아보았다. 증오가 이글거리는 눈빛이었다.

"그런 눈으로 볼 것까진 없소. 당신이 가르쳐 준 방법, 난 보다 쉬운 상대에게 써먹고 있을 뿐이오."

말과 함께 독고향은 근처에 떨어져 있는 쇠붙이를 주워 들었다. 단도를 만들다 실패해 던져 둔 것인 듯했지만 날만은 예리하게 서 있는 것이었다.

지금 독고향의 심정이 편한 건 결코 아니었다. 생명의 은인인 도일과 한편인 노인을 핍박하는 자신에게 스스로가 침을 뱉고 싶을 정도로 싫었다.

그러나 어쩔 수 없는 일이기도 하다. 일이란 시기가 있는 법, 오늘 밤의 거래를 놓친다면 또 얼마나 많은 시간을 더 기다려야 할지 알 수 없다. 무리를 해서라도 밀고 나가야만 한다.

"네, 네놈이 이러고도 무사할 성싶으냐?"

"뒷일은 내가 책임지겠소. 만약 도 대협이 죄를 묻는다면 팔이라도 하나 자르겠소!"

노인의 어조가 노기를 띤 것이라면 독고향의 것은 절박한 비장감이 서려 있었다.

또한 그 말은 사실이기도 했다. 도일이 돌아와서 책망이라도 한다면 어떤 처벌이라도 받을 각오가 되어 있다. 목숨만 붙어 있다는 조건 하에서 말이다.

증오가 이글거리는 눈빛으로 한참 동안 독고향을 쏘아보던 노인의 눈이 서서히 아래로 향했다. 자신의 분노보다 더 강한 의지를 읽은 탓이었다.

"기다려라!"

말과 함께 노인은 훌쩍 안으로 들어가 버렸다.

땡그랑!

동시에 독고향은 수중의 쇠붙이를 저 멀리 내팽개쳤다. 그리고 맥없이 그 자리에 주저앉았다.

'과연 이래도 좋은 것인가?'

남궁장후에게 주종의 은혜가 있다면 도일에게는 구명지은이 있다.

하나의 의리를 지키기 위해 또 다른 한쪽을 배신하는 행위가 과연 용납될 수 있을까?

어쩌면 이건 선택의 문제가 아닌지도 모른다. 한쪽의 은혜를 배신하는 게 아니라 또 다른 은혜를 더해가는, 그래서 평생을 두고 갚아도 모자랄 빚만 남게 되는 건지도 모른다.

문득 독고향은 입속에 쓰디쓴 침이 가득 고이는 걸 느꼈다. 그래서야 자신의 삶이랄 것이 조금도 없다. 오직 은혜만 남고 그 빚에 얽매여 허덕여야 되는 초라한 목숨만 남을 뿐이다.

'그래도 좋다!'

남자에겐 남자만의 쓰디쓴 의리가 있는 법, 그 하나를 세우기 위해 평생을 살아가도 결코 후회는 되지 않을 것 같았다.

어차피 만들어진 인생이다. 뇌리에 각인된 기억도 조작된 것이었다면, 그나마 스스로의 의지로 가진 기억 속의 사람들을 위해 남은 생을 마치는 것도 의미가 없진 않을 터였다.

여기까지 생각이 이르자 독고향의 얼굴이 더 더욱 굳어졌다. 그동안은 미처 생각지 못했던 자신의 과거를 떠올린 탓이었다.

'무혼이라고 했었지.'

그 존재가 역겹도록 싫으면서도 한편으론 자신의 분신같이 느껴진다는 사실에 독고향은 잠시 당황했다.

돌아간다면 분명 그들과 다시 부딪칠 것이다. 그때 자신은 어떻게 행동해야 할까?

확실히 서로에게 웃음을 보낼 수 있는 사이는 아니다. 그렇다면, 그들 모두를 죽이고 나면 과거로부터 자유로워질 수 있을까?

무엇 하나 확실한 게 없다. 어쩌다 이 먼 타국 땅까지 오게 됐는지조차 도무지 가물거리기만 한다.

확신이 없다는 건 자신감이 없다는 것, 문득 독고향은 오늘 밤에 있을 거래가 걱정되었다. 노인이 주선한 것이니 확실하다고 믿어선 안 된다. 이런 식의 뒷거래엔 늘 변수가 따르는 법이다. 그에 대한 철저한 대비가 있어야 한다.

그러나 독고향은 곧장 움직이지 않았다. 웬일인지 손가락 하나 까닥하기 싫었다.

단지 자신감이 없어서라는 이유만은 아니었다. 그보다는 하나의 목적을 이루기 위해 도일의 은혜를 배반했다는 자괴감이 더 컸다.

안쪽에서 노인이 나오는 기척이 들렸다. 그리고 이내,

터억!

둔중한 소리와 함께 큼지막한 궤가 독고향 앞에 놓였다.

"네놈이 원했던 금 백 닢이다!"

이어진 노인의 말에 독고향은 놀라지 않을 수 없었다. 기실 그는 일본의 화폐 단위를 잘 모른다. 그저 막연히 백 닢으로 생각했던 게 이처럼 많을 줄은 꿈에도 생각지 못했었다.

하긴 이해 못 할 바도 아니었다. 당시의 영주들이 은밀하게 천황에게 바치는 돈이 일 년에 금 열 닢, 많아야 스무 닢을 넘지 않았다.

그런 사정을 감안한다면 그 열 배나, 적어도 다섯 배에 이르는 금액을 눈앞에 두고 놀라지 않는다면 오히려 그게 이상할 터였다.

"이것도 가져가거라!"

탁!

재차 노인이 궤 위에 올려놓은 것은 한 벌의 왜도로서, 대도와 중도가 그것이었다.

"빈손으로 꺼덕꺼덕 갔다가 돈만 고스란히 털리고 터덜터덜 기어들어 오는 꼴이 보기 싫어서 주는 거다. 만약 그 꼴을 당하거든 그 자리에서 뒈져 버려라. 돌아올 생각은 아예 말고!"

노인의 언사는 여전히 거칠었다. 그리고는 꼴 보기 싫다는 듯 몸을 돌리며 손을 홰홰 내저었다.

독고향은 물끄러미 칼과 돈이 든 궤짝을 내려다보았다. 그러다 발작적으로 대도를 집어 옆으로 던져 버렸다.

"이건 필요없소!"

칼을 건네준 노인의 심정을 모르는 바는 아니었다. 그러나 비수에 익숙한 자신에게 대도는 걸리적거릴 뿐이다.

또 한 가지 이유도 있었다. 매몰차게 노인을 대함으로써 스스로의 의지를 다지자는 것이었다. 이렇게까지 하고 가서 실패한다면 정말 일본의 무사들처럼 배라도 갈라야지 그냥 돌아올 수는 없을 터였다.

"카즈키!"

돌연 노인은 소릴 높여 닌자를 찾았다. 독고향이 궤를 메고 일어선 것과 동시였다.

어느새 노인의 등 뒤엔 카즈키가 서 있었다.

"저놈을 따라가거라. 혹시라도 일이 벌어지면 같이 싸우라는 게 아니다. 넌 저 돈궤만 들고 오면 돼!"

이제 저 정도 얘기는 독고향도 알아들을 수 있다. 그런데도 노인은 전혀 거리낌없이 지껄였다.

쓸쓸하게 웃는 것 외에 독고향이 할 일은 없었다. 그리고 다음 순간 그는 힘차게 대장간 밖으로 나갔다.

아직은 약속 시간보다 상당히 이른 시간, 그러나 독고향은 곧장 목적지로 향했다.

카즈키가 은밀하게 그 뒤를 따랐음은 물론이다.

'저자는 믿어도 되겠군!'

멀어져 가는 독고향의 등을 바라보며 노인은 가볍게 고개를 끄덕였다. 협박을 해서라도 목적한 바를 이루려는 그의 근성이 마음에 들었다.

총의 밀거래는 아무나 할 수 있는 게 아니다. 뒷배경이 든든하거나—즉, 영주나 하다못해 폭도들의 힘이라도—아니면 뱃심이 두둑해야 한다. 말랑말랑한 허리뼈로는 지레 부러지고 마는 것이다.

그 점에서 독고향은 합격이었다. 어떠한 난관도 헤쳐 나갈 수 있는, 단단한 뼈대의 소유자라는 게 노인의 판단이었다.

'자, 지금부터는 총을 보관할 장소를 만들어둬야겠군.'

어슬렁거리며 노인이 움직이기 시작했다.

"지, 지금 뭐, 뭐라고 했나?"

노기가 치민 독고향의 서툰 일본말은 마구 더듬거렸다. 손은 자신도 모르게 허리에 찬 중도의 손잡이를 움켜쥐고 있었다.

"들으신 그대로요. 또 다른 구매자가 나서서 물건이 달리는 판이오. 그래서 가격을 조금 올리기로 했소."

호젓한 바닷가, 왼쪽으로 작은 구릉이 휘돌고 지나가는 그 모래사장 위에 선 독고향과 세 명의 일본인 사이에 오가고 있는 대화였다.

약속보다 이른 시각이었다. 해가 진 후에 만나기로 했지만 마음 급한 독고향이나 할 말이 있다는 상인이나 모두 일찍 만나기로 했던 것이다.

"바, 바로 어제까지만 해도 이런 말은 없었어!"

"장사란 생물과도 같소. 귀하께서 아직 모르시나 본데, 시세와 물건은 늘 움직이기 마련이오. 우리 조건을 수락하지 못하겠다면 이번 거래는 없었던 것으로 합시다."

무척이나 작고 경박해 보이는 일본인 상인, 그러나 말만은 단호했다.

독고향은 그를 노려보았다. 한주먹거리도 안 될 것 같은 이자에게 농락당했다고 생각하니 환장할 노릇이었다.

당장에 으스러뜨리고 싶었다. 그러나 상인의 뒤에 서 있는 두 명의 경호원이 한 치의 틈도 주지 않겠다는 듯 독고향을 노리고 있었다.

하기야 이들이 문제될 건 아무것도 없다. 간단하게 해치우면 이 끓어오르는 노기를 진정시킬 수 있으리라.

하지만 그래서는 다음이 없다. 어떻게든 이 거래를 성사시켜야 한다는 절박감은 독고향에게 있는 것이다.

"좋아! 조건은?"

간신히 노기를 진정시킨 독고향은 싸늘한 어조로 물었다. 어차피 이쪽이 총을 필요로 하면 저들은 돈을 원한다. 서로의 조건은 동등하다고 할 수 있을 터였다.

"간단하오. 전에 얘기했던 금액의 세 배!"

상인은 오종종한 손가락 세 개를 펼쳐 흔들어 보였다.

"뭐? 세, 세 배?"

독고향은 심장이 튀어나올 듯 놀랐다.

통상 선금은 전체 대금의 일 할이 원칙이다. 총 오백 정에 금 천 냥, 이게 애초의 계약 조건이었다.

그런데 그게 하루 사이에 세 배로 뛰고 말았다. 선금인 금 백 닢도 간신히 마련해 간 터에 다시 이백 닢을 더 구해오기도 요원했고, 무엇보다 대장간에 물건 값으로 치를 삼천 닢이란 거금이 있는지도 의심스러웠다.

그 순간 독고향의 뇌리를 스치고 지나간 건 노인의 말이었다. 거래가 실패했을 경우 그냥은 돌아오지 말라고 했던 바로 그 말.

경우야 약간 다르지만 지금이 바로 그런 때다. 이대로는 절대로 물러설 수 없는 노릇이다.

"누군가? 내가 점찍은 물건을 노리는 자가?"

독고향은 나직이 물었다. 상인을 상대하는 것보다 경쟁자를 만나 물리치는 게 더 확실하고 빠른 방법이라 판단했기 때문이다.

조금 전부터, 정확하게는 거래 조건이 바뀌었다는 얘길 들었을 때부터 독고향은 상인에게 말을 놓았다. 아마 예사 사람이었다면 그 자리서 분통을 터뜨리고 돌아가 버렸을 것이다.

하지만 지금 눈앞의 상인은 냉정 그 자체였다. 화를 내기 위해 이 자리에 온 게 아니라 장사를 하기 위해 왔다는 걸 전신으로 표현하고 있었다.

"호오, 직접 그 사람들을 상대하시겠다? 좋겠지요. 우린 어느 쪽이든 물건만 넘기만 되니까. 사실 너무 엄청난 시세 차익도 우리 입장에선 부담이 됩니다. 그만큼 책임도 따르니까요."

말과 함께 상인은 빙긋이 웃어 보였다.

"다른 말은 필요없다. 그들이 누구며 어디 있는지만 말해!"

사실 지금까지도 독고향은 경쟁자들을 찾아내어 어떻게 하겠다는 구체적인 계획은 없었다. 다만 최악의 경우 모두 베어버리겠다는 결심은 굳힌 상태였다.

극도로 무리한 방법이었지만 그렇게라도 이 거래는 성사시켜야만 한다.

"너무 서두르지 마시오. 그러지 않아도 그분들도 귀하를 만나고 싶어해서 이리로 오시라고 해뒀소. 이제 곧 오실 거요."

어디까지나 상인은 느긋했다. 그는 경호원들에게 죽통을 달라고 요구해 물 한 모금 마신 후 말을 이었다.

"아까도 말씀드렸지만, 너무 많은 시세 차익은 우리로서도 부담이오. 혹, 소문이라도 나면 우리가 너무 폭리를 취하는 걸로 인식돼 다음 장사에도 지장을 입게 되지요. 그러니 당사자들이 직접 해결해서 좋은 결과를 도출해 내도록 하시오. 물건이 어디 가는 건 아니니까 너무 조급해하지 마시고. 자, 한 모금 하시겠소?"

정말이지 얄밉다 싶을 정도로 매끄럽게 돌아가는 상인의 혓바닥이었다.

"우린 귀하와 또 다른 분들의 만남이 별다른 마찰 없이 끝날 거라고 믿고 있소. 그래서 평소에는 하지 않는 양측의 만남도 주선한 것이오. 부디 잘 처리하시기 바라오. 어쨌든 귀하께서 먼저 오셨으니, 우리도 되도록 귀하께 물건을 넘기고 싶어서 이러는 거요."

큰 선심이나 쓰는 듯 상인은 입술을 나불거렸다.

독고향은 가벼운 의혹을 느꼈다. 상인이 뭘 믿고 자신과 경쟁자와의 만남이 잘될 것이라는지 이해할 수 없었다. 어쨌든 자신은 상대를 베어버릴 각오까지 하고 있는 참에 말이다.

그러다 문득 독고향은 한 가지 사실을 깨달았다. 상인은 상대에게도 똑같은 말을 했을 터였다. 그게 바로 장사치들의 상투적인 수법인 것이다.

자연 상인을 바라보는 독고향의 시선이 고울 리 만무했다. 금방이라도 씹어 삼킬 듯 험악한 눈빛으로 그를 노려보았다.

그 기세가 어찌나 강했는지 뒤에 서 있던 두 명의 경호원이 흠칫 물러서며 칼을 반쯤 뽑았을 정도였다.

오히려 대담한 쪽은 상인이었다. 그 험악한 눈빛에도 위축된 감이 전혀 없이 여전히 유들거렸다.

"허, 내 말을 못 믿으시나 본데 이제 말씀드리리다. 귀하와 경쟁하실 분들도 다름 아닌 중국 사람들이오. 같은 동포끼리니 얘기가 잘 통하지 않겠소? 허허허!"

상인은 자못 호탕한 너털웃음을 터뜨렸지만 그 순간 독고향은 자욱한 의문에 휩싸였다.

'중국인? 대체 누가?'

아직 중국에서는 총의 위력에 대해 잘 모르고 있다. 그런데 일본까지 와서 구입하려고 하는 걸 보면 정보가 상당히 빠르거나, 아니면 뭔가 커다란 야심을 품은 자일 가능성이 많다.

'혹시?'

돌연 독고향은 또 한 가지 가능성을 떠올렸다. 바로 세가령과 관련된 사람들이었다.

그들이라면 누구보다도 총의 위력을 잘 알 터였다. 게다가 지리적으로 일본과 가깝다. 얼마든지 오갈 수 있는 것이다.

순간적으로 독고향은 위기의식을 느꼈다. 본능이 발하는 경고음이 요란하게 내부를 진동시킨다 싶더니,

"아, 저기 오는구려. 바로 저분들이오!"

상인이 반색을 띠며 말했고 독고향은 고개를 돌렸다.

거기에 그들이 다가오고 있었다.

바로 그들이……!

하늘이 막 석양으로 물들기 직전이었다.

기실 그들을 본 것은 카즈키가 독고향보다 먼저였다. 상인과 만나는 자리에서 조금 떨어진, 구릉에 자리 잡은 소나무 위였으니 당연한 일이었다.

처음 그들을 봤을 때엔 카즈키도 그러려니 했었다. 이런 이중 계약은 처음부터 충분히 예견했기 때문이다.

그러나 그들이 점점 가까이 다가올수록 카즈키의 눈은 놀라움으로 커다랗게 벌어지기 시작했다.

'저, 저들은?'

그랬다. 다가오는 세 사람, 그들 모두가 카즈키에겐 지극히 낯익은 얼굴들이었다.

어찌 잊겠는가? 독고향을 구하기 위해 숱하게 희생된 닌자들, 그들 대부분의 희생이 저자들의 소행이었는데.

당장이라도 튀어 나가 칼을 휘두르고 싶은 충동을 카즈키는 애써 억눌렀다. 그래서는 만에 하나라도 승산이 없다.

어차피 저들은 일본 땅에 왔다. 게다가 단지 세 명만 달랑 건너왔다고는 믿어지지 않았다.

그렇다면 보복은 더욱 철저해야 한다. 중국 땅에서 당했던 것 이상의 대가를 이 땅에서 치르게 해줘야 한다. 그게 이가(伊賀) 닌자 패들의 방식이다.

벌써 카즈키의 뇌리에선 대장간 노인이 했던 말은 하얗게 지워져 버리고 말았다. 오직 저들을 추적해 이 땅에 들어온 저들의 잔당들까지 전원 몰살시키겠다는 생각뿐이었다.

예로부터 이 지방은 이가 닌자들의 근거지였다. 당연히 그 수효도 많다. 그러나 숫자가 많다고 해서 당장 그들을 부를 순 없는 노릇, 어떻게든 그들과 연락이 닿아야 한다.

카즈키는 냉정하게 놈들의 실력을 되새겼다. 자신이 도와준다고 해도 독고향이 이길 가능성은 별로 없어 보였다.

요는 얼마나 버틸 수 있느냐다. 여기서 사람 사는 곳까지 왕복하려면 최소한 반 시진, 그때까지 독고향이 저들을 잡아둘 수 있을까?

카즈키는 잡아둘 수 있다고 믿었다. 아니, 달리 선택할 수단이 없었다. 불안하더라도 독고향을 믿고 다녀올 수밖에 없다.

'최악의 경우엔……!'

남겨진 흔적을 쫓아서라도 놈들을 잡아낼 수도 있을 터였다.

한 번 더 독고향이 있는 곳으로 시선을 던진 카즈키의 신형은 이내 그 자리에서 사라져 버렸다.

카즈키가 느낀 놀라움은 고스란히 독고향의 것이기도 했다.

'여빙운? 무흔?'

저만치서 다가오는 경쟁자들의 정체를 알았을 때 독고향에겐 적개심보다 먼저 반가움이 불쑥 치밀어 올랐다. 오랜 타국 생활에 찌든 탓이리라.

하지만 그건 아주 잠깐에 불과했다. 뒤이어 독고향의 영혼과 육신을 한꺼번에 불사른 건 맹렬한 증오와 투지였다.

확실히 경호원들의 눈치는 빨랐다. 독고향의 전신에서 피어오른 적개심을 느낀 순간 재빨리 상인을 데리고 멀찍이 물러섰다.

그게 오히려 독고향은 편했다. 상인이랍시고 괜히 중간에 나서서 어떻게 중재를 하려다 다치기라도 하면 낭패가 아닐 수 없다. 싸움이 벌어지더라도 그만은 안전해야 한다.

이윽고 여빙운도 독고향의 존재를 눈치 챈 듯 흠칫 발길을 세웠다. 흉측하게 일그러진 부분과 그래서 더욱 단아하게 보이는 얼굴 절반이 묘하게 어우러져 섬뜩한 요기를 뿌리고 있었다.

"독고향?"

믿어지지 않는 듯 여빙운의 입술은 힘겹게 벌어졌다. 그리고 먼 이국 땅에서 독고향을 만나리라고 예상이나 했겠는가 말이다.

"여가의 개새끼가 확실하군!"

채 걸러지지 않은 증오가 독고향의 입을 통해 그대로 흘러나왔다.

이로써 '혹시?' 하는 앙금까지 깨끗하게 씻겨졌다. 이들은 확실히 여빙운과 무흔이고, 지금부터는 칼과 피만이 모든 얘기를 대신할 터였다.

"운이 좋은 놈이군, 아직 살아 있다니⋯⋯."

여빙운은 웃었다. 성한 반쪽의 얼굴만 웃는, 나머지 부분은 기괴하게 뒤틀린 그런 미소였다.

"나도 같은 생각이다. 여기서 네놈을 만날 수 있었으니 말이다. 주인을 문 개새끼가 어떤 꼴을 당해야 되는지, 지금부터 천천히 경험해 봐라!"

말과 함께 독고향은 옆구리에 찬 중도를 뽑아 들었다.

"주인을 문 개라……? 난 너에게 똑같은 얘기를 해주고 싶은데?"

여전히 흉측한 미소를 지은 채 여빙운은 독고향을 바라보며 고개를 갸웃거렸다.

움찔!

그 순간 독고향의 어깨가 크게 출렁거렸다. 여빙운이 한 말의 의미가 폐부를 푹 찌르고 들어온 느낌 탓이었다.

"그, 그럼 네놈들이… 여가가 나와 저들을 만들었나?"

"그럼 누구겠나?"

독고향의 질문에 여빙운은 너무도 간단하게 대꾸해 버렸다.

가슴속에서 들끓던 노기가 물거품처럼 사그라드는 걸 독고향은 느꼈다. 그 자리를 긴 시간 동안 자신을 괴롭혔던 의문이 대신했다.

"왜……? 대체 왜?"

지금 독고향이 할 수 있는 말은 이게 다였다.

"이유야 있지. 하지만 지금 해줄 수 있는 얘기는 대업(大業)을 위해서라는 것뿐! 그리고 이젠 죽어줘야겠다. 죽여라!"

알아듣지 못할 말만 남긴 채 여빙운은 뒤로 물러섰다. 동시에 두 명의 무흔이 앞으로 나섰다.

순간 독고향은 이상한 기분이 들었다. 전에 상대했었던 무흔과는 확연히 다른 느낌이 전해졌던 것이다.

찬찬히 두 명의 무혼을 살피던 독고향은 이내 그 이유를 깨닫게 되었다. 그들에게는 마땅히 있어야만 될 동공이 보이지 않았다.

'이지(理智)가 없다!'

그랬다. 과거의 무혼에게는 그래도 인간적인 냄새가 조금 남아 있었다. 하지만 이들에게선 그런 게 전혀 느껴지지 않았다. 단지 한 가지 목적만을 위해 사육된 저돌적인 맹수의 냄새만이 풍겨져 나왔다.

조금 전까진 몰랐었다. 그러나 그들이 한 발짝씩 다가올 때마다 피부가 따끔거리는 살기가 사방의 대기를 짓누르며 쏟아져 나왔다.

하마터면 독고향은 뒤를 돌아볼 뻔했다. 누군가 있어 자신을 도와주지나 않을까 싶어서였다.

하지만 그는 철저히 혼자. 그 사실을 다시금 되씹으며 독고향은 마음을 다잡았다.

'죽인다!'

독고향은 오로지 그 한 가지 생각에만 집중했다. 상대를 말살시키고자 하는 의지는 이쪽이 훨씬 강하다. 적어도 그렇게 믿었다.

어쨌든 상대는 이성이 없는 게 확실한 것 같다. 인간의 의지와 사육된 짐승의 본능, 어느 쪽이 이길지는 결국 부딪쳐 보는 수밖에 없다.

독고향은 잠시 칼 쥔 손의 긴장을 풀었다. 너무 강하게 움켜쥐고 있던 터라 그사이 땀이 고여 있었다. 이래선 안 된다고 생각했다. 벌써부터 이렇게 긴장해서는 싸우기도 전에 지고 들어가는 꼴에 다름 아니다.

문득 독고향은 가슴속에서 들끓고 있는 살기를 잠재우려 했다. 대신,

'베기!'

그 하나만을 생각하려고 노력했다.

솔직히 도일이, 또 영강이 어떻게 베었는지는 하나도 생각나지 않았다. 그저 벤다는 개념만이 먼 과거에 봤었던 아지랑이처럼 하늘거리며 머리 속에 존재할 따름이었다.

그 부정형(不定形)의 생각을 형상화(形象化)시켜야만 한다. 그래야 제대로 벨 수 있게 된다.

슷!

돌연 두 명의 무흔이 양쪽으로 갈라졌다. 정확하게 독고향의 중도가 미치는 범위 밖이었다.

대상이 시야에서 사라졌지만 독고향은 미동도 하지 않았다. 눈에 보이고 말고는 그리 큰 문제가 아니다. 베느냐, 베이느냐가 관건인 것이다.

의식하진 못하고 있었지만 언제부턴가 독고향은 호흡을 끊고 있었다. 심장의 박동마저 멈춘 듯했고, 전신의 솜털 하나까지 의식의 지배 하에 들어왔다고 느껴질 때 모래사장 위로 날려가는 물새의 새하얀 깃털 하나가 보였다.

그뿐만이 아니었다. 바람에 의해 몸을 뒤집는 작은 모래 알갱이 하나, 그리고 그 모래를 뒤집는 바람의 색깔까지도 선연하게 보였다.

'보인다!'

단지 시야에 잡히는 사물만이 아니었다. 흉포한 기세를 떨치며 자신을 노리고 있는 무흔의 움직임도 보였고, 마음만 먹으면 사람의 뱃속까지, 아니, 그 머리 속의 생각까지 꿰뚫어 볼 수 있을 것 같았다.

그 망막 속으로 하나의 칼날이 환영처럼 둥실 떠올랐다. 오른쪽. 소리 따윈 일절 없었다.

슬쩍, 독고향은 뒤로 한 걸음 물러섰다. 이 움직임에서 의식이 개입할 틈은 전혀 없었다. 그저 상대의 칼을 봤다고 느꼈을 땐 벌써 몸이 저절로 반응하고 난 뒤였다.

오른쪽으로 반 바퀴 회전하며 수중의 중도를 비스듬히 사선으로 그어 올린 것도 마찬가지였다. 의식, 그 이전에 존재하는 본능에 의한 움직임이었다.

카칵!

중도는 여지없이 놈의 옆구리로 파고들었다.

하지만 놈은 그저 튕겨 나갔을 뿐 별다른 효과는 없었다.

'갑옷인가?'

비로소 독고향은 무의식의 상태에서 깨어나 고개를 갸웃거렸다. 그때에도 여전히 주변 사물의 속성까지 볼 수 있을 것 같던 시야는 유지되었다.

아직도 손에는 둔중한 무게감과 쇠끼리 부딪친 특유의 울림이 남아 있다. 흡사 주변의 모든 걸 잊은 듯 독고향은 멍하니 칼을 내려다보았다.

쇠로 쇠를 자를 순 없는 걸까?

그게 불가능하다면 뼈를 깎는 수련도 별로 소용없을 터였다. 두터운 갑옷을 입고 움직일 수 있는 힘만 있으면 될 테니 말이다.

과연 도일도 이런 의문을 가졌을지 독고향은 생각해 보았다. 한평생 베기만을 위해 칼을 쥐었다면 당연히 생각했을 터이고, 또 어쩌면 그 답을 가지고 있는지도 모른다.

하지만 생각은 거기서 멈춰야 했다. 우선은 배후에서 날아든 칼날을 피하는 게 급선무였다.

굳어진 듯 약간 멈췄다가 독고향은 허리를 숙였다.

쉬익!

머리카락 한 올보다 더 미세한 간격 차이로 무혼의 칼날은 독고향의 등을 스치고 비껴갔다.

모골이 송연해질 일이었지만 독고향은 전혀 개의치 않았다. 일부러 의도했던 동작이었다. 얼마나 몸 가까운 곳까지 놈들의 칼을 끌어들일 수 있는지 알고 싶어서였다.

공격이 먹혀든다고 생각하면 공격자는 최대한의 힘을 가한다. 자연 동작이 커지고 빗나갔을 때 틈이 많이 생긴다.

그 틈을 노리고 싶었다. 어차피 동체는 단단한 갑옷으로 둘러싼 자들, 효과없을 칼질은 그만두고 칼날이 먹혀들 만한 곳만을 노리고 싶었다.

독고향은 목표를 놈들의 사지로 잡았다. 언젠가 영강이 이세 도시죠의 손목을 날렸던 걸 기억하고 있다. 그 외엔 달리 방도가 없을 것 같았다.

이제 독고향은 앞뒤로 적을 두었다. 이 역시 의도했던 바다. 어차피 둘을 한꺼번에 벨 수는 없는 노릇, 하나씩 차례로 상대할 생각이었다.

예상대로 등 뒤에 위치한 놈이 먼저 움직였다. 동시에 앞에 있던 놈도 칼을 휘두르며 짓쳐들었다.

문득 독고향은 웃고 싶어졌다. 등 뒤의 칼이 환히 느껴지고, 또 앞에서 움직이는 자의 동작이 물속에서처럼 느릿하게 보인다는 사실 때문만은 아니었다.

쌍둥이라 해도 전혀 어색할 것 같지 않게 닮은 인간들끼리 서로 죽이기 위해 칼을 휘둘러야 한다는 현실이 우스웠다.

다른 시간, 다른 상황에서 만났었다면 서로의 어깨라도 두드려 주며 한잔 술을 나눌 수도 있었을 인간들끼리 서로의 목숨을 훑어내야 한다는 이 지독한 역설이 우스웠다.

하지만 지금은 웃을 수 없다. 놈들의 삶을 동정하기엔 자신이 살아 온 시간이 너무 비참하다. 어차피 저들과 나는 같은 존재, 우리라는 이름으로도 불릴 수 있을 터였다.

'웃지 말기로 하자!'

그 결심을 했을 때 독고향의 신형은 앞으로 번개처럼 튀어 나갔다. 뇌격이형이 펼쳐진 것이다.

수중에 들린 중도는 그보다 더 빨랐다. 이제 검붉게 퇴색하기 시작한 석양빛을 튕겨낸다 싶은 순간,

싸각!

예리한 절단음과 함께 어두워지기 시작한 허공으로 역시나 검붉게 보이는 선혈이 화악 뿜어졌다. 전면에 있던 놈의 손목이 잘려 나간 결과였다.

공격은 성공했다. 그러나 독고향은 보다 빠르게 옆으로 두어 걸음 비켜섰다. 등 뒤에 있는 놈도 똑같은 뇌격이형을 펼치며 따라붙었기 때문이다.

놈이 스쳐 지나가자 이제 입장은 바뀌었다. 독고향이 놈의 배후를 노릴 수 있게 된 것이다.

하지만 독고향은 그렇게 하지 않았다. 몇 차례 손속을 나눠본 결과 묘한 점을 깨달은 탓이었다.

싸움이 시작되기 직전부터 한 놈을 무력화시킨 지금까지의 움직임을 독고향은 전혀 기억할 수 없었다. 단지 몸통을 노려서는 효과가 없

으니 사지를 베자라고 생각했던 게 떠올릴 수 있는 전부였다.

그 뒤로는 몸이 저절로 움직였다 해도 과언이 아니다.

'이게 본능의 반응인가?'

한 가지를 터득할 것 같은 예감이 들자 이젠 싸우는 것이 못 견디게 재미있어진 독고향이었다. 결코 빨리 끝내고 싶지 않았다.

이제 노을은 완전히 잦아들었다. 해변을 간질이는 파도 소리도 더욱 커졌고, 하늘엔 벌써 열이틀의 반 넘어 찬 달이 바다 한가운데 떠 있었다.

이런 광경을 볼 수 있다는 건 분명 이상한 일이다. 싸울 땐 오로지 적의 움직임 하나, 숨결 하나에도 집중해야 되는 터라 주변의 경관 따위는 눈에 들어올 여지가 없는데도 말이다.

그것조차도 독고향은 충분히 즐겼다. 자만은 아니지만 이 싸움은 이길 것 같은 확신이 든다. 그렇다면 좀 더 여유를 가져도 좋을 터였다.

외부를 향해 지나치다 싶을 정도로 환하게 트여진 시각을 독고향은 내부로 돌렸다. 도일은 상대가 칼 손잡이를 쥔 순간 어떤 형태로 그 칼이 날아올지 예측이 가능하다고 했다. 그걸 시험해 보고 싶었다.

그사이에도 독고향의 몸은 쉼없이 움직였다. 그러고 싶어서가 아니라 놈들이 끊임없이 공격을 감행했기 때문이다.

이제 독고향의 시야에서 주변의 경관은 서서히 흐릿해져 갔다. 그 대신 망막 가득 펼쳐진 것은 놈들의 모습이었다.

우선은 전체가 보였다. 하지만 그건 이내 조금 멀어져 갔고, 칼을 쥔 팔이 커다랗게 확대되어 보였다.

꿈틀거리는 근육이 보인다. 그 속에서 팽창된 혈관이 보였고, 다시 그 아래에서 팽팽하게 당겨진 신경의 끈까지도 확연히 보였다.

그리고 그 끝에 위치한 칼의 움직임.

쉬익!

단번에 자신을 잘라 버릴 듯 맹렬하게 날아들었다.

그때 비로소 독고향은 움직였다. 아니, 그러자고 생각했을 때 이미 수중의 중도는 놈의 팔뚝을 잘라 버린 뒤였다.

다시 피가 튀었다. 잔잔한 은색 광망을 뿌려대는 달빛 아래에서 보는 피는 이상하다 싶을 정도로 검었다.

비명 따위는 없었다. 처음 손목을 잘린 놈이나 지금 팔뚝이 날아간 놈이나 흡사 처음부터 그런 신체의 일부는 없었다는 듯 아직도 맹렬하게 덤비고 있었다.

그 기이한 상황을 독고향은 충분히 이해했다. 이성이 없으면 고통도 없는 법. 저들은 자신들의 신체 일부가 잘려져 나갔다는 것조차 인식하지 못하고 있을 터였다.

다시 한 놈이 팔을 휘둘렀다. 흡사 칼을 쥐었을 때와 같은 움직임이었지만 이미 놈의 팔뚝은 날아간 뒤였다.

정수리를 향해 곧장 놈의 공격이 쏟아져 내렸지만 독고향은 피하지 않았다. 팔뚝이 잘려 나갔다는 걸 인식하지 못하는 놈에겐 거리 감각조차 없었다.

휘잉!

예상대로였다. 잘려진 만큼의 간격을 인식하지 못한 놈의 공격은 독고향의 면전엔 이르지도 못하고 곧장 바닥으로 처박혔다.

그건 참으로 기묘한 광경이었다. 전체의 모습이 저 뒤에서 작게 축소된 채 움직이면, 공격을 감행하는 그 신체의 일부는 커다랗게 확대되어 미세한 신경의 움직임까지 보이는 것 같았다.

'깨달은 건가?'

그렇다면 이건 너무 쉽다. 한 경지 더 높은 깨달음을 얻기 위해선 뼈를 깎는 고련(苦練)이 있어야 한다고 들었다. 하지만 이건 생사를 가늠할 수 없는 혈투도 아니었다. 그저 처음부터 쉽기만 했던 싸움이었다.

다시 독고향의 가슴속엔 의심이 들어차기 시작했다. 자신이 오늘 얻은 게 과연 진정한 무의(武意)의 깨달음인지, 아니면 그저 우연의 일치에 지나지 않는 사술에 불과한지 곤혹스럽기만 했다.

의심은 곧장 마음의 평정을 깨뜨렸다.

쉭, 쉬잇, 패액!

평정의 잃은 상태에서 당하는 놈들의 공격은 빠르고 흉맹하기 그지없었다.

그러나 승패는 이미 결정된 싸움이었다. 비록 마음의 평정을 잃었다고는 하지만 벌써 지고한 경지를 맛본 독고향이었다. 몸놀림 하나, 칼을 휘두르는 동작 하나가 벌써 달라져 있었다.

더 이상 독고향은 이 싸움을 즐길 생각이 없었다. 그러기엔 놈들의 모습이 너무도 비참했다.

비로소 상대의 숨통을 확실히 끊어주던 도일과 맹묵의 심정이 이해되었다.

싹, 싸각, 싸악!

한차례 요란한 절단음이 폭풍처럼 휘몰아치고 지나갔을 때, 두 명의 무흔은 모래사장에 길게 드러누워 있었다.

사지를 자르는 것만으로는 그들을 쉬이 죽일 수 없었다. 다만 어깻죽지를 잘라낸 후 그 상처로 칼을 들이밀어 심장까지 쪼개고 난 뒤에야 그들의 가련한 영혼은 안식의 세계로 돌아갔다.

완벽한 승리였다.

그러나 독고향은 결코 웃지 않았다. 이긴 것은 자신이 아니다. 저기 쓰러져 죽어간 두 명의 무혼도 결국 자신의 일부인 것이다.

그럼 승자는 누구인가?

산 자도 죽은 자도 모두 패배자로 만들어놓고 뒤에서 키득거리며 즐기고 있는 자는 누구인가?

"여빙우운—!"

돌연 독고향의 입에선 벽력같은 외침이 토해져 나왔다. 이 모든 비극의 배후에 도사리고 있을 그놈의 살을 한 점씩 저며내고 싶었다.

노기 띤 눈길로 휘 둘러본 사방엔, 그러나 여빙운의 모습은 어디에도 보이지 않았다. 마음의 평정을 잃은 바로 그 짤막한 틈을 타 꽁무니를 빼고 달아난 모양이다.

아무도 없는 건 아니었다. 거래하기로 했던 상인만이 혼자 오도카니 남아 쏟아지는 달빛에 젖어들고 있었다.

상인을 지키려던 두 명의 경호원들은 보이지 않았다. 독고향의 무위에 놀라 그들도 사라져 버린 것 같았다.

독고향은 천천히 상인을 향해 걸어갔다. 손에는 여전히 피가 뚝뚝 떨어지는 중도를 쥔 상태였다.

그 모습은 지옥의 야차(夜叉)라도 겁을 집어먹을 정도로 귀기스러웠다.

그러나 상인은 조금도 위축되지 않았다. 오히려 입가에 은근한 미소까지 띠며,

"자, 거래 조건을 다시 정해볼까요?"

섬뜩할 정도로 침착한 어조로 말을 붙여왔다.

짝짝짝짝짝!

손뼉 치는 소리가 들린 것도 바로 그때였다.

그리고 자욱한 달빛의 운무(雲霧) 속으로 모습을 드러낸 여인, 히사
노였다.

분명 그녀는 껄끄러운 존재였다.

그러나 독고향은 그녀 쪽은 쳐다보지도 않았다. 싸우고 있던 중에 그녀의 존재를 느꼈던 탓이다.

"조건은?"

독고향은 상인을 다그쳤다. 아무 일 없었다는 듯 담담하기만 한 상인, 그 표정이 얄미워서 필요 이상으로 윽박지르고 있는지도 몰랐다.

"조건은 처음과 같소. 총 천 정에 금 천 냥! 심지와 탄환은 그냥 드리겠소."

씨익, 독고향은 웃었다. 애당초 조건은 오백 정에 금 천 냥이었다.

근데 지금 상인은 천 정에 천 냥이라고 말했다. 자신의 무위에 눌려 꼬리를 만 건 비단 여빙운만이 아닌 모양이다.

"이봐!"

히사노였다. 노골적으로 모습을 드러냈음에도 독고향이 전혀 신경을 쓰지 않자 조금 기분이 상한 듯했다.

"난 지금 바빠!"

여전히 독고향은 그녀 쪽으론 시선조차 주지 않았다.

"글쎄, 과연 이래도 바쁠까?"

쓰웃!

말과 칼이 날아온 것은 거의 동시였다. 독고향을 노린 게 아니라 상인을 노린 히사노의 기습이었다.

하루 전이었다면 독고향은 이 공격에 당황했을 터였다. 하지만 지금은 그녀의 손놀림 하나, 칼끝의 움직임까지 손에 잡힐 듯 선하게 보였다. 아니, 느껴졌다.

쉿!

상인을 잡아당겨 두 걸음 옆으로 비켜 세우는 것만으로도 히사노의 칼끝은 빗나갔다.

그 순간 독고향은 느낄 수 있었다. 히사노의 칼에는 살기가 실려 있지 않다는 것을.

그녀는 단지 주의만 끌려고 했을 따름이었다.

"그대에게 볼일이 있는 사람은 따로 있을 텐데."

독고향의 어조는 무거웠다. 솔직히 다른 때였다면 그녀와 겨뤄보고 싶었을는지 몰라도 지금은 성가시기만 했다.

"난 네 칼을 받아보고 싶어. 강한 걸로 치면 네 일행 중에 나이가 많은 사람이 강하지만 너의 칼은 특이해! 난 그것과 싸워보고 싶어."

"다음에! 지금은 바빠."

독고향은 그녀를 무시했다. 겨뤄보고 싶다는, 무인으로서의 승부 근성이 없는 것은 아니었지만 그녀는 자신이 상대해서는 안 된다. 그녀와의 승부는 영강의 몫인 것이다.

참으로 놀라운 것은 상인이었다. 이처럼 살벌한 대화가 오가는 데에도 전혀 위축되지 않고, 오히려 한술 더 떴다.

"자, 그럼 우리의 거래는 성사된 것 같구려. 물건은 보름 뒤에 넘겨주겠소. 그때까지 잔금을 준비할 수 있겠소?'

상인은 오로지 거래에만 열중했다.

"만약 그때까지 잔금이 준비되지 않는다면… 아시겠지만 오늘 지불하신 선금은 그냥 날아가는 거요. 아, 거래는 확실히 해야지. 선금 백 냥, 확실히 받았소!'

상인은 금 백 냥이 든 궤에 손을 올려놓으며 말했다.

"좋아!'

독고향은 고개를 끄덕였다. 그때까지 천 냥이라는 금액이 마련될지는 확실치 않았다.

그러나 현 상태에선 물러설 곳도 없다. 어떻게든 앞으로 나아가야만 한다.

"그럼 전 이만."

일본인 특유의 깍듯이 머리를 숙여 보인 후 상인은 궤를 지고 걷기 시작했다. 그 무게 때문인지 상당히 위태로워 보이는 발길이었다.

"자, 그쪽 볼일이 끝났으면 나도 좀 볼까?'

히사노의 이 말을 독고향은 무시해 버렸다. 그리고 곧장 상인과는 반대쪽, 카즈키가 은신해 있던 곳으로 걸어갔다.

"이봐, 내 말 안 들려?'

"아까도 얘기했지만 그대와는 볼일이 없어. 있다면 다른 사람이겠지."

"다른 사람? 아하, 도다 아키를 얘기하는 거로군. 그 사람이야말로 나와는 상관이 없는 사람이지."

독고향은 발길을 세웠다. 히사노가 자신의 말뜻을 잘못 알아듣고 있다는 걸 깨달은 탓이었다. 그러다 문득 독고향은 고개를 갸웃거렸다. 도다 아키는 분명 히사노와 정혼한 사이라고 했었다. 그런데 그녀는 상관이 없는 사람이라고 한다. 이건 뭔가 이상하다.

"그럼 그자가 거짓말을 했단 말인가?"

만약 도다가 의도적으로 접근했다면 무슨 목적이 있다는 의미였다. 그렇잖아도 쫓기고 있는 도일의 처지인지라 묻는 독고향의 어조는 사뭇 험악했다.

"그 사람이 거짓말을 한다고는 말하지 않았어. 나와 상관없다고 했지."

"그 말이 그 말 아닌가?"

독고향의 목소리가 높아졌다. 되지도 않는 말장난으로 놀리고 있다는 생각에서였다.

"아니, 집안끼리 정혼을 했다는 것도, 그 사람이 날 찾아다닌 것도 알아. 단지 내 마음이 문제지."

얼핏 이해할 수 없었지만 다음 순간 독고향은 깨달았다. 그녀는 그 혼약 자체를 거부하고 있는 것이다.

"그래도 그 정성을 생각해서라도 이렇게 피하기만 하는 건 옳지 못해."

말을 하면서 독고향은 지금 도일을 미행하고 있는 자는 이세 도시죠일 거라고 생각했다. 도다를 피하기 위해서라도 히사노는 여기 남았을 게 뻔하다.

“자, 쓸데없는 소리 그만 하고 부탁 하나 들어줘! 네 칼을 받아보고 싶어.”

그녀는 여전히 승부를 고집했지만 독고향은 발길을 돌려 버렸다. 싸울 생각도 없었고, 몸도 피곤했다. 비록 하나의 깨달음을 얻은 것 같긴 했지만 두 명의 무혼을 상대한 건 여전히 벅찼다.

무슨 생각을 했을까? 히사노는 더 이상 강요하지 않고 뒤를 따라만 왔다.

이윽고 카즈키가 은신해 있던 장소에 도착한 독고향의 눈동자는 곤혹으로 뒤흔들렸다. 그의 모습이 보이지 않아서였다.

‘분명히 여기였는데……?’

카즈키가 이가 닌자들을 동원하러 간 사실을 모르는 독고향으로선 그의 모습이 사라진 이유에 대해 골똘히 생각했다.

사실 카즈키는 대장간의 노인에게서 받은 명을 고스란히 독고향에게 전했다. 유사시에 홀연히 나타나는 것도 좋지만, 그보다는 서로 알고 있다면 그에 따른 대처도 할 수 있으리란 판단 때문이었다.

‘암습을 당했나?’

맨 처음 떠오른 생각이었다.

그러나 어디에도 싸운 흔적은 보이지 않았다. 카즈키 정도 되는 닌자라면 암습을 허용할 리도, 또 불의의 기습을 당해도 쉽사리 당하지 않는다. 최소한 이처럼 깨끗하게 사라질 수는 없다는 얘기다.

“여기 있던 닌자를 찾는 거라면, 그자는 싸움이 시작되자마자 어디론가 황급히 달려가더군.”

“황급히?”

“그래, 꽤나 은밀하게 움직였지만 당황한 기색이 역력하더군.”

"흐음!"

자신도 모르게 독고향은 무거운 한숨을 토했다. 닌자들에 대해 속속들이 알고 있다고는 할 수 없지만, 어떠한 상황에서든 냉정하게 대처한다는 건 익히 봐왔었다.

근데 히사노의 눈에도 허둥대는 것이 보일 정도로 침착을 잃고 있었다면 뭔가 큰 문제가 생긴 게 분명했다.

'혹시 대장간에 무슨 일이……?'

생각에 거기에 미치자 이번엔 독고향이 조급해졌다. 서둘러 몸을 돌린 순간,

"흥!"

싸늘한 히사노의 콧방귀 소리가 귓속을 파고들었다.

"꼴에 사내라고 계집이 걱정되는 모양이지?"

질투라거나, 혹은 다른 감정이 섞여 있는 목소리는 아니었다. 단지 약간의 경멸감이 히사노의 눈빛에 섞여 있었을 뿐이다.

독고향으로선 펄쩍 뛸 정도로 놀라운 얘기였다. 조금 전보다 더 빨리 몸을 돌려 히사노에게 물었다.

"뭐라고? 카즈키가 여, 여자라고?"

너무도 놀란 터라 자신이 지금 중국말을 하고 있다는 것도 의식하지 못했다.

그러다 퍼뜩 깨닫고는 다시 물었다. 이번엔 조금 침착해진 일본말이었다.

"카즈키가 여자라고? 정말인가?"

"그것도 모르고 같이 다녔어? 잘 들어. 닌자라는 종자들은 남자도 여자도 될 수 있고, 늙은이도 젊은이도 될 수 있는 것들이야! 그것도

모르고 이 일본 땅에서 아직까지 살아 있었다는 게 신기하군.”

그 순간 독고향은 뇌리를 스친 영상 하나를 붙들었다. 처음으로 봤던 카즈키의 얼굴이었다.

그때는 단순히 생각보다 앳된, 그래서 나이가 어리다고만 생각하고 그냥 넘어갔었다.

“남자라는 족속들은 여자라면 사족을 못 쓰지. 특히 나이 어린 계집에게는. 그 속에 향을 품었는지 독을 품었는지도 모르면서 말이야!”

히사노의 독설은 계속됐다. 그녀의 눈엔 아무래도 독고향이 나이 어린 카즈키를 대상으로 어떤 흑심을 품고 있다고 생각하는 모양이었다. 그래서 눈빛으로 경멸감을 표하고 있는 것이리라.

그러나 이건 히사노의 독선이었다. 방금 독고향은 카즈키가 여자인 줄 몰랐었다고 분명히 말했음에도 그녀는 믿지 않았다.

하긴 히사노의 심정도 이해는 할 수 있다. 남녀 사이의 일을 누가 선뜻 믿을 수 있겠는가 말이다.

“후후후!”

문득 독고향의 입에서 쓰디쓴 웃음소리가 새어 나왔다. 처음엔 분명 카즈키가 여자임을 몰라본 자신의 부주의가 우스웠을 터였다.

하지만 웃음이 계속되면서 그 끝은 점차 자조적으로 변해갔다. 자신을 살리기 위해 많은 사람들이 죽었다. 거기에 더해 종내에는 여자에게까지 구함을 받았다는 사실이 못내 견디기 힘들었다.

히사노의 눈빛도 묘하게 변해갔다. 독고향의 웃음이 예사롭지 않다는 걸 느낀 탓이었다.

말이 심했다고 느낀 히사노가 막 뭔가 말하려고 입을 열려는 순간,

사삭!

흡사 뱀이 땅바닥을 기는 듯한 기척과 함께 한 사람이 모습을 드러냈다.

"핫!"

약간 방심한 듯 보이는 독고향에 비해 히사노의 반응은 즉각적이었다. 짧고 날카로운 기합성과 함께 칼을 뽑았다.

"관둬! 카즈키다."

독고향의 말이 없었다면 히사노는 칼을 휘둘렀을 터. 카즈키는 결코 무사할 수 없었을 것이다.

칼을 거두며 그녀는 새삼스런 눈길로 독고향을 쳐다보았다. 그저 망연히 서 있는 것 같았으면서도 그는 카즈키의 접근을 정확하게 알아냈다.

그 점이 히사노는 곤혹스러웠다. 독고향의 칼이 비록 특이하긴 하지만 자신보다 세다고는 생각하지 않았다.

하지만 방금의 경우는 분명 자신보다 한 수 위임을 보여주고 있다. 비록 뭔가를 감지하는 능력과 무술은 다르지만 말이다.

기실 독고향도 어리둥절해 있는 상태였다. 최초의 기척이 들린 순간 카즈키임을 직감했던 것이다. 예전이라면 분명 불가능했던 일이다.

그 원인이 뭘까 생각하는 독고향의 고막 속으로 카즈키의 다급한 목소리가 뚫고 들어왔다.

"그놈들이 있는 곳을 알아냈어요! 그 중국 놈들……."

"어딘가?"

카즈키의 말이 끝나기도 전에 독고향은 황급히 다그쳐 물었다. 얘기가 바로 눈앞에서 놓친 여빙운의 거처를 말하고 있음을 알기 때문이다.

"따라와요. 늦으면 우리 동료들이 놈들을 모두 죽여 버릴지도 몰라요. 그놈들에게 궁금한 게 있으실 것 같아 이렇게 모시러 왔어요!"

워낙에 빠른 카즈키의 말이라 독고향은 그 뜻을 모두 알아들을 수는 없었다. 하지만 대강의 뜻은 충분히 짐작이 갔다.

'쓸 만한 아이로군!'

비록 나이가 어려 아직 무공은 조금 달릴지 몰라도 마음 씀씀이는 한 치의 틈도 없는 카즈키였다.

중국이라는 먼 이국 땅에서 숱한 동료들을 죽여 버린 원수들을 처리하는 일이다. 그 뼈에 사무치는 원한 속에서도 독고향의 존재를 떠올려 이렇게 달려왔을 터였다.

독고향과 히사노는 재빨리 카즈키의 뒤를 따라붙었다.

사카이에는 무사나 각지의 영주들을 위한 성곽 같은 저택은 없다. 모두가 상인을 위한 집들뿐이었다. 물론 그중에는 그처럼 거대한 저택이 없는 것도 아니다. 한 영주만을 대상으로 장사를 하는, 이른바 어용상인(御用商人)들의 집은 그야말로 하나의 작은 성이라 불러도 손색이 없었다.

카즈키가 독고향을 인도해 간 곳도 바로 그런 곳 중 하나였다. 주변엔 해자(垓字)까지 둘러쳤고 담장의 높이만도 족히 이 장은 넘어 보였다.

"휴우—!"

목적지에 도착한 카즈키는 긴 한숨부터 내쉬었다. 아직까지 동료들이 공격을 시작하지 않았기 때문이다.

"카즈키, 이들은 누구냐?"

달빛이 비치지 않는 어둠 속에 웅크리고 있던 누군가가 물었다. 낮지만 충분히 위압적인 어조였다.

"아는 분들이에요. 적이 아니에요."

카즈키는 재빨리 대답하며 그 사람과 함께 어둠 속으로 묻혀들었다. 두런거리는, 한껏 목소리를 낮춘 얘기 소리가 그 속에서 흘러나왔다.

간간이 짤막하게 억누른 호통 소리도 들렸다. 얘기가 쉽게 진행되지 않는다는 의미였다.

"이 안에 누가 있지?"

히사노였다. 그녀는 아직 독고향과 이가 닌자, 또 여빙운과의 관계를 알지 못한다.

"그대와는 상관없는 일이다!"

무뚝뚝한 대꾸로 독고향은 히사노의 질문을 일축했다. 정말이지 그녀와는 하등의 상관도 없는 일인 것이다.

"보아하니 결코 좋은 관계는 아닌 것 같군. 원수인가? 그럼 이렇게 닌자 따위의 결정을 기다릴 게 아니라 곧장 쳐들어가는 건 어때? 뭐하다면 내가 도와줄 수도 있어!"

의도적인 듯 히사노의 언성은 조금 높았다. 애당초 닌자들은 발가락 사이의 때만도 못하게 여기고 있던 터, 그들과 같이 무슨 일을 도모한다는 건 성미에 맞지 않았다.

"가도 나 혼자 간다. 이건 온전히 내가 해야 될 일이다!"

독고향도 조금 언성을 높였다.

그렇다고 닌자들의 눈치를 전혀 보지 않았다는 건 아니다. 어쨌든 그들도 여빙운 일행에게 받아내야 될 혈채(血債)가 있는 것이다. 방금과 같은 대화는 분명 그들을 자극할 게 틀림없고, 먼저 이쪽을 치자고 결정할지도 모른다.

그리고 독고향의 예상은 여지없이 들어맞았다. 나직하게 두런거리던 소리가 뚝 끊긴다 싶더니 두 명이 불쑥 다가왔다. 당장이라도 칼을 뽑을 것만 같은 기세였다.

"카즈키에게 얘긴 모두 들었다. 한 명만 살려주겠다. 살리고 싶은 자의 인상착의를 말하라!"

기세와는 달리 다가온 닌자가 말한 내용은 독고향이 바라는 바였다. 여빙운만 생포하면 만족할 수 있는 것이다.

독고향은 여빙운의 인상착의를 말하기 시작했다. 얼굴의 절반이 일그러진 흉터를 지니고 있으니 설명도 쉬웠고 식별하는 것도 어렵지 않을 터였다.

"좋다! 그자 하나는 살려주겠다. 그러나 너희들은 안으로 들어갈 수 없다. 우리가 그자를 잡아주겠다."

덮어씌우는 듯한 어투였다. 비록 한 명이지만 그마저 살려두기 싫은 기색이 역력했다.

독고향은 속으로 빙긋 웃었다. 닌자들은 자신과 히사노의 말에 자극을 받은 모양이다. 그래서 이쪽이 그들보다 먼저 치고 들어갈지도 모른다는 우려 때문에 여빙운을 살려준다고 얘기한 것 같았다.

그쯤에서 독고향도 수긍할 수밖에 없었다. 마음 같아서야 직접 뛰어들고 싶지만 닌자들의 원한도 존중해 줘야 한다. 따지고 보면 자신도 이들에게 막대한 빚을 지고 있으니까.

"알겠소."

독고향의 대답이 떨어지자마자 닌자들은 움직이기 시작했다. 하나둘씩 해자로 뛰어드는 자, 갈고리 줄을 던져 곧장 담장에 달라붙는 자, 그대로 곧장 달빛 속으로 녹아들어 버린 자 등등……

　도대체 얼마나 많은 숫자의 닌자들이 어떤 식으로 움직이는지 모를 정도로 어지러울 지경이었다.

　이윽고 주변이 잠잠해졌을 때 독고향은 그 자리에 털썩 주저앉았다. 대지의 싸늘한 냉기가 곧장 등골을 타고 올랐다.

　그 냉기가 독고향은 싫지 않았다. 차가운 이성으로 여빙운에게서 알아낼 것들을 하나씩 정리하기 시작했다.

　달빛이 점차 농염해진 은빛을 대지 위에 뿌리고 있었다.

제7장

흔적(痕迹)

닌자들의 공격은 생각보다 훨씬 오래 걸렸다. 달빛이 서쪽 산 정상에 걸릴 때까지 안에선 아무런 변화도 없는 듯 조용하기만 했다.

그래도 독고향은 앉은 자세를 조금도 허물지 않았다. 어깨에서 등에 걸쳐 새하얀 서리가 내려앉았는데도 말이다.

“어쩌다 여기까지 오게 됐지?”

닌자들의 공격이 시작된 이후 처음으로 히사노의 입이 열렸다.

독고향은 대꾸하지 않았다. 그녀와 말을 섞기엔 지금 그의 가슴은 너무도 차갑게 얼어붙어 있었다. 여빙운을 어떻게 다룰까 하는 생각 때문이었다.

“따지고 보면 참으로 묘한 인연이지, 우린? 왜 하시바님의 군자금만을 노렸지? 그대들의 솜씨라면 그보다 더 손쉬운 먹잇감이 많았을 텐데……?”

독고향의 반응에 아랑곳없이 히사노는 말을 계속했다.

그녀의 말은 사실이었다. 한쪽은 군자금을 강탈한 무뢰배들이었고, 다른 쪽은 그들을 쫓는 입장이었다. 그런데 지금은 어깨를 나란히 하고 달빛 아래 앉았다.

아마 그 생각에 동의한 탓이리라. 힐끔, 독고향의 시선이 그녀의 미간 사이에 머물다 거둬졌다.

"어쩌다 보니……."

문득 독고향의 입술 사이로 한숨과도 같은 속삭임이 새어 나왔다.

"뭐라고?"

애당초 기대하지도 않았고, 또 너무도 낮은 속삭임이었기에 히사노는 재차 물었다.

"어쩌다 보니 여기까지 오게 됐다고……."

"참 쉬운 대답이로군. 흐흥!"

기가 막힌다는 듯 히사노는 말끝에 콧방귀를 실었다.

"그럼 그대는 어쩌다 지금처럼 됐나? 명문가의 영애(令愛)로, 번듯한 정혼자까지 있는 처지로……."

"웃기는 얘기로군. 질문을 회피하면서 도로 묻다니! 그런 얄팍한 수는 안 통해."

"그러니 서로 얘기하기 곤란한 부분은 피하자구!"

히사노의 반발을 예상하고 있기라도 했다는 듯 독고향은 화제를 닫아버렸다.

잠깐 동안은 절반만 남은 달빛만이 두 사람 사이를 헤엄쳐 다녔다.

"너무 늦는다고 생각지 않아? 애당초 그 따위 닌자들을 믿는 게 아니었어."

약간의 시간이 흐른 후 히사노는 재차 입을 열어 독고향을 나무랐
다. 아무래도 적적한 침묵을 견디기 힘든 모양이었다.

"난 그들을 믿어! 내 목숨을 구해줬으니까……."

"하! 이제 겨우 한 꺼풀 벗겨진 것 같군. 그래, 닌자들이 생명의 은
인이다?"

재밌다는 듯 히사노는 말꼬리를 올렸다. 여린 웃음기가 그 끝에 묻
어 있었다.

그러다 문득 히사노는 표정을 굳혔다. 마지막 남은 잔월 빛이 그녀
의 얼굴에서 미끄러져 내렸다.

"세상은, 특히 이 일본 땅에서 여자로 살아간다는 건 가혹한 일이야.
남자들에겐 전쟁이라는 유희라도 있지만 여자들은 그 남자의 부속물,
정략의 희생물이 될 수밖에 없어. 난 그게 싫었어!"

닌자에게 목숨을 구함받았다는 말에 어떤 감흥이 생긴 탓일까? 그녀
의 얘기는 계속되었다.

"이도 저도 모두 난세의 바람, 그렇게 체념하고 살아가는 삶을 강요
받았어. 일본제일을 자랑하는 병법가에서 태어났지만, 누구도 여자인
내게 칼을 쥐어주진 않았어. 그저 무사의 딸로서, 또 장차 아내가 될
존재로서의 삶만이 내 앞에 놓여 있었지."

완강하게 버티고 있던 독고향의 어깨가 약간 움찔거렸다. 히사노의
삶이 자신과 비슷하다고 느낀 탓이었다. 다만 그녀는 지나온 모든 삶
의 기억을 고스란히 가지고 있다는 게 달랐다.

"무사의 아내란 건 말이야, 남편이 전장에 나갈 때에도 웃으며 보내
야 하고, 남편과 자식이 눈앞에서 할복을 해도 웃으며 받아들여야 해.
그 뒤엔 또 정략에 의해 다른 무사에게 시집을 가야 하고, 자식을 낳아

야 하지."

문득 독고향은 히사노가 가련하다고 느꼈다. 지금까지는 열일곱 그 이전을 기억하지 못하는 자신이 불행하다고 생각했었다.

그러나 온전한 기억을 가진 히사노는 또 어떤가? 그 기억 때문에 고통스러워하고, 또 기형적으로 왜곡된 삶을 살아가고 있지 않은가 말이다.

'과연……?'

어느 쪽이 더 행복한지는 고민해야 될 부분이었다.

"그래서 난 칼에 미쳤지. 침식을 잊고 미친 듯이 매달렸지. 당연한 일 아냐? 일본 제일의 무문에서 태어났으면 아들이든 딸이든 무도를 추구해야 되는 거 아니냐구!"

히사노의 언성이 점차 격렬해졌다.

"하지만 그것도 가문엔 누가 되더군. 야규우 가의 후예들은 여자보다 못하다며 세상이 쑥덕거리더군. 그때부터 문중에선 내 칼을 뺏더군. 많을 걸 강요했으면서 좋아하는 한 가지도 허용하지 않았어. 흑!"

기어이 히사노의 입에서 흐느낌이 토해졌다.

독고향은 당혹스러웠다. 왜 히사노가 자신의 얘기를 꺼냈는지, 또 왜 이처럼 감성적이 되어 울음까지 터뜨리는지 도무지 알 수 없어 곤혹스럽기만 했다.

자신도 모르는 사이 독고향의 손이 격렬하게 떨리는 히사노의 어깨 쪽으로 다가갔다.

그러나 막상 살짝 닿은 순간 흡사 불에라도 덴 것처럼 화들짝 놀라며 떼어냈다.

"바보 같은 오빠, 조금만 더 잘하지……. 조금만 더 잘했어도 야규우 가의 차차기 당주는 여자라는 조소는 듣지 않았을 걸……."

히사노의 흐느낌이 강해질수록 독고향의 당혹감도 커져만 갔다. 흡사 죄를 지은 사람처럼 연신 사방을 둘러보았다.

어느새 달은 완전히 저버렸고, 여명 직전의 한 치 앞도 구분하기 힘든 어둠만이 사방을 가득 메웠다.

그 속에 히사노의 얼굴만 새하얗게 떠 있는 것 같았다. 그토록 흐느끼면서도 얼굴은 곧게 든 채 어둠 속을 꿰뚫어 보는 것처럼 한곳을 응시하고 있었다.

그 볼을 타고 지금 눈물이 구르고 있다. 어둠 탓인지 그 눈물마저 검게 물든 것처럼 보였다.

삐이익!

해자 저편의 문이 열리고 다리가 내려지기 시작한 것은 바로 그때였다.

"오늘 일은 잊어!"

재빨리 눈물 자국을 지우며 히사노는 몸을 일으켜 몇 발짝 해자를 향해 걸어갔다.

독고향은 그 자리에 앉은 채 그녀의 등을 바라보았다. 어차피 정문이 열린다는 건 안의 상황이 끝났다는 걸 의미한다. 서둘 일이 없는 것이다.

대신 지금 독고향의 뇌리를 채우고 있는 건 여전히 자신과 그녀, 어느 쪽의 삶이 행복했느냐 하는 점이었다.

그러다 퍼뜩 독고향은 깨달았다. 히사노에겐 그래도 원망하고 증오할 과거의 기억이라도 있다는 것을. 지금의 왜곡된 삶도 그녀가 스스로 선택한 것이었다.

그에 비해 자신은 어떤가? 처음부터 자신이 선택할 수 있던 건 아무 것도 없었다. 철저하게 타인의 손길에 의해 만들어지고 뒤틀린 것에 불과했다.

그렇다면 답은 확실해진다. 원망하며 스스로 선택한 삶과 처음부터 타인에 의해 조종된 삶은 분명 다르다.

'투정이다!'

이런 결론을 내린 후에야 독고향은 몸을 일으켰다. 후두둑, 어깨 위에 새하얗게 내려져 있던 서리가 일제히 떨어져 내렸다.

다다미 팔 조짜리 방이다. 왠지 서늘한 냉기가 감돌기는 하지만 화창한 겨울 햇살이 장지문의 창호지를 새하얗게 빛내고 있어 춥다는 느낌은 전혀 없다.

그 방 가운데 독고향은 가부좌를 틀고 앉아 뒷결박을 당한 채 앞에 눕혀진 여빙운을 무감동한 눈빛으로 내려다보고 있었다.

이 방으로 들어온 지 벌써 한 시진 이상이 지났다. 하지만 닌자들이 어떻게 제압을 했는지 여빙운은 깨어날 기미를 보이지 않았다.

혹시나 해서 카즈키가 간간이 여빙운의 숨결을 확인했지만 분명 죽은 건 아니었다.

독고향은 카즈키의 행동을 만류했다. 그럴 필요가 없었다. 살아 있다면 언젠가는 깨어날 터, 백 년이 걸리더라도 그때까지 기다릴 자신은 충분했다.

그리고 백 년이 아니라 그로부터 채 반 시진이 지나지 않아 여빙운은 꿈틀거리며 깨어났다.

"끄으으음!"

메마른 신음과 함께 여빙운은 눈을 떴다. 얼핏 자신의 처지를 이해할 수 없었는지 한동안은 망연히 누워 있기만 했다.

그러다 독고향의 모습을 발견하고는 펄쩍 뛸 듯이 전신을 출렁거렸다.

아마도 몸을 일으키고 싶었을 터였다. 그러나 단단히 뒷결박을 당하고 있어 그 의도는 무위에 그쳤다.

"뭐, 뭘… 원하나?"

까칠한 음색으로 여빙운은 힘겹게 물었다. 흉하게 일그러진 반쪽과는 반대로 나머지 얼굴엔 일말의 기대감이 표출되어 있었다.

"아무것도!"

독고향은 조용히 고개를 가로저었다. 동시에 허리에 차고 있던 소도를 뽑아 들고, 그 날의 예리함을 가늠해 보는 듯 눈앞에서 이리저리 뒤집었다.

"무, 무슨 짓을… 무슨 짓을 하려고……?"

지나칠 정도로 단아한 반쪽 얼굴에 걸려 있던 여빙운의 표정에 공포의 그늘이 드리워졌다.

애당초 무공과는 조금 거리를 뒀던 여빙운이었다. 자연 사내다움도 모자랐던 터, 독고향의 손에 잡혔다는 두려움을 조금도 숨기지 못했다.

"뭐든 얘기해 주겠다. 네가 어디서 왔는지, 우리가 왜 너 같은 사람들을 만들어냈는지……."

그 말에 독고향의 손길이 뚝 멈췄다. 얼마나 궁금했던 과거인가?

그러나 눈빛은 조금도 달라지지 않았다. 알고 싶은 건 과거만이 아니다. 그러자면 보다 냉혹한 마음으로 여빙운을 다뤄야 한다.

"어때? 알고 싶지?"

독고향의 망설임을 눈치 챈 여빙운의 얼굴에 다시금 기대감과 함께 화색이 돌았다.

"전혀!"

이번에도 독고향은 냉담하게 고개를 저었다.

"그를 죽일 거야?"

전혀 이질적인 목소리. 히사노가 방문 밖에 서서 물었다. 선연한 그녀의 그림자가 장지에 어려 다다미 위로 길게 누웠다.

"응!"

너무 간단하다 싶은 독고향의 대답이었다.

"아, 안 돼, 안 돼. 뭐든 시키는 대로 할게. 뭐든지…… 어어억!"

무릎걸음으로 다가오는 독고향을 보며, 여빙운은 마구 버둥거렸다. 어떻게든 멀어지려는 발악이었지만 제자리를 맴돌 뿐이었다.

바짝 다가앉은 독고향은 잠시 그 모습을 내려보았다.

'버러지만도 못한!'

지금 그의 뇌리를 채운 건 역겨움이었다. 과연 이런 자가 어떻게 가문의 위세를 업어 자신과 같은 희생자를 만들었고, 또 주가(主家)를 배신했는가 싶었다.

한 치 길이의 벌레에도 오 푼의 넋은 있다고 했다.

그런데 이 눈앞의 인간은 어떤가? 제 한목숨 아까워 넋은커녕 한마디 버티어볼 배포조차 없다.

차라리 가련하다 싶은 생각에 독고향은 입맛이 썼다. 이런 자를 죽여봤자 칼만 더러워지고 손만 버릴 뿐이다. 목적이 없다면 이대로 닌자들에게 넘겨주고 싶을 지경이었다.

"망설이지 마. 놈은 달아날 만반의 준비를 갖추고 변소(便所)에 은신해 있다가 잡혔다더군. 그놈을 찾느라 이 저택에 있던 죄없는 사람들이 모두 죽었어!"

밖에서 히사노의 음성이 들렸고,

"히이이익, 아아악!"

독고향이 수중의 소도를 살짝 치켜들자 여빙운은 금방이라도 숨이 넘어갈 듯한 비명을 질러댔다.

이제 독고향은 망설이지 않았다. 마구 발버둥 치는 여빙운의 멱살을 잡아 눈앞으로 확 잡아끌었다.

"잘 들어! 지금부터 널 죽일 거다. 물론 쉽게 죽이진 않아. 살을 한 점씩 발라내어 죽여주겠다. 마음대로 발버둥 쳐도 좋아. 움직일수록 출혈이 심해질 테니. 자, 그럼 이 보기 흉한 귀부터 시작할까!"

싸악!

말이 끝나기 무섭게 독고향은 여빙운의 흉하게 일그러진 쪽 귀를 잘라 버렸다.

"으아아아악!"

동시에 집이 떠나갈 듯한 비명이 여빙운의 입에서 터져 나왔다.

그러나 몸은 별로 움직이지 않았다. 그저 격렬하게 떨고만 있는 게, 움직일수록 출혈이 심해질 거란 독고향의 말을 의식하고 있는 모양이었다.

"재갈을 물리는 게 어떨까? 우선 시끄러워서 싫고, 또 혀라도 깨물면 곤란해지잖아."

히사노의 말이었다. 여빙운이 자결할지도 모르니 주의하라는 뜻이다.

독고향은 그녀의 말을 무시했다. 한 푼의 넋도 없는 자에겐 자살할

용기도 없을 거라고 판단되었다.

만약 자살한다면 그 시신만은 삼대호가 중 여가의 소가주로서 정중하게 대우할 생각이었다.

하지만 역시 여빙운의 태도는 실망스러웠다.

"너, 넌, 아니, 귀하는 산동(山東) 땅 거야(巨野)에서 데려왔소. 부모는 우리도 모르오. 그냥 버려진……. 흐흐으으흑!"

열심히 입을 놀리는 데에도 불구하고 독고향이 남아 있는 성한 귀에 소도를 들이대자 여빙운은 격렬하게 흐느꼈다.

싸각!

더 이상의 망설임은 독고향에게 남아 있지 않았다. 경멸조차도 과분하게 생각되는 자에게 들을 얘기는 없었다. 그저 가슴속의 응어리만 풀면 그만이다.

다음으로 독고향이 선택한 것은 여빙운의 왼 손가락이었다. 심하다 싶을 정도로 강하게 뒷결박을 지은 탓에 일부러 힘을 써서 펼 일도 없었다.

싹, 싸각, 싹!

아마 두꺼운 종이를 자르면 이런 소리가 날 터였다. 역겨운 피비린내와 함께 진득한 선혈이 다다미만 적시지 않으면 말이다.

그래도 생각만큼 많은 피는 나오지 않았다. 손목에 두 바퀴나 돌려진 밧줄이 지혈 작용을 하고 있어서였다.

"키하하아악! 제, 제발, 제바알……. 크으윽! 세, 세가령은 아, 아직도 존속되어 있소. 비, 비록 지배자는 바꾸었지만…… 크아아악!"

독고향이 관심을 가질 만한 얘기를 두서없이 주절거렸지만 그의 손길을 멈출 수는 없었다.

섬뜩한 칼날이 오른손에 와 닿자 여빙운은 필사적으로 주먹을 쥐었다.

하지만 그게 오히려 비참한 결과를 가져왔다. 독고향이 벌써 손바닥과 손가락 사이에 소도를 밀어 넣은 후였기 때문이다.

툭, 투둑!

두 개의 손가락이 그대로 잘려 나간 뒤에야,

"우아악!"

다시 찢어질 듯한 비명과 함께 여빙운의 손은 다시 펴졌다. 너무 단단히 묶여진 탓에 고통을 느낀 시간도 길어졌던 모양이었다.

"나, 남궁장후의 유물이 보, 보관된 곳을 알고 있소. 크흑, 자, 장주부 설가의 보, 본가에 설 숙께서 보, 보관…… 아흐흑!"

문득 나머지 손가락을 자르려던 독고향의 손길이 뚝 멈췄다. 남궁장후의 유물에 대한 얘기가 나온 직후였다.

"또, 또 있소. 치, 친위대원들 주, 중에 생존자가, 있소. 여, 여천랑과 개귀신, 그리고 맹묵이라는 벙어리……."

독고향의 손길이 멈추자 여빙운은 기회라 여긴 모양이었다. 친위대원들에 대한 얘기까지 줄줄 풀어놓았다.

"그들은 어디 있나?"

처음으로 독고향의 입에서 질문이 나왔다. 사실 이것만 알면 알고픈 건 거의 다 아는 셈이다. 스스로 생각해도 싫어지는 이런 고문을 계속하고 싶지는 않았다.

"다, 으으으, 다른 사람은 모르오. 여, 여천랑만 무, 무림맹에 잡혀 있고 다, 다른 사람은 아무리 수, 수색해도 차, 찾을 수 어, 없었소. 저, 정말이오! 믿어주시오!"

혹시라도 독고향이 믿지 않을까 싶어 여빙운은 황급히 제 말이 사실임을 강조했다.

독고향은 곧장 몸을 일으켰다. 더 이상은 여빙운을 상대하고 싶지 않았다.

'설 형……'

순간 스스로 혀를 깨물고 자결했던 설도의 모습이 떠오른 건 우연이었을까?

또 그를 구하기 위해, 시신이라도 거두기 위해 달려갔다가 죽은 장처무 역시도…….

진정 사나이라 할 수 있는 사람들은 모두 죽었고, 벌레만도 못한 자는 이렇게 그 구차한 목숨을 살려달라고 애원하는 눈빛으로 자신을 바라보고 있다.

그 사람들이 죽어가는 걸 보며 이자는 또 얼마만큼 희열을 느꼈을까?

"사, 살려주시는 거요?"

그 말만 하지 않았더라도 어쩌면 독고향은 이 방에서 그냥 나갔을지 몰랐다. 물론 닌자들이 여빙운을 무사히 둘지는 모르지만 말이다.

하지만 그 말이 독고향의 살심을 부추겼고, 그는 조용히 여빙운을 내려다보았다.

"살려만 주시오. 그러게만 해주시면 뭐든 시키는 대로… 컥!"

독고향은 연신 살려달라고 애원하는 여빙운의 턱을 걸어차 버렸다. 그리곤 곧장 머리를 지그시 밟았다.

우지직!

멀쩡하던 여빙운의 얼굴 반쪽이 이번엔 독고향의 발길에 의해 마치

반죽한 밀가루처럼 기괴하게 으스러졌다.

그 순간 독고향의 표정엔 일말의 변화도 없었다. 말 그대로 한 마리 벌레를 밟아 죽였다는 감홍밖에는 없었다.

그 뒤에 나가 본 바깥은 여전히 눈부신 햇살의 바다였다.

"뒤처리는 맡겨두고 어서 여길 떠나도록!"

정원을 지나 문 쪽으로 걸어갔을 때 모여 섰던 닌자들 중 하나가 독고향을 향해 말했다.

당연히 독고향도 그럴 작정이었다. 더 이상 여기선 볼일이 없는 것이다.

재빨리 문을 빠져나와 해자를 건넜을 때, 독고향은 별안간 걸음을 멈췄다. 벌써 거리는 사람들의 왕래가 빈번했기 때문이었다.

지금 독고향의 옷에는 상당한 피가 묻어 있다. 이대로 사람들 앞에 나설 수는 없는 노릇이다.

만약 다른 곳이었다면 이 정도 일은 별문제가 되지 않을 수도 있다.

그러나 사카이는 다르다. 설사 한 개 주(州)를 차지한 영주라고 하더라도 이곳에선 함부로 소란을 피우지 못한다. 그랬다가는 이곳 상인들의 지원을 잃어 총은 물론 옷감 한 필 구하지 못하게 된다.

그 많은 닌자들이 투입되고서도 날이 샐 무렵에야 겨우 여빙운을 잡을 수 있었던 것도 바로 이런 이유에서였다. 비록 대부분이 상인과 하인들로 가득 찬 저택이었지만 소란을 피우지 않고 은밀히 일을 진행하자니 당연히 시간이 걸릴 수밖에 없었다.

"자, 이걸 걸쳐요!"

난감하게 서 있는 독고향의 어깨에 헐렁한 겉옷 하나를 걸쳐 준 것은 카즈키였다. 그, 아니, 그녀는 진작부터 이런 상황을 짐작하고 있었다는 듯 싱긋 웃어 보였다.

정말 여자냐고 물어보려다 독고향은 그만두었다. 숨기고 있는 데에는 그만한 사정이 있을 터, 그 점은 마땅히 존중되어야 한다.

옷을 걸쳐 대충 핏자국을 가린 독고향은 걸음을 재촉했다. 생각지도 않았던 여빙운을 만나 너무 시간을 지체하고 말았다. 대장간의 노인이 걱정하고 있을 게 뻔했다.

그러나 얼마 못 가 독고향은 재차 걸음을 멈춰 섰다. 그때까지 히사노가 뒤를 따르고 있었기 때문이다.

"어디까지 따라올 작정인가?"

목소리에 담긴 위압감을 숨기지도 않고 독고향은 나직이 물었다. 그전이라면 몰라도 이제 그녀는 더 이상 승부가 망설여지는 껄끄러운 존재가 아니었다. 대등한, 어쩌면 이길 수도 있을 것 같았다.

"몰랐나, 이게 내 임무였다는 걸?"

새삼스럽다는 투로 히사노는 대꾸했고, 그 말은 사실이기도 했다.

독고향의 관자놀이에 굵은 신경질의 힘줄이 꿈틀거렸다. 말은 저래도 그녀의 의도야 너무도 뻔했다. 자신과의 승부, 그게 그녀의 진정한 목적인 것이다.

"나와의 승부를 원한다면 헛일이다. 그대 상대는 따로 있다고 했잖아!"

"홍! 또 도다 얘기야? 그 얘기라면……."

"그자의 얘기가 아니다. 난 지금 영강을 얘기하고 있다!"

마침내 독고향은 언성을 높이고 말했다. 지난밤 내내 생각하다가 새벽에야 간신히 결론을 내린 '그래도 히사노는 행복하다. 지금 그녀가 하는 모든 행동은 투정에 불과하다' 는 것에 대한 폭발이었는지도 모른다.

"영강? 아하, 그 키 크고 비쩍 마른 자 말이지? 그가 왜?"

"영강은 아직도 그대와의 승부를 승복하지 못하고 있다!"

한 번만 더 상대했다간 자신이 칼을 뽑을 것 같아 이 말을 끝으로 독고향은 몸을 돌렸다.

그리고 다음 순간, 그의 신형은 히사노의 눈앞에서 홀연히 사라져 버렸다. 뇌격이형을 펼쳐 벌써 멀찌감치 달려가 버렸던 것이다.

솔직히 독고향도 히사노와 겨뤄보고 싶은 마음은 굴뚝같다. 일본 제일의 무문, 당연히 뒤를 계승해야 될 오빠를 제치고 당당히 당주감으로 세인의 이목을 모은 실력을 직접 상대해 보고 싶었다.

하지만 그래서는 안 된다. 만약 싸우게 되면 그녀와 자신, 둘 중 하나는 반드시 죽어야 승부가 결정될 터였다.

물론 그것도 괜찮다. 무인끼리의 승부에서 생사가 나뉘는 건 다반사다. 그걸 피하는 게 오히려 이상한 일이다.

'과연 괜찮은 건가?'

집요하게 뇌리에 들러붙어 있는 이 의문 때문에 독고향은 그녀와의 승부를 철저하게 피하고 있다.

이런 의문을 갖게 된 직접적 원인은 물론 영강이다. 누가 뭐래도 히사노의 승부를 가장 강력하게 원하고, 또 그 이유도 충분하다.

그러나 본질적인 이유는 그녀에 대한 연민이었다. 같은 삶을 살 수밖에 없었던 무혼을 죽였을 때 느꼈던 그 빌어먹을 기분은 그녀를 상대할 때도 똑같이 떠오를 것 같아서였다.

무혼이 자신과 동류였듯 히사노 역시 동류인 것이다. 그 과정이야 어떻든 지금은 각자 왜곡된 삶을 살고 있다. 그 뿌리를 자르는 일은 차마 못할 짓이다.

'아차!'

문득 한 가지 사실을 퍼뜩 떠올린 독고향은 우뚝 걸음을 세웠다.

'분명 대업을 위해 나와 무혼을 만들었다고 했는데…….'

독고향은 그 점을 미처 여빙운에게 캐묻지 못했었다. 남궁장후의 유물과 생존해 있는 친위대원들이 있다는 말에 지나치게 흥분했던 탓이었다.

이건 확실히 돌이킬 수 없는 실수다. 음모의 냄새가 물씬 풍기는 그 말의 이면에 숨어 있을 배후를 캐냈어야 했다. 자신과 똑같은 피해자일지도 모르는 또 다른 무혼들과의 싸움은 아무런 의미가 없다. 그건 차라리 스스로의 삶을 조금씩 갉아내는 게 될지도 모른다.

하지만 이젠 돌이킬 수도 없는 일, 독고향은 다시 걸음을 옮겼다. 이제 총과 배를 구하기만 하면 돌아갈 작정이었고, 그곳엔 여가 일족들이 거들먹거리며 살고 있을 것이다. 배후는 그들을 족쳐 캐내도 될 일이다.

대장간으로 가는 대신 독고향은 길가의 찻집으로 들어갔다. 새삼 오늘 알아낸 정보를 조용히 음미하며 정리해 볼 필요를 느꼈기 때문이다.

차와 일본식으로 숯에 구운 떡이 나왔지만 독고향은 손도 대지 않았다.

'맹묵과 개귀신, 여천랑이 살아 있다고?'

그중에서 여천랑만 소재가 파악되었다. 무림맹에 포로로 잡혀 있다고 했다.

맹묵은 어디 있든 충분히 찾아낼 자신이 있다. 그의 습관이나 생각들을 너무도 잘 아는 까닭에서다.

문제는 개귀신이다. 다른 사람이야 혼전의 와중에서 어쩔 수 없었지만 그에겐 분명 한 가지 임무를 주어 세가령 밖으로 내보냈었다.

'흠, 어느 때보다 개귀신이 필요할 땐데…….'

천 정에 달하는 총을 구하기 직전이다. 물론 무사히 가져갈 수 있다고는 자신할 수 없지만 어쨌든 쏠 사람이 없다면 무용지물이 되고 만다.

그때 필요한 존재가 개귀신이다. 물론 처음 그를 내보내며 사람을 모으라고 했을 땐 오늘과 같은 상황을 예상한 건 아니었다. 그저 최악의 경우 남궁장후를 빼낼 때 써먹을 작정이었다.

하지만 그렇게 던져 둔 포석이 이제 빛을 발하려 한다. 개귀신이 무사하고, 또 명령대로 많은 사람을 모아뒀다는 전제가 따르지만 말이다.

"손님, 차를 다시 데워 드릴까요?"

갑자기 들려온 말소리에 독고향은 생각에서 깨어나며 시선을 돌렸다. 일본식 머리 장식이 화려한 여점원이 가식적인 미소를 띠며 연신 머리를 조아리고 있었다.

깨닫고 보니 벌써 차는 싸늘하게 식어 있었다.

"아, 좋도록 하시오."

독고향은 얼른 손을 내저었다. 일본인들의 과장된 친절은 늘 그에게 부담이었다. 생각에 잠겨 있다는 걸 알았다면 그냥 놔둬도 좋지 않은가 말이다.

여점원이 찻잔을 들고 가버린 동시에 독고향은 다시 생각에 잠겼다. 이번엔 다름 아닌 자신에 대한 것이었다.

'산동성 거야 땅이라고?'

여빙운은 분명 그렇게 말했었다. 그리고 자신은 버려진 아이였다고도 했다.

문득 독고향은 또 다른 의문이 떠올랐다. 여빙운이 어떻게 그 사실을 아느냐는 점이었다. 아무리 봐도 자신보다 훨씬 나이 어린 그가 말이다.

피식!

싱거운 미소와 함께 독고향은 그 의문을 떨쳐 버렸다. 어딘가 기록이 남아 있을 수도 있고, 또 누군가로부터 들었을 가능성도 있기 때문이다.

다시 독고향은 자신에게 생각을 집중했다. 버려진 아이였다면 적어도 낳아준 부모에 대한 빚은 없는 셈이다. 생명을 줬지만 다시 버려 버렸으니 말이다.

문제는 자신이 친아버지로 믿고 있는 사람이었다. 십이살승들에게 끌려갔을 때 그들은 분명 자신이 인질이었다라고 했었다. 아버지 역시 같은 동류였다는 말도 했다.

몹시도 혼란스러웠다. 기억할 수 있는 열일곱 살 때부터 아버지와

늘 함께였었다. 무공을 가르칠 땐 지나칠 정도로 엄격했지만 그 외엔 자상하기만 한 사람이었다.

'그런 분이 나와 같은 동류였다고?'

하긴 서로가 너무 닮았다는 생각도 해보지 않은 건 아니었다. 그러나 부자지간에 닮지 않는다면 누굴 닮아야 하느냐며 서로 웃어넘겼다.

달그락!

가벼운 소리와 함께 새로 데워진 찻잔이 눈앞에 놓였다. 이어 여점원의 나지막한 목소리가 들려왔다.

"손님, 오늘 새로 들어온 유녀가 있으니 손님께서 그 아이의 첫 상대가 되어주시면……."

"생각없소!"

조금 매정하다 싶은 어조로 독고향은 여점원의 말을 잘라 버렸다.

조금 지겨운 생각이 들었다. 이 빌어먹을 나라는 찻집에서도 유녀들이 몸을 판다. 한쪽에서 고아한 다도(茶道)를 논하는가 하면, 얇은 벽 하나 너머에선 헐떡이는 육욕의 비릿한 신음 소리가 그대로 들려온다.

이 지독한 이중성에 독고향은 도무지 적응이 되지 않았다.

'하긴……'

자신이 핏대를 세울 문제는 아니다. 이제 곧 떠나야 할 나라, 그 속에 사는 인간들이 똥물에 목욕하는 걸 즐긴다고 해도 무슨 상관이랴!

이제 독고향은 이 땅을 벗어나는 문제에 집중했다.

'총을 빼내는 것도 문제지만……'

지금 그의 뇌리에는 또 다른 문제가 자리하고 있었다. 바로 매희와 남궁장후의 후손을 데려가는 일이다.

어쨌든 여기는 매희의 모국이고, 지금 살고 있는 곳은 그녀의 고향

이다. 지아비도 없는 이국 땅으로 과연 다시 가려고 생각이나 하고 있
는지 아닌지도 모른다.

만약 가지 않겠다고 한다면 문제는 심각해진다. 그녀 자신이 아니라
그 자식 때문이다.

최악의 경우 매희는 가지 않겠다고 하더라도 어쩔 수 없다. 하지만
그 자식만은 반드시 데려가야 한다.

그게 문제다. 아직은 핏덩어리나 다름없는 갓난애를 그 모친의 손에
서 떼어낸다는 건 인간적으로 못할 짓이다.

물론 명분은 있다. 매희의 몸에서 태어난 아이는 분명 남궁씨, 자식
은 아비를 따르는 게 도리이니 당당하게 보내달라고 요구해도 된다.

그러나 과연 그런 무리가 통할까?

돌아가면 그 아비가 버젓이 기다리고 있는 것도 아니다. 이제부터
싸워서 모든 것을 다시 돌려놓아야만 한다. 그 한 치 앞의 생사도 가늠
할 수 없는 음모와 귀계의 칼바람 속으로 과연 어느 어머니가 자식을
선뜻 보내려고 하겠는가 말이다.

"흐으음!"

자신도 모르게 독고향은 긴 침음성을 토해냈다. 다른 건 몰라도 매
희의 문제를 생각하자 머리가 지끈거리며 어제저녁부터 잠시도 쉬지
못한 피로가 한꺼번에 왈칵 밀려들었다.

'한 가지씩 하자!'

생각은 어디까지나 머리 속에 그리는 그림일 뿐이다. 아무리 선명하
게 채색한다 해도 그게 실현되지는 않는다. 그 생각대로 움직여야만
뭐라도 쥘 수 있게 되는 것이다.

우선은 총을 무사히 인수하는 게 급선무다. 보름이라는 시간은 짧다

면 수유(須臾) 같지만 길다면 억겁(億劫)과도 같다. 그 안에 무슨 변수
가 생길지 누구도 장담하지 못한다.

문득 독고향은 그 피비린내 나는 혈투를 봤으면서도 얼굴색 하나 변
하지 않던 상인을 떠올렸다.

일단은 신뢰가 갔다. 그러나 한편으론 등골 서늘한 전율을 느낀 것
도 사실이다. 도대체 얼마나 살 떨리는 삶을 살았으면 그토록 침착할
수 있을까 싶어서였다.

하긴 가만 생각해 보면 칼바람이 난무하는 무인들 세계보다 몇 마디
말로 몇천 금이 오가는 상인들의 세계가 더 차갑고 비정할지도 모른다.

무인들끼리의 싸움은 대개가 일 대 일, 고작해야 몇십 명 단위다. 죽
고 사는 사람들의 숫자가 말이다.

하지만 상인들의 세계는 보다 규모가 클 터였다. 금 한 닢으로 한 사
람이 한 달을 살아간다고 가정하면, 금 천 닢을 손해 보면 당장 천 명
의 목숨이 위태롭다는 결론이 나온다.

전쟁도 마찬가지다. 앞서서 목숨 걸고 싸우는 건 무인들이지만 뒤에
재정적인 뒷받침이 없다면 꿈도 꾸지 못할 일이다.

'결국 돈인가?'

씁쓰레한 미소와 함께 찻잔을 잡아가던 독고향의 손길이 허공에 딱
정지했다. 섬전처럼 뇌리를 가르고 지나간 한 가지 생각 때문이었다.

지금까진 그저 돌아간다는 생각만 했었다. 가서 해야 될 일에 대한
계획도 나름대로 세워두었다.

그러나 한 가지, 가장 중요한 것은 간과하고 있었다. 맹묵을 찾아내
고, 개귀신이 수십만의 사람을 모아뒀다손 쳐도 그걸 움직일 힘이 없다
는 것이었다. 바로 돈 말이다. 당장 보름 뒤에 치러야 할 총의 대금도

없는 실정이다.

물론 도일에게 부탁한다면 가진 것 모두를 털어줄지도 모른다. 그걸로 총 대금을 지불하고, 중국으로 건너갈 배를 수배하는 등 일본 땅에서 소요될 경비는 충당될 수 있으리라.

하지만 막상 건너간 중국에서는……?

아직 일본도 무사히 벗어나지 못한 처지에 이런 걱정부터 한다는 게 일견 가소롭기도 했지만, 미리 대비를 해두지 않으면 안 될 가장 중요한 문제이기도 했다.

'빌어먹을!'

속으로 자신을 질책하기는 했지만 더 늦지 않은 걸 다행이라 여기며 독고향은 몸을 일으켰다. 깨닫고 보니 벌써 해는 하늘 복판에서 서쪽으로 살짝 비껴가고 있는 시각이었다. 돌아가야 했을 시간이 훨씬 지나 버렸다.

음식 값을 탁자 위에 올려놓은 독고향이 막 찻집 문을 나서려는 순간,

"어이쿠!"

"이크!"

어수선한 소란과 함께 길 가던 행인들이 마치 내팽개쳐진 것처럼 찻집 안으로 몰려들었다.

독고향은 재빨리 밖을 내다보았다. 쉰 명은 족히 넘을 것 같은 무사들이 거리를 꽉 메운 채 어디론가 달려가고 있었다. 그 서슬을 피해 행인들은 길가의 점포로 밀려들거나, 아니면 길바닥에 나자빠지기도 했다.

"군사들은 아닌 것 같은데 이 사카이에 저처럼 많은 무사들이 몰려

오다니, 무슨 일이 있나?"

"난들 아는가? 그렇지만 기세들을 보아하니 여간 큰일이 아닌 것 같군."

찻집으로 밀려든 행인들은 저마다 걱정스러운 듯 한마디씩 했다.

그 심정은 독고향도 마찬가지였다. 바로 오늘 아침까지만 해도 피비린내 짙은 현장에 있지 않았던가 말이다.

'만약 그 일로 시끄러워지면 안 되는데⋯⋯.'

독고향의 근심은 여기 있었다. 이제 보름만 있으면 총을 인수한다. 어젯밤 일로 다른 충돌을 야기한다면 그 일에 차질이 생길 수 있다.

'하긴 죄없는 사람도 많이 죽었지.'

닌자들 입장에서 보면 여빙운 일행이나 그를 도와준 자들이나 모두 원수로밖에는 생각되지 않을 수도 있다.

그렇지만 그 집에 딸린 하인들이나, 혹 거래를 위해 왔다가 머문 사람들에게 무슨 죄가 있겠는가.

새삼 무거워진 가슴으로 독고향은 찻집 밖으로 나섰다. 조금 전의 소동에도 아랑곳없이 사람들은 어느새 일상으로 돌아가 있었다.

모퉁이를 돌자 저만치 대장간이 눈에 들어왔다. 역시 노인은 걱정이 되었는지 일도 안 하고 바깥에 나와 앉아 있었다.

독고향은 무슨 말인가 하려다가 이내 그만두었다. 할 말도 없었고, 무엇보다 무지하게 피곤했다.

다가오는 독고향을 일별한 후 노인 역시 아무런 말 없이 안으로 들어가 버렸다.

어슬렁거리며 독고향도 그 뒤를 따랐다.

"늦었군!"

환한 바깥과 대조되어 실제보다 더 어둡게 느껴지는 실내에서 목소
리 하나가 독고향을 맞았다.
도일이었다.

다다미 대신 거적을 깔아놓은 대장간 후원에 딸린 방, 별로 넓지도 않는 공간 속에 사람들은 둘러앉았다.

노인은 문 쪽에 앉아 등을 이쪽으로 돌린 채 접근하는 자가 없는지 감시하고 있었다.

도다 아키와 카즈키의 모습은 보이지 않았다. 사전에 도일이 자리를 피해달라고 양해를 구했기 때문이었다.

"일정보다 늦었던 건 알아볼 게 있어서였네."

도일이 말을 시작했지만 독고향은 신경이 옆에 앉아 있는 사내에게 쏠려 미처 듣지 못했다. 작달막한, 그러나 탄탄해 보이는 체구였다.

'임현이라고?'

참 묘한 사내라는 게 독고향의 느낌이었다. 말하는 걸로 봐서는 영 강처럼 도일의 제자임이 분명한 것 같은데 태도는 불손하기 짝이 없었다.

지금도 그렇다. 다섯 명이 웅크리고 앉아도 비좁은 방에서 그는 다리를 쭉 뻗은 채 벽에 비스듬히 등을 기댄 자세였다.

그것만이 아니다. 연신 손에 든 술병을 기울여 대고 있었다. 도저히 스승을 대하는 제자라고 볼 수 없었다.

재밌는 것은 도일과 영강의 태도였다. 누구도 제자이자 사형제인 임현을 제지하려 하지 않았다.

"그래, 총은 구했나?"

이 묘한 태도에 독고향이 고개를 갸웃거리고 있을 때 도일의 질문이 날아들었다.

"아, 총? 예, 보름 뒤에 대금을 주고 물건을 받기로 했소."

그제야 독고향은 임현에게서 시선을 돌려 도일을 바라보았다.

"잘됐군. 그래, 조건은 어땠나?"

"총 천 정에 금 천 냥을 주기로 했소. 선금은 금 백 냥이었소."

"나쁘지 않은 조건이군. 잘했네. 잔금은 염려하지 말게."

이렇게 말해 놓고 도일은 다시 영강에게로 말을 돌렸다.

"영강의 생각도 나와 같은 것 같고, 그렇다면 이제부터 방법을 강구해야겠군."

"암살."

여태 한마디도 없이 술만 마시고 있던 임현의 입에서 불쑥 한마디가 토해졌다.

독고향은 도무지 그 뜻을 알 수가 없었다. 그저 총 대금 걱정할 일이 없어졌다며 덤덤하게 경청하고 있을 뿐이었다.

그러나 바깥의 동정을 살피고 있던 노인은 어깨를 출렁일 정도로 놀

란 모양이었다. 몸을 돌리지는 않았지만 마른침을 삼키는 기색이 역력
했다.

그러나 정작 도일과 영강은 조금도 놀라지 않았다. 이미 그 방법에
대해 서로 간에 한차례 얘기가 있었던 모양이다.

"역시 그 방법밖에 없는가?"

도일의 이 말에 독고향은 깜짝 놀랐다. 도저히 그의 입에서 나온 것
이라고 믿기 어려웠다.

암살이라니? 그건 평소 도일의 인품과는 너무나도 동떨어진 말이었
다.

비로소 독고향은 그들의 얘기에 관심을 기울이기 시작했다.

"그럼 일단 암살로 방향을 정하고, 방법은? 우리가 직접 시도할 수
는 없는 노릇이니 신중히 생각해야 한다."

낮지만 평소보다 강한 어투로 말한 후 도일은 제자들의 얼굴을 찬찬
히 둘러보았다.

"대체 누굴 암살하겠다는 거요?"

슬그머니 독고향은 대화에 끼어들었다.

"자네도 알고 있는 게 좋겠지. 전에 얼핏 얘기했던 오다 노부나가가
얘길세."

"오다……? 아, 이 일본 땅의 패자라고 했던 그자 말씀이오?"

"그렇다네."

도일은 무겁게 고개를 끄덕였다.

"항구에 있던 거대한 배는 자네도 봤을 게고, 또 그게 오다의 야망이
라고 했던 얘기를 기억하고 있겠지?"

독고향은 고개를 끄덕였다. 태어나서 그처럼 큰 배는 본 적이 없었

기에 잊을래야 잊을 수도 없었다.

"오다는 지금 가히[甲斐]의 다케다[武田] 가(家)를 치고 있네. 현 다케다 가의 당주 가츠요리[勝賴]가 사력을 다하고는 있으나 그 아비인 신겐[信玄]에 비하면 턱없이 기량이 딸리는 자, 오래 버티지 못할 걸세. 언제까지 갈 것 같나, 임현?"

문득 도일은 이제 막 다시 술병을 입에 문 임현에게로 질문을 던졌다. 승패는 눈에 보이지만 그 기한까지 예측하기는 힘들 것 같았다.

"길어야 올 여름! 그때까지라도 버티면 다행……."

"들었나? 가히 정벌은 여름이 되기 전에 끝난다. 또한 지금 오다의 수족 중 하나인 하시바는 쥬고쿠 정벌이 한창이다. 강력한 모리(毛利) 씨가 버티고 있지만 이 역시 가히 정벌을 끝낸 오다의 원군이 당도하기만 하면 승패는 명약관화, 그렇게만 된다면 이제 이 일본 땅에서 오다에게 대항할 수 있는 영주들은 없어진다."

독고향은 그저 눈만 꿈벅거리며 듣고 있었다. 마음 한 켠에서는 그 일과 자신이 무슨 상관이 있어 이런 얘기를 들려주는지 의아한 구석도 없지 않았다.

"문제는 그 다음일세. 일본 땅에서 자신에게 대항할 자가 없다는 걸 알면 오다는 분명 나라 밖으로 눈을 돌릴 걸세. 최초로 희생되는 곳은 우리 조선, 그 다음이 명나라가 될 걸세!"

확신에 찬 도일의 어조였다.

조국인 명도 오다의 표적이 될 거란 말에 약간의 이채를 띠었지만 독고향의 표정은 여전히 시큰둥했다. 나라를 걱정하는 건 고관대작들이나 할 일, 자신과는 하등 상관없는 일이라는 게 지금까지의 생각이었던 탓이다.

이 같은 독고향의 반응에 도일은 조금 실망한 듯했다. 그에게 있어 조국이란 목숨이 다하도록 지키고 사랑해야 될 대상인 것이다.

도일은 가볍게 고개를 저었다. 독고향에게 이런 얘기를 해준 건 그가 돌아가서 중국인들에게 경각심을 일깨워 줬으면 하는 바람 때문이었다.

중국이 좋아서가 아니다. 오히려 조국 산하를 짓밟은 횟수만 생각하면 일본보다 훨씬 많다.

하지만 그 침략의 속성은 다를 게 뻔하다. 중국이야 최악의 경우라도 왕조(王朝)나 나라 자체를 없애지는 않는다. 그저 속국(屬國)으로 삼아 조공을 바치게 하는 걸로 만족한다.

하지만 일본은 분명 다르다. 여태 멸망해 갔던 전국 영주들의 최후가 그걸 여실히 증명한다. 항복을 하더라도 뒷날 화근의 씨가 될 것 같으면 이들은 즉각 할복이라는, 자결의 형태를 취한 처형을 가차없이 감행한다. 일족 일문의 씨를 말리는 것이다.

게다가 지금 일본 열도는 뭇 영주들의 경쟁적인 무력 확충으로 마치 금방이라도 터져 버릴 지경이다. 어느 정도 통일의 기틀이 잡혀지면 그 폭발의 물꼬를 터줘야만 한다. 그렇지 않으면 갈 길 없는 무력은 다시 저희들끼리 무한충돌만 거듭할 따름이다.

도일은 그 팽창의 창끝이 향할 곳운 조선으로 내다보고 있다. 그 일을 미연에 방지할 수 있다면 암살이라는 극단적인 방법까지 동원할 작정이었다.

"흠, 이 얘기는 자네의 관심을 끌지 못한 것 같구먼. 그럼 이건 어떤가? 자네의 주모라는 여인……."

"읍!"

그 말에 독고향은 튈 듯이 벽에 기대고 있던 몸을 세웠다.

"무슨 소식이라도?"

독고향에겐 가장 절실한 문제 중 하나였다.

"혹시 변고라도?"

독고향은 질문의 내용을 고쳤다. 가슴 한구석을 쓰윽 베고 지나간 섬뜩한 느낌 때문이었다.

"변고라… 변고라 한다면 그렇다고 할 수도 있겠지."

"대체 무슨 일이오?"

도일에게로 바짝 다가가려는 독고향의 무릎 앞을 임현의 발이 가로막았다. 평소의 태도야 어쨌든 흥분한 기색으로 스승에게 다가서려는 자는 충분히 경계하고 있었던 모양이다.

"우선 진정하게. 허허허. 역시 자네에겐 나라보다는 모시던 상전이 더 우선인 모양이군."

너털웃음을 터뜨렸지만 도일의 표정은 결코 밝은 것만은 아니었다. 한 가지에만 너무 집착하는 독고향의 태도가 은근히 걱정스러웠던 탓이다.

'잘만 가르치면 대성할 재목이거늘……'

이 점이 도일은 안타까웠다. 치료를 하면서 살펴본 신체나 같이 생활하면서 봐왔던 모든 걸 종합해 보면 독고향이야말로 전형적인 무골이었다. 곁에 두고 제대로 가르쳐 보고 싶다는 욕심이 절로 일 정도였다.

하지만 지금 그의 어깨 위엔 엄청난 업의 무게가 실려 있다. 그 탓에 오직 한곳만 바라보게 되었고, 그건 무인으로선 치명적인 덫일 수밖에 없다.

헤어져 있던 지난 얼마 동안 독고향은 또다시 발전한 것 같았다. 아마 무공도 한 단계 더 높아졌을 터였다.

바로 그 점이 도일은 걱정스러웠다. 외곬수로만 치닫는 무공이란 처음엔 성큼성큼 나아가는 것 같지만 얼마 지나지 않아 벽에 부딪치고 만다.

그때가 문제다. 정면으로 돌파해 나가는 게 마땅하지만 너무 빨리 성장한 자들은 그럴 만한 인내가 부족하다. 자연 편법을 취하게 되고, 지금까지 익혀온 모든 무공이 왜곡되어 버린다. 이른바 사도(邪道)에 빠진다는 말이 바로 이것이다.

'이것도 미련이다!'

씁쓸한 미소와 함께 도일은 또 한 차례 고개를 저었다. 연이 닿아 독고향과 만나게 되었지만 쭈욱 관계를 이어갈 연은 아닌 모양이었다.

그렇다면 미련을 버리는 것도 무인으로서 하나의 수련, 도일은 안타까운 시선을 보내고 있는 독고향을 향해 입을 열었다.

"변고라고 했지만 어찌 보면 좋은 일일 수도 있는 걸세. 자네의 주모인 우메히메[梅姬] 공주를, 아, 일본서는 그녀를 이렇게 부른다더군. 아무튼 그녀를 오다가 측실로 들이라고 명했다네."

"뭣이? 측실이라고?"

자신도 모르게 독고향의 언성이 높아졌다.

"쉬잇!"

밖을 감시하고 있던 노인이 당황한 표정으로 뒤를 돌아보며 입술에 손가락을 갖다 댔다.

하지만 독고향의 흥분은 가라앉지 않았다. 아니, 분노라고 해야 정확한 표현이었다.

이런 수모도 없다. 비록 과부의 몸이 되었다지만 그래도 명색이 세가령의 주모였던 사람이다. 정실로 개가하라고 하는 것도 그 정조에 똥물을 끼얹는 말이 될 터인데 측실이라니……. 모욕도 이런 모욕이 없다.

"진정하게! 우리의 사고로는 이해할 수 없지만 이 일본에는 분명 이들만의 법도와 풍속이 있네. 그리고 어쩌면 벌써 그렇게 되었어야 할 일이 우메히메 공주의 출산 뒤로 미뤄진 걸세!"

낮지만 엄격한 목소리로 도일은 독고향의 흥분을 눌렀다.

"다행히 태어난 아기는 사내, 그 역시 오다의 가신 중 마에다 도시이에[前田都宇]의 양자(養子)로 보내기로 결정되었네."

"측실? 양자?"

독고향의 분노는 도무지 진정될 기미를 보이지 않았다. 어느덧 눈에서 살기가 줄줄이 흘러내렸고, 그러다 어느 순간부터 동공이 팽창되기 시작했다.

"화만 낼 일이 아닐세. 일본식으로 따지자면 그게 바로 최대한의 예우를 갖춘 대우일세."

"흥, 예우라고? 그 따위 썩어 빠진 예우 따윈 개에게나 주라고 해! 측실, 양자라고?"

벌떡, 몸을 일으키려는 독고향을 어느새 임현이 그 어깨 위에서부터 내리눌러 도로 주저앉혔다. 그 작은 몸 어디에 이처럼 엄청난 힘이 들어 있는지 사뭇 신기할 지경이었다.

"오다를 죽이고 싶나?"

도일의 낮은 질문에 독고향은 그저 고개만 빠르게 끄덕였다. 실제로 지금 그의 가슴속은 오다뿐만 아니라 일본인 전체에 대한 살기로 마구 들끓었다.

"좋아, 그럼 진정하고 우리의 얘기를 잘 들어라. 처음에 들었던 것처럼 이 회의는 오다를 암살하기 위한 것, 한때의 분노를 참지 못해 일을 그르치지 말아라!"

평소보다 자못 엄격해진 도일의 어투였다.

이번에도 독고향은 고개를 끄덕였다. 임현의 힘에 눌려 있는 상태라 달리 취할 만한 동작도 없었다.

그러고도 잠시 동안 도일은 말이 없었다. 아마 독고향이 흥분을 가라앉히길 기다리고 있는 눈치였다.

"됐어. 이제 좀 풀어주겠나?"

약간의 시간이 흐른 후 독고향은 보다 침착해진 어조로 어깨를 누르고 있는 임현에게 말을 건넸다.

도일이 고개를 끄덕였고, 그제야 임현은 독고향을 놓아주고 제자리로 돌아가 다시 술병을 입으로 가져갔다.

"암살이라고는 하지만 오다가 목 내밀고 기다리고 있는 것도 아니니 우리가 직접 할 수는 없다."

맞는 얘기였다. 명색이 한 나라를 통일시키려는 패자다. 가까이 접근하는 것조차 불가능할 터였다.

"그렇다면 다른 사람의 손을 빌려야 되는데, 만약 오다가 가히의 싸움에서 전사라도 해준다면 좋겠지만 그건 바랄 수도 없는 일, 누가 적당하겠나?"

말투는 분명 질문이었다. 그러나 도일은 대답을 바란다기보다는 이미 알고 있는 답을 설명하려는 눈길로 임현을 바라보았다.

그 순간 독고향은 퍼뜩 깨달았다. 이들에게 있어 임현이 어떤 존재인가를 말이다.

비록 오늘 처음 암살 얘기를 꺼낸 것처럼 보여도 이들은 오래전부터 이 일을 준비해 왔는지 모른다.

그리고 도일과 영강이 또 다른 미래의 위협이 될지도 모를 하시바의 군자금을 터는 동안 임현은 어떻게 오다를 암살할 수 있을지를 알기 위해 따로 움직이고 있었을 터였다.

'무서운 사람들이다!'

흡사 써늘한 냉수 한 동이를 정수리로부터 들이부어진 듯한 느낌에 독고향은 부르르 몸을 떨었다. 그나마 남아 있던 분노의 불씨까지도 그 순간 완전히 꺼지고 말았다.

이처럼 철저한 준비 뒤에 움직이는 사람들이라면 믿어도 좋을 것 같았다. 당장 자신이야 매희의 일이 급하지만, 일단 오다를 거꾸러뜨리면 그 일은 자연 시간을 갖게 된다.

또, 도일에겐 매희에 대한 복안도 있으리라 생각되었다. 그렇지 않다면 굳이 얘기를 꺼낼 이유가 없는 것이다.

"하시바 히데요시!"

일말의 망설임도 없이 임현의 입을 통해 튀어나온 이름이었다.

"히데요시? 그자는 지금 쥬고쿠 정벌이 한창인데……?"

"실제로 움직이는 건 아케치 미쓰히데!"

또 하나의 이름이 임현의 입을 통해 튀어나왔다. 둘 다 오다 노부나가의 수족과도 같은 가신들이었다.

'참 묘하게 얘기하는군!'

일단 냉정을 되찾은 독고향은 임현의 말투에 여린 미소를 지었다. 그의 말에는 머리와 꼬리가 없었다. 하고픈 말을 가장 짧게 압축해 퉤 퉤 뱉듯이 토해내곤 했다.

"아케치라… 구체적으로 설명을 해봐라."

도일의 말이 떨어지자 그제야 임현은 비스듬히 기댔던 몸을 꼿꼿이 세워 앉았다.

"아케치는 소심한 자, 전부터 은근히 히데요시와 쥬고쿠 정벌의 공을 다투고 있는 중입니다. 또한 출신이 천박한 하시바보다 자신이 더 많은 봉록과 더 좋은 대우를 받아야 한다고 생각하고 있습니다. 바로 이 점이 아케치의 틈, 이 틈에 하시바의 참언(讒言)을 쐐기로 때려 박는다면 극단적인 행동을 취할 것이 틀림없습니다!"

"하시바 말고는 사람이 없나?"

"그자 말고는 어렵습니다!"

"그럼 하시바는 어떻게 움직여야 되는가? 무턱대고 찾아가서는 되지도 않을 일, 물론 거기에도 생각은 있겠지?"

"쿠로다 간베에[黑田官兵衛]! 하시바의 일급군사(一級軍師)로서 주기적으로 이 사카이에 모습을 드러냅니다. 총을 구하는 게 주목적이지만, 이곳 상인들을 하시바 사람으로 포섭하는 것도 게을리 하지 않습니다!"

참으로 묘했다. 흐트러져 있을 때에 말하는 것조차 귀찮아하는 것 같더니, 자세를 고치자 그 말투부터가 싹 달라졌다. 상당히 마신 술기운도 전혀 찾아볼 수 없었다.

"쿠로다 간베에… 주기적으로 상인들과 접촉을 한단 말이지? 그럼 그자에게 끈을 닿을 상인으로는……?"

"총!"

예의 짤막하게 내뱉는 대꾸를 한 후 임현은 재차 비스듬히 누워 술병을 집어 들었다. 자신이 할 말은 다 했다는 태도였다.

"그렇지! 보름 뒤에 큰 거래가 있었지. 좋아, 나도 그때 같이 가세. 가서 간베에란 자를 만나보세!"

미소 지으며 자신을 바라보는 도일을 본 순간, 독고향은 다시 한 번 가슴 섬뜩한 전율을 느껴야 했다. 아무렇지도 않은 듯 오간 몇 마디의 대화, 그러나 생각해 보면 이보다 더 무서운 차도살인지계(借刀殺人之計)도 없다.

'흐음!'

무거운 침음성이 저절로 목구멍 깊숙이 삼켜졌을 때,

"이제 남은 건 자네의 주모 문제로군!"

도일의 말이 들려왔고 독고향은 번쩍 정신을 차렸다.

"오다의 문제는 들은 대로 남의 손을 빌 수밖에 없지만 자네 주모의 문제라면 우리가 직접 나설 수밖에 없겠는데… 이러면 어떻겠나?"

말과 함께 도일은 상체를 독고향에게로 조금 가까이 당겼다.

바로 그때였다.

"오사카 류우텐류의 차기 계승자 요시가와 카츠이에[吉川勝家], 류우텐류의 이름을 들어 도일이라는 낭인을 치러 왔노라!"

쩌렁쩌렁한 고함 소리가 대장간을 통해 곧장 방 안까지 들려왔다.

"호오!"

맨 처음 반응을 보인 사람은 임현이었다. 재미있는 장난감을 발견했다는 표정으로 벌떡 몸을 일으켰다.

"임현은 그대로 있도록! 그대는 얼굴이 너무 알려져 있어. 여기선 참도록! 자, 나가보자."

자신의 이름까지 불린 이상 피할 수는 없는 노릇이다. 도일은 몸을 일으켜 앞장서 방을 나갔다.

"이 일부터 처리하고 자네의 주모에 대한 건 다시 자세하게 얘기하세."

황급히 뒤를 따르는 독고향에게 한마디 위로의 말을 던지는 것도 도일은 잊지 않았다.

'저들은?'

대장간 정문을 반원 그리듯 빙 둘러선 무사들을 봤을 때 독고향의 눈빛엔 이채가 어렸다. 바로 찻집에서 봤던 무리들인 것이다.

나가보니 벌써 그들과 대치하고 있는 사람이 있었다. 도다 아키, 미카와 고토류의 계승자였다.

"싸, 싸움이다, 싸움!"

"봉행을, 관헌을 불러라! 싸움이다!"

사람들이 이리 뛰고 저리 뛰며 한차례 소동을 부렸다.

그러나 도일이 나선 순간 양측에 흐른 팽팽한 긴장감과 살기는 조금도 누그러지지 않았다.

"누가 도일인가?"

선두에 섰던 이십 대 후반의 청년이 앞으로 나서며 물었다.

"나요."

"쳐라!"

도일의 대꾸와 동시에 청년은 명을 내렸고,

"와앗!"

"죽여랏!"

뒤에 둘러서 있던 무사들이 한꺼번에 칼을 뽑아 들고 달려들었다. 이유도 뭐고 없는, 말 한마디 나눈 게 고작인 싸움이었다.

독고향으로선 반가운 일이었다. 매희와 남궁장후의 아들에 대한 소식을 들었을 때 느꼈던 살기를 고스란히 폭출시킬 수 있게 되었기 때문이다.

"타압!"

미처 누가 말릴 새도 없이 독고향은 허리에 차고 있던 중도를 휘두르며 몰려오는 류우텐류 무사들의 정면을 가르며 뛰어들었다.

"크아악!"

최초의 비명성이 울려 퍼졌다.

〈第二部 第五券 끝〉

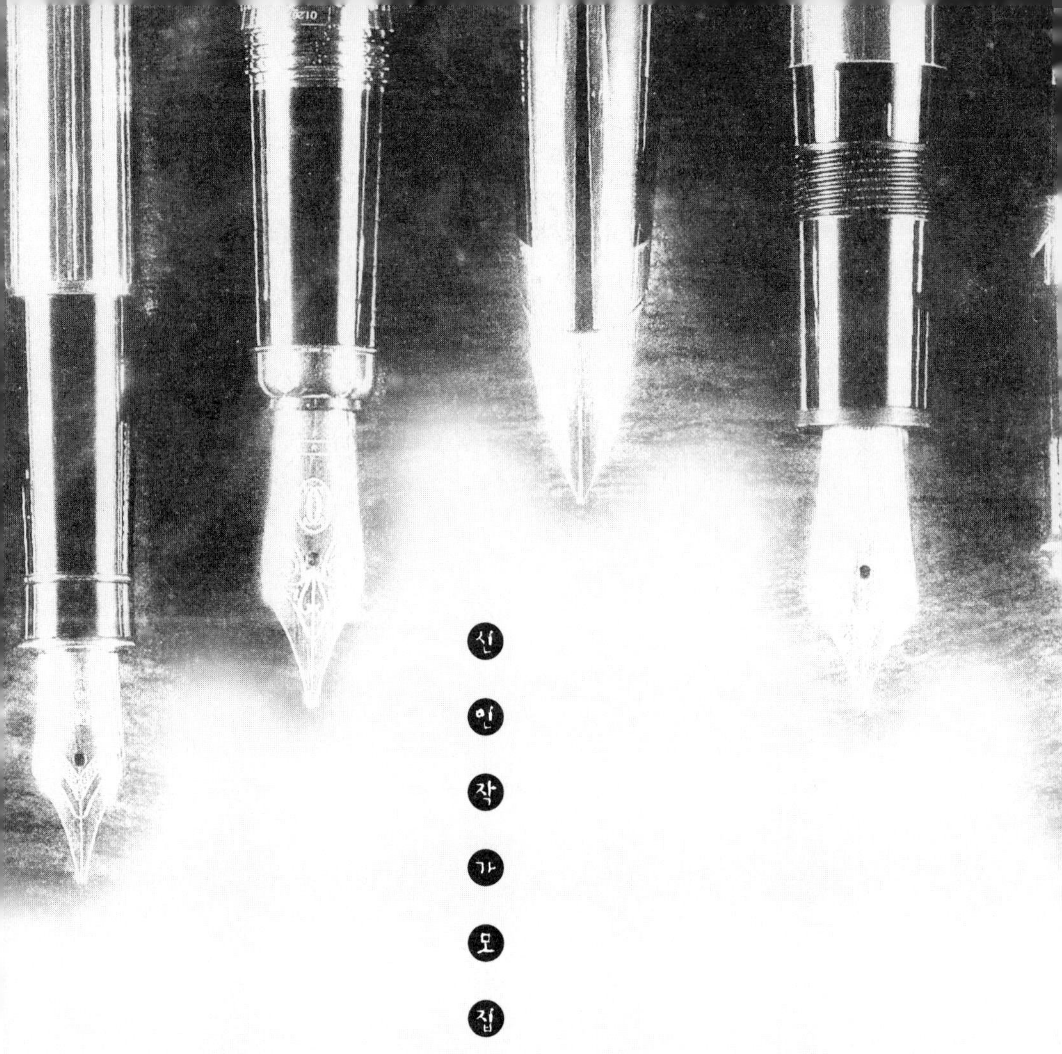

신 인 작 가 모 집

시작이 반이라고 했습니다.
작가의 길에 대한 보이지 않는 벽을 과감히 깨뜨리십시오!
청어람은 작가 지망생 여러분들의
멋진 방향타가 되어드리겠습니다.

저희 도서출판 청어람에서는
소설 신인 작가분들을 모집합니다.
판타지와 무협을 사랑하시는 분들의 많은 참여를 바랍니다.
소정의 원고(A4용지 150매)를 메일이나 우편으로 보내주시면
검토 후 출판 여부를 알려드리겠습니다.

주소:경기도 부천시 원미구 심곡1동 350-1 남성B/D 3F 우편번호420-011
TEL:032-656-4452 · **FAX**:032-656-4453
http://www.chungeoram.com
e-mail:chungeoram@chungeoram.com